KB008391

학교가 끝나면,
미스터리 사건부

학교가 끝나면, 미스터리 사건부

윤자영 지음

블랙홀

차례

제1장
전학 온 아이

교문을 들어서자 선화의 눈에 기이하게 생긴 바위가 보였다. 바위 표면에는 황록색 지의류뿐만 아니라 세월의 때가 잔뜩 묻어 있어 음산한 분위기를 연출했다.

바위에는 검은 글씨가 크게 새겨져 있었다.

민족중흥의 요람

"중흥? 요람?"

선화는 낯선 단어를 입으로 되뇌어 봤다.

"선화야, 뭐해? 얼른 와. 늦었어."

"엄마, 민족중흥의 요람이 무슨 뜻이야?"

"음……. 우리나라의 발전이 시작되는 곳?"

그렇게 쉬운 말을 왜 이리 어렵게 써 놨을까, 하고 고개를 갸우뚱한 선화에게 엄마가 명쾌하게 답해 주었다.

"60년이 넘었다더니 교훈도 참 예스럽네."

눈앞에 펼쳐진 넓은 운동장 저편으로 송암산이 보였다. 산중턱에는 건물 하나가 홀로 서 있었다.

"가자, 엄마."

"그 마스크 좀 벗으면 안 돼? 전학 온 날부터 찍히려고 그러니?"

"엄마, 나 냄새에 민감한 거 알면서 그래?"

"걱정돼서 그렇지. 애들이 또 그러면 어떡해."

선화는 억울했다.

언제부터인지 모르겠지만, 선화의 코가 아주 민감해졌다. 땀 냄새, 발 냄새, 음식 냄새를 넘어, 심지어 사람마다 다른 냄새를 느꼈다. 선과 악, 진실과 거짓도 냄새로 판별할 수 있게 되었다. 믿을 수 없겠지만 사실이다.

선화의 느낌은 늘 적중했다. 처음 본 사람이 선한 사람인지 악한 사람인지 냄새로 먼저 알게 된 후부터는 친구를 사귈 수 없었다. 선화는 스스로 친구들을 멀리했고, 엄마의 바람과 달리 왕따 아닌 왕따로 지냈다.

"여기서는 적당히 해 볼게."

"좋은 친구도 좀 사귀어 보고. 응?"

"그럴 만한 애가 있으면."

선화와 엄마는 교문에서 가장 가까운 본관 현관에 들어섰다. 바로 교실 배치도를 살폈다. 1학년 교무실은 2층에 있었다. 뭔지 알 수 없는 유화 그림이 벽에 걸린 계단을 오르자 오른쪽으로 1학년 교무실이 보였다.

엄마가 먼저 노크를 한 뒤 문을 열고 들어갔다.

"실례합니다. 오늘 전학 왔습니다."

오늘 머리를 안 감았는지 뒤통수가 눌린 채로 모니터만 뚫어져라 쳐다보던 남자가 벌떡 일어나 달려 나왔다. 얼굴에 함박웃음을 품은 남자는 30대 초반쯤 되어 보였다.

"안녕하세요, 제가 담임입니다."

담임선생님은 엄마 뒤에 선 선화를 보면서 손을 흔들었다.

"오, 안녕? 신선한이지?"

가끔 신선화를 신선한으로 잘못 부르는 사람이 있긴 해서 선화에겐 이 상황이 꽤 익숙했다. 선화가 바로잡으려 나서려는데 엄마가 먼저 말을 꺼냈다.

"호호호. 선생님, 농담은요. 신선화요, 신, 선, 화."

"오! 어머님 제 농담을 한번에 알아들으시다니요. 하하하, 저는 1학년 4반 담임 오언백입니다. 과학, 즉 사이언스를 가르치고 있죠. 하하하."

오언백 선생님은 이런저런 농담을 섞어 가며 학교에 대한 설명을 끝도 없이 했다. 털털해 보이는 선생님이 마음에 드는지 엄마의 웃음소리도 끝이 없었다.

"그럼 1교시가 거의 끝나 가니까 종 치면 같이 교실로 들어가자. 마침 2교시가 과학이기도 하고."

"네."

"근데 실내에서 마스크는 왜 쓰는 거지? 선화 학생도 마기꾼인가? 큭큭큭."

코로나19가 한창일 때 마스크만 쓰면 예뻐 보이는 사람을 '마기꾼'이라 불렀는데, 오언백 선생님의 유머도 그때에 멈춰 있는 것 같았다.

선화는 마스크를 벗고 싶지 않았다. 선화의 마스크에는 허브 향 패치가 붙어 있어 불필요한 냄새를 차단했다. 그런데 마스크를 벗으면 인간 냄새를 맡아야 한다.

특히 오늘 처음 만난 담임선생님에게서 악한 사람의 냄새를 맡는다면 앞으로 껄끄러워질 게 분명하다.

그때 엄마가 선화의 어깨에 손을 올리며 말했다.

"선화야, 마스크 좀 벗어. 선생님께서 네 얼굴을 모르면 안 되잖니."

"그래, 선화 학생. 신선한 얼굴 좀 보자고. 큭큭큭."

선생님의 유머가 정말 최악이긴 해도, 나쁜 사람은 아니길 마음속으로 빌었다.

선화가 마스크를 천천히 내렸다. 본능적으로 코에 힘이 들어갔다. 콧등에 주름이 만들어지고, 콧구멍이 벌름거렸다.

"오! 오? 개코인가? 왜 이렇게 코를 벌렁거려?"

그 순간 선생님의 냄새가 선화에게 느껴졌다. 희미한 알코올 냄새였다. 어젯밤 술을 마신 것이 분명했다. 아침에는 김치 컵라면으로 속을 풀었을 것이고, 땀 냄새가 섞인 건 분명 아침에 늦게 일어나 세수만 하고 급히 출근해서일 것이다.

냄새 분자들 다음으로 인간의 '그것'이 선화의 콧속으로 들어왔다. 인간의 여러 성격이 조합되어 선화의 머릿속에 하나로 떠올랐다.

'장난꾸러기.'

엄마가 선화의 눈을 지그시 바라봤다. 선화의 특별한 코에 대해 알고 있는 사람은 엄마와 아빠뿐이다. 선화가 고개를 살짝 끄덕여 악인이 아니라는 신호를 엄마에게 보냈다.

"호호호. 선생님, 그럼 우리 선화 새 학교에 적응할 수 있도록 잘 부탁드려요!"

"걱정 마십쇼! 새 학기가 시작된 지 일주일밖에 지나지 않았잖아요. 오, 방금 종이 울렸네요. 그럼 우리는 교실로 들어갈까?"

"선화야, 파이팅!"

엄마는 손가락 두 개를 펴서 자기 코앞에 흔들었다. 냄새에 신경 쓰지 말라는 신호였다. 선화는 엄마를 뒤로하고 담임선생님과 복도를 걸었다.

"자, 초딩도 풀 수 있는 문제 나갑니다. 여기부터 1반이니 4반은 어디일까~요?"

복도 중간에 세워진 사물함이 보였다. 'HOME BASE'라고 쓰인 금색 아크릴 장식이 붙어 있었다. 전 학교에서는 개인 사물함이 교실 뒤에 있었는데 여긴 복도에 나와 있었다.

선화가 선생님의 끝날 줄 모르는 노잼 농담을 무시하면서 물었다.

"사물함은 여기예요?"

"오, 그래. 어디 보자."

선생님은 교무수첩을 후루룩 훑어보다가 말을 이었다.

"선화, 넌 1845번을 쓰면 된다."

그러는 사이 1학년 4반 앞문 앞에 도착했다. 쉬는 시간 끝을

알리는 종이 울렸지만, 교실은 떠들썩했다. 선생님이 선화를
쳐다보았다.

"선화야, 그거 계속 쓰고 있을 거야?"

"네?"

"그래도 친구들과 첫 만남인데 마스크는 벗어야 하지 않을
까?"

선생님의 조언에 선화가 마스크를 벗었다. 그러자 기다렸다
는 듯 선생님이 앞문을 열고 교실로 들어갔다.

개학 일주일 만에 다들 친해졌는지 교실은 떠들썩했다. 칠판
앞에선 남자애들이 종이 뭉치를 던지고 빗자루로 치면서 놀고
있었다. 뒷문 옆에 걸린 거울 앞에는 화장을 고치는 여자애들
이 모여 있었고, 교실 뒤에서는 몇몇 애들이 춤추는 걸 휴대폰
으로 촬영하고 있었다. 반면, 자기 자리에 앉아 문제를 풀거나
복습을 하는 애들도 보였다.

"이놈들아. 여기가 중학교냐? 너희도 이제 고딩이야, 고딩!"

담임선생님이 한소리하자 아이들의 눈은 선생님을 거쳐 선
화에게 쏠렸다. 전학생은 언제나 신기한 존재였다.

"어서 자리에 앉으셔."

선생님의 말에 아이들이 자기 자리를 찾아 앉자 떠들썩했던
교실은 금세 조용해졌다. 그 순간 먼지 냄새를 따라 여러 인간

들의 냄새가 선화의 콧속을 파고들었다. 이 작은 교실 안에도 악인과 선인이 있다. 개구쟁이도 있고, 깍쟁이도 있다.

선화는 눈을 감았다. 처음 만난 아이들에게 편견을 갖고 싶지 않아서였다.

"이번 전학생은 아주 프레시해. 이름이 신선한이거든. 큭큭큭."

"우우우우~."

"쌤! 이름 개그 진짜 노잼이에요."

아이들의 반응에 선화는 안도했다. 오언백 선생님의 유머는 아이들에게 비난 받을 정도로 유치했다. 보아하니 분명 선생님은 이런 농담을 한두 번 한 게 아니었을 것이다.

"흠흠, 자자. 원래 일주일 전에 너희와 같이 입학하려고 했는데, 전학 수속이 늦어져 오늘 오게 되었다. 그럼 직접 소개해 볼까?"

선생님이 몸을 틀어 선화에게 자리를 양보했다.

"난 선화야, 신선화."

그때였다. 앞문이 열리면서 한 여자아이가 뛰어 들어왔다. 동그란 금테 안경에는 두꺼운 안경알이 껴져 있었고, 피부가 유난히 하얬다.

"쌤, 죄송해요."

여자아이는 선생님 앞에서 고개를 연신 숙였다.

"어이, 주꾸미. 오늘도 버스 타이어가 펑크 났니?"

"아뇨. 기사님이 노선을 착각하셔서 버스가 다른 동네로 갔어요."

"후후후, 농담이 심하네. 노선을 착각하는 버스 기사가 있다는 말이냐? 나 보고 그 말을 믿으라고?"

"하지만……. 사실인걸요."

"지난번에는 버스 타이어가 펑크 나고, 이번에는 버스 기사가 길을 착각했다고? 어째 이 세상의 악운이 전부 너한테 가는 것 같다?"

"맞아요, 쌤. 제 몸에는 지독한 악운이 드리워져 있다고요."

선생님의 말에 여자아이의 얼굴이 시무룩해졌다.

"악운 주꾸미 학생? 그래도 미인정 지각인 건 변함없다고."

여자아이가 입술을 앙다물고 고개를 끄덕였다. 그때 선화의 코가 저절로 벌렁거렸다. 마스크를 벗은 상태에서 오늘 처음 맡은 냄새가 느껴졌다.

'순수?'

그 아이에게는 어린아이들에게서나 맡을 수 있는 순수한 냄새가 났다. 아직 세상의 때가 묻지 않은 아이였다. 여자아이의 모습이 다시 보이기 시작했다. 다른 아이들과 달리 얼굴에는 화장 흔적도 없었고 눈썹조차 손질되지 않은 채였다.

"구주미 학생, 어서 자리로 들어가. 학기 시작한 지 일주일째 인데 벌써 지각만 세 번째라는 것 잊지 말도록."

여자아이의 이름은 구주미였다. 오언백 선생님의 개그 욕심 은 구주미를 주꾸미로 바꿔 부르게 만들었다.

구주미가 비어 있는 맨 뒷자리에 가서 앉자마자 두꺼운 안 경을 고쳐 썼다. 선생님은 그제야 뻘쭘히 서 있는 선화를 바라 보았다.

"아, 어디까지 했더라? 그래, 어느 자리가 좋을까?"

선생님이 교실을 둘러보는데 구주미가 손을 번쩍 들었다. 그 러고 보니 구주미의 옆자리가 비어 있었다.

"쌤, 여기요."

주미 옆자리를 보고 무슨 생각이 났는지 선생님의 눈망울이 빛났다. 그러더니 양볼을 씰룩대면서 웃음을 터뜨렸다.

"푸하하하. 그래, 저리 가서 앉아라."

남자아이 하나가 웃음을 참지 못한 선생님에게 물었다.

"쌤, 왜 그렇게 웃으세요?"

"아이고, 웃겨라."

신선화는 마스크를 다시 끼고 자리를 찾아 앉았다. 그러자 선생님이 검지를 펴 선화와 주미를 가리키고는 더 크게 웃기 시작했다.

"크하하하. 신선한 주꾸미!"

그제야 아이들도 큭큭큭, 소리를 내며 웃었다.

그때 주미가 책상을 주먹으로 내리치며 벌떡 일어섰다.

"쌤! 이름 가지고 그만 좀 놀리세요!"

"아, 쏘리, 쏘리, 쏘리~."

선생님이 양 손바닥을 비비면서 언제 히트곡인지도 모를 노래를 부르자, 아이들은 더 크게 와하하, 소리를 내며 웃었다.

"자자, 그럼 책 펴자. 수업해야지."

방금 전까지 웃어젖히던 선생님의 얼굴이 진지하게 바뀌었다. 주미가 과학 교과서를 펼쳤다. 얼마나 쓰고 지우고 했는지, 교과서 앞쪽이 벌써 새카맸다.

그때 주미가 선화의 귓가에 속삭였다.

"우리 담임 쌤, 진짜 노잼이야. 주꾸미가 뭐야? 구주미에서 주꾸미가 연상되긴 하니?"

사실 연상이 되긴 했지만, 선화는 주미 면전에 선뜻 그렇다고는 말할 수 없었다. 무엇보다 선생님의 유머에는 악의가 없었다.

선화의 대답을 기다리던 주미가 손을 내밀었다.

"난 구주미야."

구주미는 우윳빛 얼굴에 짙은 눈썹이 인상적이었다. 원시가 있는지 두꺼운 안경알 가장자리로 보이는 얼굴이 왜곡되어 보였다.

"난 신선화."

"참나, 그래서 담임 쌤이 신선한 주꾸미라고 부른 거구나."

그사이 선생님은 수업을 시작했다. 주미는 교과서에 뭔가를 열심히 적다가 고개를 휙 돌려 물었다.

"맞다. 선화, 넌 무슨 동아리 할 거야?"

"동아리?"

"오늘 5교시에 동아리 뽑거든. 난 방송반이랑 과학 동아리 떨어지고 이제 남은 동아리 중에 골라야 해."

'그래, 학교에는 동아리가 있었지.'

선화는 가능하면 부원 수가 적고, 딱히 할 일 없는 동아리에 가입하고 싶었다. 다른 애들과 복닥거리는 건 정말 싫었다.

"제일 인기 없는 동아리가 뭐야?"

"인기?"

"부원 적고, 사람들이 잘 모르는 동아리 말이야."

"음……. 교지부려나? 아니면 블랙매직부?"

"교지부라면 학교 교지를 만드는 동아리? 블랙매직부는 또 뭐야? 흑마법 같은 거야?"

"몰라. 그거 있잖아. 이상한 존재와 힘을 믿는 집단. 으으으."

주미가 몸을 움츠리고는 소름 끼친다는 시늉을 했다. 반면 선화는 학교에 그런 동아리가 있다는 사실이 그저 신기했다.

그때 오언백 선생님이 짧은 지휘봉으로 교탁을 탁탁 쳤다.

"신선한 주꾸미, 반가운 건 알겠는데 대화는 쉬는 시간에 해 줄래?"

덕분에 대화가 끊겼다. 주미가 다시 수업에 집중했다. 초롱 초롱한 눈으로 선생님의 말을 하나도 놓치지 않으려는 것 같 았다. 하지만 시간이 갈수록 선화의 눈꺼풀은 점차 무거워졌 고, 뇌는 가수면 상태와 현실을 몇 번이나 오갔다.

더 이상은 못 버티겠다는 듯 선화의 고개가 푹 숙여지려는 찰나 수업 끝을 알리는 종이 울렸다. 쉬는 시간이 되자 선화 곁 으로 아이들 몇몇이 다가와 이런저런 질문을 해댔지만, 선화는 언제나 그렇듯 웃음기 없이 단답형으로만 대답했다.

결국 선화의 바람대로 전학생에 대한 아이들의 관심은 급격 히 식었다. 선화는 다른 애들과 엮이고 싶지 않았다. 주미에게 서 풍기는 순수한 냄새만으로도 충분했다.

점심을 먹고 드디어 5교시 동아리 배정 시간이 되었다. 오언 백 선생님은 칠판에 동아리 이름 몇 개를 하나씩 쓴 후 두 손으 로 교탁을 두드렸다.

"두구두구두구, 과연 여러분의 운은 어떨까요?"

인기 있는 동아리는 일찍이 지원한 선배들이 많아 더 이상 가입을 받지 않았다. 그래서인지 칠판에는 부원이 약간 모자라거나 한참 남는 동아리만 있었다. 그러니까 인기 없는 동아리뿐이었다.

우선 선발 동아리에 가입하지 못한 학생들은 부원이 다 차지 않은 동아리 중 어느 곳이라도 무조건 가입해야 했다.

선생님이 운 어쩌고 말한 건 그나마 괜찮은 동아리에 누가 가입할 수 있을지 가위바위보를 해서라도 정해야 한다는 말과 같았다.

"선화야, 넌 어디 지원할 거야?"

주미의 물음에 선화는 아무 대답도 하지 않았다. 가만히 있기로 했다. 마지막까지 남은 동아리가 가장 인기 없는 동아리일 테고, 선화는 거기에 가입할 것이다.

"남는 거."

"치, 그게 뭐야."

선화의 대답이 시원찮은지 주미가 콧방귀를 뀌었다. 그러면서 가장 앞에 있는 동아리 이름을 가리키며 말했다.

"난 '키비탄' 가입하려고. 봉사활동이라도 챙겨야지."

오언백 선생님이 기다렸다는 듯 아이들에게 말했다.

"여러분, 올해부터 생기부에 개인 봉사활동 시간은 포함되지 않은 거 알고 있죠? 키비탄에서 활동하면 학교 주관 봉사활동을 많이 할 수 있을 거예요."

선생님의 설명이 끝나자마자 주미를 포함해 제법 많은 아이들이 손을 들었다.

"와, 이거 치열하겠는데? 손 든 학생들은 앞으로 나오세요."

구주미가 두 주먹을 불끈 쥐고 일어나며 말했다.

"반드시 이기겠어!"

손 들었던 아이들이 선생님을 중심으로 모였다. 생각보다 많은 수가 지원해서인지 선생님의 목소리가 점차 높아졌다.

"오호호. 과연 누가 키비탄에 들어갈 수 있을까요? 딱 두 명만 가입하는 겁니다. 그럼 안 내면 술래, 가위! 바위! 보!"

선생님의 구령에 맞춰 가위바위보가 진행될 때마다, 한두 명씩 탈락했다.

"예스!"

얼마 후 구주미가 환호를 내질렀다. 마지막 남은 세 명에 든 것이다.

"오! 악운 주꾸미가 결승에 오르다니."

"�(!) 쫌!"

"자자, 그럼 여기서 이긴 두 명만 가입하는 겁니다. 가위! 바위! 보!"

선생님의 말이 끝나자마자 주미가 내민 건 가위였다. 곧 주
미는 자기 머리를 쥐어뜯을 수밖에 없었다. 나머지 둘이 주먹
을 냈기 때문이었다.

실망한 주미가 자리로 돌아와 앉자마자 안경을 벗은 채 혼
자 신이 나 있는 선생님을 째려봤다.

"담임 쌤이 악운을 얘기해서 내 운이 털려 버렸어. 선화야,
나 어떡해."

선화는 이럴 때 뭐라고 대답해야 할지 몰랐다.

"마, 마음을 비워 봐."

하지만 주미에게 정말 악운이 씌었는지 연이은 동아리 가입
경쟁에서 연전연패를 했다. 그때마다 주미는 자기 책상에 머리
를 박고 자책했다.

오언백 선생님이 그런 주미를 보고 물었다.

"이제 주꾸미 말고는 다 동아리 선택한 건가?"

선화의 존재를 그새 잊은 것 같았다. 자신의 존재를 사람들
이 모르길 바랐던 선화가 하는 수 없이 슬쩍 손을 들었다.

"저요, 선생님."

"엥? 맞네. 신선한도 있었네."

실수를 깨달은 선생님이 몸을 돌려 칠판에 적힌 동아리들을

둘러보았다.

"가만 있자. 어디에 자리가 있을까? 음……. 교지부랑 블랙매직부에 자리가 있네. 좋아. 신선한 주꾸미 둘이 가위바위보 한 번 가자. 이긴 사람이 먼저 고르면 돼."

아무리 아무 동아리나 한다고 해도 흑마법을 부리는 블랙매직부로 활동하는 건 쉽지 않은 일이었다. 선화가 고민하는데 주미가 벌떡 일어섰다.

"쌤! 이건 모두 쌤 때문이에요!"

"그게 무슨 소리니? 갑자기?"

"쌤 때문에 멀어졌던 악운이 다시 돌아왔다고요! 책임지세요."

"잉? 주꾸미 너의 악운이 왜 나 때문이니?"

"쌤이 자꾸 주꾸미라고 부르니까요. 선생님 보고 오백 원이라고 부르면 좋겠어요?"

주미의 반박에 아이들의 웃음이 터졌다. 오언백 선생님은 머쓱하게 자기 머리를 긁적이다 뭔가 생각났는지 엄지와 검지를 딱, 튕겼다.

"오만 원이면 안 되겠니? 큭큭큭. 오백 원은 너무 싸."

"쌤! 전 장난이 아니라고요."

선생님은 양 손바닥을 앞으로 내밀어 보이며 주미를 진정시켰다.

"워워워. 알았다, 알았어. 주미야, 교지부랑 블랙매직부 둘 중에 어디 들고 싶니?"

"블랙매직부 애들은 귀신을 믿는대요. 제가 거기 가면 진짜 악귀가 씰 거라고요."

주미의 대답에 선생님의 시선이 선화에게 옮겨졌다.

"그럼 신선한은?"

당연히 선화도 흑마법이나 연구하는 동아리에는 들고 싶지 않았다.

"저도 블랙매직부는 좀……."

그러자 선생님이 손바닥으로 교탁을 탁, 하고 내리쳤다.

"신선한 주꾸미! 너희는 하늘이 맺어준 콤비 그 자체다. 쌤이 어떻게든 둘 다 교지부로 보내 줄게."

그때 5교시를 끝내는 종소리가 울렸다. 선생님이 아이들을 둘러보고 급히 말했다.

"아, 그럼 6교시에는 각자 별관의 동아리실을 찾아 가도록. 이상."

선생님이 교실을 나가자마자 금세 시끄러워졌다. 주미가 가방을 챙기면서 투덜거렸다.

"블랙매직부가 아닌 걸 다행으로 알아야 하나. 한데 교지부가 뭐야, 교지부가."

선화가 주미의 볼멘소리를 듣고 물었다.

"교지부가 그렇게 인기 없어?"

"나도 모르지. 이렇게까지 아무도 지원하지 않은 걸 보면 그렇지 않을까? 에휴, 얼른 가자. 별관까지 가려면 지금 나가야 해."

선화는 속으로 쾌재를 불렀다. 계획대로 고등학교 1학년을 조용히 보낼 수 있을 것 같았다.

제2장
교지부 vs 블랙매직부

송암고등학교는 1961년 송암산 기슭에 세워진 인천의 명문 사립학교다. 송암고 졸업생 중에 국회의원, 기업 대표, 인천 시장이 있을 정도로, 지역 인재를 꾸준히 배출해 낸 것으로도 유명하다.

송암고 건물은 본관과 별관으로 나뉜다. 특히 별관은 개교 때 지어진 건물로 몇 년 전 리모델링했다지만, 오래된 티를 완전히 벗지는 못했다.

그래서 가끔 영화 촬영 장소로 별관을 사용하고 싶다는 의뢰가 들어오기도 한다. 그때마다 학교에서는 수많은 학교 중 왜 하필 송암고냐고 묻는데, CG 없이 옛 시대를 그대로 담아

낼 수 있는 학교가 송암고밖에 없다는 답을 받는다.

지금은 학생 수가 많이 줄어 1997년부터 별관은 동아리실로 활용하고 있다.

선화는 주미 뒤를 따라 계단을 올랐다. 학생들 사이에서는 '공포의 108계단'이라 불리는 별관 계단은 계단 하나의 높이가 매우 높았다. 헉헉 소리가 저절로 나왔다. 80개쯤 계단을 올라왔을 때, 주미가 가쁜 숨을 몰아쉬며 투덜거렸다.

"도대체 옛날에는 학교를 왜 이렇게 높은 곳에 지은 거야?"

계단을 다 오르자 울창한 전나무 사이로 별관 건물이 보였다. 짧은 오솔길을 지나자 눈앞에 별관이 나타났다. 이파리 없는 담쟁이가 4층 건물을 감싸 안듯 점령하고 있었다. 그것만으로도 충분히 무서워 보이지만, 잎이 활짝 피면 더더욱 무서울 것 같았다.

"교지부는 몇 층이지?"

주미가 혼잣말하듯 말하면서 별관 입구의 층별 안내표에서 교지부를 찾았다. 2층 동쪽 끝에 있었다. 건물 안으로 들어서자 공포스러웠던 분위기는 아이들이 떠드는 소리에 금세 묻혔다.

다들 동아리가 결정되고 선후배끼리 처음 만나는 자리이다 보니 별관은 들뜬 분위기로 가득 찼다.

"선화야, 교지부에 멋있는 선배가 있을까?"

주미의 물음에 선화는 그런 선배가 있었다면 교지부의 빈자리가 이렇게 마지막까지 남아 있을 리 없다고 생각했다. 다만 잠깐이라도 주미가 가진 설렘을 무너뜨리지 않기로 했다.

별관 복도를 지나는데 밴드부의 합주 소리와 함께 노랫소리가 희미하게 들렸다. 농구부, 교육사랑부를 지나 교지부가 보였다.

교지부 동아리실에 거의 다다랐을 때, 눈앞에서 문이 벌컥 열리면서 남자아이가 나왔다. 교복 재킷에 달린 흰색 명찰이 보였다. 2학년 선배였다.

송암고의 명찰은 세 가지 색인데, 1학년은 노란색, 2학년은 흰색, 3학년은 녹색이었다.

그 애의 이름은 우주민이었다. 만화 속에서 튀어나온 듯 바글바글한 곱슬머리에 갸름하다 못해 뾰족한 턱선이 눈에 띄었다. 거기에 검정색 뿔테 안경이 잘 어울려 기이한 외모를 한층 빛나게 해 주었다.

선화는 고개를 들어 우주민이 열고 나온 문 위를 쳐다보았다. '블랙매직부.'

블랙매직부 선배였다. 선화는 우주민과 눈이 마주쳤다. 깜박이는 눈꺼풀이 마치 파충류의 눈 같았다. 왠지 흑마법을 부리는 마법사처럼 신비로운 얼굴이었다. 주미는 자기도 모르게 선화에게 단단히 팔짱을 꼈다.

주민은 재킷 안에 검정색 티셔츠를 입었는데 해골 모양이 금박으로 그려져 있었다. 분명 저주의 인형 따위나 만드는 악인일 것이다. 선화는 악인 냄새가 느껴지기 전에 마스크를 얼굴에 밀착시켜 단단히 여몄다.

그런데 주민이 왠지 간절해 보이는 눈망울로 선화와 주미를 바라보았다. 뭔가 이상함을 느낀 선화가 주미의 손을 붙잡고 얼른 교지부 동아리실로 뛰어 들어갔다.

그러자 주민은 선화와 주미가 블랙매직부의 신입 부원이 아니었다는 사실에 실망한 듯 양쪽 어깨를 축 내려뜨렸다.

한편 막무가내로 교지부 동아리실에 들어간 선화와 주미의 눈에 가장 먼저 보인 건 책장에 가득한 책들이었다. 책등에 적힌 제목만 대충 훑어봐도 지루한 고전들이었다. 심지어 대부분 개교 때부터 소장 중인 책인 것처럼 낡아 보였다.

둘이 멍하니 서 있자 책장 앞에 서 있던 남자아이가 물었다. 재킷을 벗고 있어서 몇 학년 누구인지는 알 수 없었지만 선배인 것만은 확실했다.

"신입?"

"아…….. 네."

주미가 주뼛대다가 대답했다.

"여기 앉으면 돼."

선화와 주미는 선배가 가리킨 빈자리를 찾아 앉았다. 여섯 명의 아이들이 어두운 표정으로 앉아 있었다. 각 반에서 가위바위보에서 진 아이들이 틀림없었다.

그사이 선배는 동아리실 밖에 나가 복도를 한번 둘러보고 오더니 말했다.

"이게 끝인가? 총 여덟 명. 올해 신입생은 꽤 많은걸?"

가만히 듣고 있던 주미가 선화에게 귓속말했다.

"저 선배가 부장인가 봐. 잘생겼는데?"

"어? 으응."

주미의 물음에 선화는 마지못해 대답했다. 주미의 관점이 주관적이라고 생각했다. 선배는 키가 꽤 컸다. 셔츠 위에는 따뜻해 보이는 하얀색 스웨터를 받쳐 입었다. 깔끔하고 단정해 보이기는 했지만 한눈에 반할 만큼 잘생겼다고 말하기에는 조금 모자라 보였다.

그때 선배가 자기 가슴을 두드리며 말했다.

"모두 반가워. 난 송암고 교지부 차장 류윤이야."

류윤의 자기소개를 듣고 주미가 과하게 손뼉을 쳤다. 류윤이 그런 주미에게 미소를 지어 보이자, 주미의 반짝이는 눈망울이 두꺼운 안경알을 뚫고 나올 것처럼 커졌다.

"그럼 부장을 소개할게. 뽕덕아!"

류윤이 부른 남자아이는 한쪽 구석에서 두꺼운 책에 고개를 박고 있었다. 류윤의 부름에 책장을 덮고는 일어나 앞으로 나왔다.

키는 류윤보다 조금 작았지만 씨름선수처럼 덩치가 좋아 보였다. 단정한 교복 차림에 검푸른색 금속 판테 안경이 눈에 띄었다. 왠지 교지부에 어울리는 모습이었다.

"내가 그렇게 부르지 말랬지!"

"발음이 거세지는 걸 어떡해?"

류윤은 애써 달래듯 부장의 등을 밀어 아이들 앞에 세우며 말을 이었다.

"여기 애는 우리 교지부의 부장 김뽕덕이다. 모두 박수!"

힘없는 박수 소리가 들릴 듯 말듯 울렸다. 부장은 교복 재킷을 아래로 잡아당겨 매무새를 한번 고치고는 입을 열었다.

"송암고는 오랜 전통을 가진 학교로, 개교 때부터 지금까지 이어져 온 동아리가 딱 세 개 있다. 그중 하나가 바로 교지부다. 자의든 타의든 교지부에 들어온 이상 자랑스러운 마음을 가졌으면 좋겠다. 난 교지부 부장 김봉덕. 발음에 주의하도록."

봉덕의 소개가 끝나고 존재감 없는 선배 두 명의 소개가 이어졌다. 그런 다음 드디어 1학년 신입생들의 소개가 뒤따랐다.

주미가 최대한 밝은 목소리로 자기소개를 한 반면, 선화는 마스크를 낀 채 자기 이름만 말했다. 다른 아이들도 크게 다르지 않게 자기소개를 마쳤다.

봉덕이 다시 앞에 나와 묵직한 목소리로 말을 시작했다.

"그래, 모두 반갑다. 우리 교지부의 가장 중요한 행사는 학년 말 교지 발행이다. 학생들의 문학 작품만 들어가는 게 아니다. 1년간의 사건 사고를 취재한 기사와 논평, 그리고 선생님들의 비평까지 포함된다. 다른 동아리들과 연합해서 취재한 내용을 싣기도 하니까 타 동아리 학생과도 잘 지내야 한다. 그럼 올해도 다음 세대가 봐도 손색없는 교지가 만들어지길 바란다. 이곳은 언제나 열려 있으니 자주 오도록 하고 틈틈이 그동안 발행된 교지도 찾아보면서 앞으로 어떤 교지를 만들지 구상하는 시간을 보내길 바란다."

봉덕의 무뚝뚝한 말투가 대부분 억지로 들어온 신입생들의 인상을 더욱 찌푸리게 만들었다. 재미라고는 전혀 찾아볼 수 없는 설명이었다.

류윤이 봉덕이 떠난 자리에 다시 서면서 미소 띤 얼굴로 입을 열었다.

"교지부가 교지를 발행하는 동아리는 맞지만 분명 고등학교 생활의 즐거움을 만들 수 있는 곳이기도 해. 그러니까 너희들이 3년 동안 왕성하게 활동해 줬으면 좋겠어. 그럼 더 궁금한 건 없니?"

류윤의 질문이 끝났지만 한동안 아무도 손을 들지 않았다. 아이들의 얼굴에는 빨리 시간이 흐르길 바라는 표정만 가득했다. 바로 그때 주미가 손을 번쩍 들었다.

"오, 그래."

"선배님? 차장님? 뭐라고 부르지? 아무튼 구체적으로 어떤 방식으로 활동하면 되나요?"

"좋은 질문이야. 구주미였나? 우리 교지부에서는 선배, 차장, 형, 오빠 다 편하게 부르고 있으니까 너희도 편한 대로 불러."

"네. 오, 오빠."

주미가 쑥스러운 듯 고개를 떨구며 대답했다.

"교지부가 교지를 만드는 데 가장 신경 쓰는 건 송암 특보를 만드는 일이야."

"특보요?"

"그래, 일종의 신문이지. 그해 송암고에 있었던 특별한 사건이나 행사를 취재해서 기사로 써. 과거에는 큰 신문으로 만들어서 복도에 붙였는데 지금은 송암고 SNS 페이지에 편집해서 올리고 있어. 송암고 페이지에는 가입되어 있지?"

당연히 선화는 가입하지 않았다. 하물며 SNS와 거리가 먼

선화에게는 설명 자체가 낯설었다. 반면 주미는 이미 고개를 끄덕이고 있었다.

"의미 없는 기사나 가십은 바로 삭제되니까 충분히 조사해서 쓴 기사만 올릴 수 있어. 그런 의미로 내가 우리 학교 전설 하나 얘기해 줄까? 송암고의 피눈물 흘리는 동상 이야기."

처진 분위기를 끌어 올리려는 의도인지 류윤은 창가 쪽을 향해 멀리 보는 흉내를 냈다. 그러고는 아이들의 대답은 듣지도 않고 이어 말했다.

"송암고를 만든 초대 이사장 동상 봤니? 108계단 중 예순여섯 번째 계단에 서서 산기슭 쪽을 보면 바로 보이는 동상 말이야. 그 동상이 10년에 한 번 피눈물을 흘린다는 전설이 내려져 오고 있는데, 바로 올해가 마지막으로 피눈물 흘린 지 딱 10년째 되는 해야."

그때 문 열리는 소리가 요란하게 들리는 바람에 류윤의 얘기를 숨죽이며 듣고 있던 아이들이 깜짝 놀랐다.

"후후후, 송암고 3대 불가사의 중 하나인 피눈물 흘리는 이사장 동상 얘기 중이군. 그 비밀은 우리 블랙매직부가 먼저 찾을 거니까 너무 힘 빼지 말라고."

블랙매직부의 우주민이었다.

"야, 우주인! 안 꺼져? 왜 남의 동아리실에 와서 지랄이야!"

지구를 침략하려던 외계인을 퇴치하듯 류윤의 입에서 거친 말들이 쏟아졌다.

"야, 류윤! 후배들 앞에서 말조심해라."

주민의 눈빛이 순간 매서워졌다. 류윤과 눈이 마주친 봉덕이 반짝이는 눈으로 주민을 쳐다보더니 물었다.

"우주민 부장, 그래서 할 말이 뭐야?"

주민은 블랙매직부의 부장이었다.

"봉덕 부장, 같이 좀 먹고살자고."

주민의 마음을 읽었는지 봉덕이 신입생들을 한번 둘러보고는 말했다.

"딱 한마디야. 짧게 끝내."

"후후, 고마워."

주민은 기다렸다는 듯 신입생들 앞에 서서 두 팔을 벌렸다.

"우리 블랙매직부는 항간에 떠도는 소문처럼 흑마법이나 연구하는 동아리가 아니야. 그저 과학으로 설명되지 않는 미지의 힘을 찾아서 증명하는 동아리야. 올해는 송암고 3대 미스터리를 푸는 데 동아리 전체가 전력을 다할 계획이야. 우연인지, 필연인지 모르겠지만 마침 오늘까지 동아리 변경이 가능하다고 하네? 혹시 나와 함께 송암고 3대 미스터리를 시원하게 풀어볼 사람 없니?"

블랙매직부 부장 우주민은 교지부로부터 신입생을 빼갈 생각이었다. 류윤이 격앙된 목소리로 봉덕에게 물었다.

"봉덕아, 가만히 보고만 있을 거야?"

신입생 중 남자애 둘이 눈치를 보더니 조용히 일어섰다. 지루할 게 뻔한 교지부보다는 송암고 미스터리를 푸는 게 낫겠다는 판단을 한 것이다.

주민은 만족스러운지 두 아이의 어깨에 팔을 둘러 어깨동무를 했다.

"후후후, 잘 생각했다. 제군들."

그 모습을 보고 화가 난 류윤이 주민에게 소리쳤다.

"야, 어서 너희 별로 꺼져 버려!"

주민이 지금 막 교지부를 탈퇴한 두 아이를 데리고 동아리실을 나가면서 한마디를 했다.

"블랙매직부의 문은 언제든지 열려 있으니 관심 있는 학생들은 찾아와도 돼!"

동아리실의 분위기는 말할 것 없이 썰렁해졌다. 잠시 후 봉덕이 일어나 기침을 한 번 하고는 말했다.

"우리 교지부에 뜨내기는 필요 없다. 저런 말에 흔들릴 애라면 교지 만드는 데 전혀 도움 안 될 애들일 거다. 그건 그렇고 동아리실은 경비 할아범이 순찰 도는 밤 9시까지 항상 열려 있으니까 각자 알아서 활동할 수 있도록 하자."

봉덕의 설명이 끝나자 선화가 한숨을 작게 내쉬었다. 잠깐의 소란이 있었지만 동아리 활동만큼은 바라던 대로 조용히 할 수 있을 것 같았기 때문이다.

제3장
닭발가락이 왜 여기서 나와?

종이 울렸다. 4교시 내내 안절부절못하던 주미가 벌떡 일어나 선화의 팔을 잡아끌었다.

"선화야, 급식실! 빨리 빨리!"

주미는 이미 안달이 나 있었다. 오늘 점심 메뉴가 마라탕이라는 걸 알게 된 뒤로 주미는 아침부터 마라탕이 자신의 최애 음식이라며 들떠 있었다.

1학년 4반의 배식은 5분 후에나 시작되지만, 둘은 모른 척 교실을 나왔다.

"어제 저녁에도 마라탕 먹었다고 하지 않았어?"

선화의 물음에 주미가 유난히 하얀 얼굴로 배시시 웃었다.

"흐흐, 마라탕이라면 매일 먹을 수도 있어."

급식실 앞은 이미 줄이 길게 늘어서 있었다. 다행히 줄은 금방 줄었다. 어느새 선화와 주미도 급식실 입구에 다다랐지만, 줄은 배식대까지 길게 이어져 있었다. 급식실이 평소보다 떠들썩한 걸 보니 확실히 마라탕은 아이들의 인기 메뉴인 것 같았다.

요즘 학생들은 먹고 싶은 음식을 자유롭게 요청하는 편이다. 그래서 오늘처럼 마라탕이 나오거나 피자, 팟타이, 대게, 스테이크 같은 별미가 나오는 날이면 이렇게 급식실이 시끌시끌해진다.

드디어 선화와 주미의 차례가 왔다. 둘은 식판과 식기를 챙겨서 차례대로 배식을 받기 시작했다. 밥은 자율배식이었지만 비엔나소시지와 시금치무침은 배식 봉사 아이들이 직접 덜어 주었다.

그리고 오늘 급식의 하이라이트 마라탕은 국그릇에 따로 받았다. 그 순간 선화의 눈에 마라탕을 떠 주는 아이의 모습이 눈에 들어왔다.

'헉!'

선화의 머릿속에 경고등이 켜졌다. 위생모 사이로 빠져나온 곱슬머리와 헐렁한 마스크 위로 드러나는 뾰족한 하관이 낯익었다. 검정색 뿔테 안경 안의 눈은 파충류의 눈과 닮아 있었다.

블랙매직부 부장 우주민이었다.

종일 흥분해 있었던 주미는 마라탕이 가득한 들통에서 눈을 못 떼며 식판을 내밀었다.

"많이 주세용~!"

주민이 국자 가득 건더기를 떠서 주미의 국그릇에 부었다. 마라탕 국물이 넘쳐 식판 위로 흘렀지만 주미의 입꼬리는 귀까지 밀려 올라갔다.

"저, 저는 적당히."

선화가 작은 목소리로 말하면서 주민과 눈이 마주쳤지만 주민은 아무 말 없이 선화의 국그릇에 마라탕을 부어 주었다.

주미가 빈자리를 찾았다. 선화는 주미를 따라 식판을 들고 조심조심 아이들을 피해 자리를 찾아 앉았다.

"우리 학교 급식 진짜 쩔어. 마라탕이 나오다니."

주미는 감격스러운 목소리로 말하더니 숟가락을 들자마자 마라탕 국물을 퍼서 입 안에 넣었다. 이미 환한 얼굴이 더욱 환해졌다.

"분모자가 없는 게 좀 아쉽지만, 먹을 만하네. 너도 먹어 봐!"

"그래."

선화는 마스크를 벗었다. 다양한 식재료 향이 콧속으로 들어왔다. 마라탕 특유의 강한 냄새 때문에 아이들의 냄새가 느껴지지 않은 건 좋았다.

빨간 기름이 둥둥 뜬 국물을 입 안에 넣었다. 알싸한 맛이 혀를 얼얼하게 적셨다. 다음은 소고기, 건두부를 입에 넣고 씹었다. 마라탕은 도대체 이런 걸 왜 먹는지 이해하지 못하는 사람들도 먹다 보면 매콤새콤 얼얼한 맛에 중독되는 경우가 많다.

"히히, 진짜 맛있네. 올해부터 급식이 맛있어져서 정말 다행이야."

주미의 입가가 빨갛게 물들었다.

"원래는 안 그랬어?"

선화의 물음에 주미가 입 안이 가득한 상태로 우물거리며 말했다.

"음……. 몰라. 선배들한테 들어 보면 작년 2학기 때부터 메뉴가 다양해지고 맛도 좋아졌다는데?"

"야, 밥풀 튄다. 다 먹고 말해."

선화의 만류에 주미는 입 안에 남은 음식을 다 씹어 삼키고는 마라탕을 한 번 더 떠먹었다.

그때였다. 초승달 같은 주미의 눈매가 일그러졌다.

"왜 그래?"

선화가 물었다.

"뭐지? 마라탕에 이런 게 들어가나? 이상한 게 씹혀."

주미는 입을 오물거리면서 혀로 입 안의 식재료를 걸러냈다. 그리고 잠시 후 뭔가를 뱉어냈다.

"이게 뭐지?"

주미의 입에서 나온 건 하얀 물고기 비늘 끝에 붙은 발톱이었다. 얼핏 보면 작은 손가락처럼 보였는데, 다시 보니 닭발에서 떨어져 나온 발가락 같았다.

이물질의 정체를 파악한 주미의 입에서 비명이 터져 나왔다.

"으악!"

닭 울음소리처럼 크고 높은 초고음 비명 때문에 급식실은 일순간 조용해졌다. 주미가 믿지 못하겠다는 표정으로 닭발가락을 가만히 쳐다보았다. 이어서 배 속 깊숙한 곳에서 욕지기가 일어나는지 자기 입을 틀어막고는 급식실 밖으로 뛰어 나갔다.

그러자 급식실 질서 담당 선생님이 주미가 앉았던 자리로 뛰어왔다.

"무슨 일이야? 쟤 왜 그러니?"

"마라탕에서 닭발가락이 나왔어요."

선화의 대답에 선생님은 황당해했다.

"뭐, 뭐라고?"

아이들이 순식간에 모여들었다. 어디선가 작게 찰칵, 하는 소리가 들렸다. 누군가 그새 사진을 찍은 게 분명했다. 선화는 재빨리 마스크를 썼다.

이어서 급히 달려온 영양사 선생님이 닭발가락을 움켜쥐고는 아이들에게 큰소리로 말했다.

"자자, 별 거 아니니까 다들 돌아가서 식사 마저 하세요."

뭔가 놀라운 일이 벌어졌을까 기대하며 모인 아이들은 영양사 선생님의 말에 바로 해산했다.

주미는 오후 수업 내내 보건실에 누워 있었다. 충격이 컸는지 교실로 올라오지 못했다. 종례시간이 되자 오언백 선생님은 인상을 찌푸리면서 교실로 들어왔다. 평소의 장난꾸러기 모습은 온데간데없었다.

"과학부 프로그램 신청한 학생들은 오늘 사전 오리엔테이션 참여하고, 복도에 쓰레기 좀 버리지 말고."

선생님의 시선이 선화에게 향했다.

"주미는 아직 안 왔니?"

자리가 비어 있으니 당연히 그렇지 않을까 싶었지만 선화는 바로 대답하는 게 좋을 것 같았다.

"네."

"종례 끝나면 선화는 주미 데리고 교무실로 오고."

선생님의 전달사항이 끝나고 아이들이 각자 가방을 챙겼다.

선화는 오후 수업 내내 돌아오지 않는 주미가 걱정되었던 터라 바로 보건실로 향했다.

보건실 문에 노크를 하고 들어간 선화는 보건 선생님과 눈이 마주쳤다. 보건 선생님이 아무 말 없이 턱짓으로 안쪽 침대를 가리켰다.

주미가 쌔근쌔근 자고 있었다. 무슨 꿈을 꾸는지 입꼬리가 한껏 올라가 있었다. 아까 엄청 충격 받은 애가 맞는지 의심 갈 정도였다.

선화는 주미의 어깨를 흔들어 깨웠다.

"주미야, 일어나."

감은 눈을 서서히 뜬 주미가 두 팔을 머리 위로 쭉 뻗어 기지개를 폈다. 아주 깊은 잠에서 깨어난 얼굴이었다.

"잘 잤냐?"

"자다니……. 난 공포에 떨고 있었어."

선화는 주미의 대답에 픽이나 그랬을까 싶어 헛웃음이 나왔다.

"이제 마라탕은 못 먹겠네?"

"그 정도로는 마라탕를 배신할 순 없어."

주미는 선화의 놀림에 별 타격 없다는 듯 대꾸했다.

"담임 쌤이 같이 교무실로 오라는데?"

"왜?"

그때 문이 열리면서 오언백 선생님이 들어왔다.

"이것 봐라, 이것 봐. 신선한 주꾸미, 안 오고 뭐 해?"

선생님의 등장에 주미가 침대에 걸터앉아 신발을 신었다.

"지금 가려고 했어요."

"어서 따라와라."

"어디 가는데요?"

"교장실."

"왜요?"

"난들 알겠니? 일단 가 보자."

선화와 주미는 종종걸음으로 걷는 선생님을 따라 교장실에 들어갔다. 교장실에는 어딘가 어둡고 기묘한 분위기가 흘렀다.

교장선생님은 연보랏빛으로 염색한 펌 머리를 했는데, 마치 소문난 맛집의 주인 할머니 같았다. 교장실 책상 옆에는 대머리 교감선생님이 가슴 앞에 팔짱을 낀 채 선화와 주미를 째려보듯 쳐다봤고, 그 옆에는 흰 가운을 입은 급식실 영양사 선생님이 서 있었다. 교장실의 무거운 분위기에 세 명의 얼굴 표정이 한몫하는 것 같았다.

"오 선생, 아이들 데리고 이쪽에 앉으세요."

교감선생님이 중후한 목소리로 말하면서 맞은편 소파를 가리켰다. 오언백 선생님이 먼저 소파 안쪽으로 들어가 앉고 주미, 선화가 순서대로 앉았다. 송암고에서 제일 안락한 소파답게 몸을 부드럽게 감싸 안는 것 같았다.

교감선생님이 선화를 바라보며 말했다.

"학생, 이런 데서는 마스크를 벗는 게 예의야."

다시 인간 냄새를 맡아야 한다는 사실이 선화의 기분을 내려앉게 만들었다.

선화가 마스크 끈을 귀에서 풀었다. 교장실 안의 냄새 분자들이 기다렸다는 듯 선화의 콧속을 파고들었다. 교장, 교감, 영양사 선생님에게는 공통적으로 마라탕 냄새가 풍겼다. 방금까지 급식실에 있다가 온 것 같았다. 아마 닭발가락의 출처를 찾기 위해서였을 것이다.

선화의 코끝이 본능적으로 벌렁거렸다. 이어서 다른 냄새가 느껴졌다. 비열한 교감선생님, 이기적인 영양사 선생님, 다행히 교장선생님에게는 정직한 냄새가 났다. 선화는 독특한 머리카락 색깔 때문에 교장선생님이 혹시 악인이면 어떻게 할지 고민했던 차였다.

선화가 한숨을 크게 내쉬면서 소파 안으로 몸을 묻었다. 그러자 교장선생님이 민망한 표정을 지으며 영양사 선생님에게 말했다.

"음……. 일단 영양사 선생님께서 잘 설명해 주시죠."

영양사 선생님은 짜증 가득한 표정으로 주미를 쳐다보았다.

"오늘 마라탕에서 닭발가락이 나온 이유를 모르겠어. 오늘 모든 식재료를 뒤져 봐도 닭발은 없었거든. 조리실에는 위생 안전을 위해서 CCTV를 설치해 두었단다. 다행히 CCTV에는 마라탕이 만들어지는 모든 과정이 찍혀 있었지. 방금 교장선생님, 교감선생님과 확인하고 오는 길이야. 마라탕을 끓일 때 이상한 점을 찾지 못했어."

"아까 분명히 닭발가락을 보셨잖아요. 그럼 그게 어디서 들어온 걸까요?"

주미가 이해할 수 없다는 듯 영양사 선생님에게 따지듯 물었다.

"적어도 조리실은 확실히 아니라는 거지."

영양사 선생님의 얘기를 다 들었지만, 선화는 교장선생님이 자신과 주미를 왜 불렀는지 도통 이해가 가지 않았다. 그때 교감선생님이 얼마 남지 않은 자기 옆머리를 긁으며 말했다.

"학생, 그러니까 급식에서 닭발가락이 나왔다느니 하는 얘기가 더 이상 안 나왔으면 좋겠어."

"그게 무슨 말이에요?"

영양사 선생님이 전보다 작은 목소리로 타이르듯 건넨 말에 주미가 발끈했다.

"학교의 명예를 지켜 달라는 거야."

"닭발가락이랑 학교 명예와 무슨 상관인데요?"

주미는 진심으로 몰라서 물었다. 그제야 선화는 왜 자신들을 교장실까지 불렀는지 알 것 같았다.

다른 것도 아니고 닭발가락 같은 이물질이 학생들의 급식에 섞여 들어갔다는 소문이 퍼진다면 학교의 이미지가 땅에 떨어지는 건 물론이고, 내년 신입생 모집에도 차질이 생길지 모른다. 심지어 아직까지 원인을 찾지 못했다는 건 앞으로 이런 일이 또 일어날지도 모르는 일이었다. 학교의 관리자 입장에서는 이번 사건을 조용히 넘기고 싶을 것이다.

영양사 선생님이 소파에 묻어 둔 몸을 앞으로 일으켰다.

"학생! 조리실 직원들이 맛있는 급식을 만들기 위해 얼마나 노력하는데. 출처도 알 수 없는 닭발가락 하나 때문에 어떤 피해를 입고 있는지 알아?"

'피해'라는 말에 선화의 고개가 갸우뚱했다. 피해자는 갑작스럽게 닭발가락을 씹게 된 주미여야 했다.

영양사 선생님이 풍기는 이기적인 냄새가 점점 독해졌다. 분명 조리실 직원들 이야기를 꺼냈지만, 닭발가락 마라탕 이야기를 많은 사람들이 알게 된다면 책임자인 자신이 가장 곤란해질 것이다.

선화의 심장이 심하게 뛰기 시작하더니 벌컥 화를 내는 것처럼 뜨거워졌다. 송암고에서만큼은 조용히 지내려고 했는데 이기적인 영양사 선생님에게 화가 나서 견딜 수가 없었다.

"어찌 됐든 급식에서 닭발가락이 나온 건 사실이니 제 친구한테 사과 정도는 하셔야죠."

선화가 거침없이 말했다. 항상 그게 문제였다. 상대방의 진심을 냄새로 미리 알 수 있다 보니 확신에 찬 말을 서슴없이 내지르게 된다.

"어머! 얘 말하는 것 좀 봐. 그게 왜 사과할 일이니?"

"이 친구 입 안에서 어떻게 들어간 줄도 모르는 닭발가락이 나왔다고요. 발톱 달린 닭발가락 말이에요. 얘가 받았을 충격은 생각 안 하시나요?"

"어머, 어쩜 이렇게 버릇없이……."

"잘못이 있으면 인정하고 사과하세요."

선화가 몰아붙이자 영양사 선생님의 얼굴이 마라탕의 고추기름처럼 붉어졌다. 그때 교감선생님이 자리에서 벌떡 일어섰다.

"이 녀석이! 아무리 그래도 그렇지 그게 어른한테 할 소리냐! 오 선생, 애들을 어떻게 가르친 겁니까?"

"넹?"

갑자기 불똥이 튄 오언백 선생님의 얼굴이 안쓰럽게 변했다.
주미는 꽁꽁 얼어붙은 분위기가 꽝꽝 얼기 전에 선화의 재킷
끝을 잡아당겼다. 이제 그만하라는 뜻이었다.

그새 교감선생님에게서 비열한 냄새가 짙어졌다. 옆에서는
오언백 선생님이 선화 대신 사과를 하고 있었다.

"죄, 죄송합니다."

결국 선화는 송암고에서의 학교생활도 순탄하지만은 않을
것 같다는 생각을 했다. 중학교에서도 아이들이나 선생님들과
이런 식으로 멀어졌고, 심지어 한때 싸가지 없는 불량아로 낙
인 찍힌 적도 있었다. 그래도 차라리 혼자가 나았다. 엄마에게
는 미안하지만 그게 더 편했다.

선화가 작정하고 반박하려던 그때 교장선생님의 목소리가
들렸다.

"모두 조용히 하세요."

의외의 웅장한 목소리에 사람들의 시선이 모두 교장선생님
에게 향했다.

"주미 학생, 미안합니다. 교장선생님이 이렇게 사과할게요."

"네? 네……."

교감선생님이 소파에 다시 앉으며 조심스레 말을 꺼냈다.

"교장선생님, 그렇게 말씀하시면……."

"교감선생님, 이 학생 얘기가 틀렸나요? 우리는 닭발가락이 어디서 나왔을까만 생각했지, 아무것도 모르고 입에 넣은 학생의 사정은 생각하지 않았잖아요."

"그, 그래도……. 누군가 어떤 의도를 갖고 넣었을지도 모르는데……."

"그만! 더는 말하지 마세요. 명백히 학교 측의 실수입니다."

교장선생님은 교감선생님의 말을 자르며 단호하게 말했다. 그러고는 주미와 눈을 마주치면서 물었다.

"학교 차원에서 닭발가락, 아니 그 이물질에 대해서는 더 조사해 볼게요. 그때까지 오늘 일은 비밀로 해 줄 수 있을까요?"

주미는 저도 모르게 고개를 끄덕였다. 선화는 다시 마스크를 썼다. 교장선생님이 좋게 말하긴 했지만 학교 측의 실수를 입막음부터 하려는 의도가 분명했다. 선화는 더는 말하지 않기로 했다.

피해 당사자인 주미가 이런 어처구니없는 일을 겪게 된 건 안타까웠지만, 교사도 한낱 직장인에 불과한지 상사 앞에서 쩔쩔 매는 오언백 선생님의 모습도 안쓰러웠다.

"그럼 오 선생님, 아이들 데리고 가 보세요."

교장실에서 나와 문을 닫자마자 선생님은 크게 한숨을 내쉬었다.

"신선한 주꾸미, 나 좀 살려 주라."

"교감 쌤도 이상해요. 왜 쌤한테 불똥이 튄 건지 모르겠어요."

오언백 선생님의 마음을 읽었는지 선화가 선생님 편을 들었다.

"이 녀석아, 학교에서 담임은 부모와 똑같아. 어린 자식이 죄를 지으면 부모한테도 책임이 있는 것처럼."

예상치 못한 선생님의 대답에 선화의 심장이 찡 울렸다. 다른 선생님이라면 예의 없다면서 분명 선화를 나무랐을 것이다. 시도 때도 없이 장난만 치는 줄 알았는데 의외로 감동을 주는 구석이 있었다.

"아, 알겠어요. 조용히 있을게요."

선화가 일부러 무뚝뚝하게 말했다. 그렇게 닭발가락 마라탕 사건은 마무리되는 듯했다. 그러나 얼마 지나지 않아 사건이 이상한 방향으로 흘러갔다.

그날 밤 송암고 SNS 페이지에 누군가 닭발가락 마라탕 사건의 전말을 정리해 올린 것이다. 심지어 닭발가락이 선명하게 보이는 사진도 함께 올라왔다.

마라탕에서 닭발가락 나온 거 실화냐?!

송암고 급식으로 나온 마라탕에서 닭발가락 발견. 여기서 반전은 이날 식재료에는 닭이 없다는 사실! 그럼 닭발가락은 어디서 왔을까? 누군가의 불순한 악의가 느껴진다.

↳ 어제 마라탕을 배식한 학생이 누구야? 👍5

　↳ 블랙매직부 부장 우주민이었어. 👍15

　　↳ 닭발가락으로 흑마법을 시행한 거 아니여? 👍18

　　　↳ 송암고 학생 모두에게 주술을 걸려는 의도? 👍20

해당 글의 댓글창은 순식간에 블랙매직부를 비난하는 댓글로 채워졌다. 대부분 마라탕 배식을 담당한 주민이 어떤 의도를 갖고 닭발가락을 집어넣었다는 심증이 다양한 이유와 함께 올라왔다. 하루아침에 주민은 송암고의 악령이 되어 있었다.

다음 날 아침 교실은 평소와 달리 고요했다. 아이들은 나름 주의를 기울이며 주미의 눈치를 보거나 닭발가락 마라탕과 블랙매직부에 대해 수군거렸다. 정작 당사자인 주미는 수학 문제집을 펼쳐 놓고 열심히 문제를 풀고 있었다.

'주미 진짜 괜찮은 걸까? 아님 괜찮은 척하는 건가?'

선화는 자기 의자를 빼 앉으면서 인사를 건넸다.

"뭐 하고 있어?"

"응, 수학. 어제 오후 수업 못 들었잖아."

주미가 옆에 앉은 선화를 힐끔 쳐다보고는 다시 문제집으로 눈을 되돌렸다. 이렇게 공부하는 게 습관이 된 것처럼 자연스러웠다. 수업 시간에 졸기 일쑤인 선화와는 달리 주미는 공부에서만큼은 진지하고 흐트러짐이 없었다. 심지어 수업 시간에 선생님이 하는 말을 전부 받아 적기까지 한다.

"괜찮아?"

"뭐가?"

선화의 물음에 주미는 태연하게 되물었다. 어제 일의 여파가 있어 보이진 않았다.

선화가 가방을 내려놓고 의자를 끌어당겨 앉았다. 주미 옆에서 수군대던 무리의 시선이 느껴졌다. 권혜민이 아이들한테 떠밀리듯 다가와 말을 걸었다.

"저기 주미야, 너도 송암고 페이지 봤지?"

주미가 문제집에 고정된 눈을 권혜민에게로 옮겼다.

"봤어. 그래서 뭐 달라지는 거라도 있어?"

그러자 권혜민 뒤에 있던 이수연이 흥분한 목소리로 따지듯 말했다.

"우주인인가 하는 선배가 급식 마라탕에 테러를 했다던데, 그게 사실이야? 이건 우리는 물론 마라탕에 대한 모욕이야."

"그래서?"

"그래서라니. 얘 좀 봐. 너도 마라탕 엄청 좋아한다며. 이제 앞으로 마라탕이나 그 비슷한 것만 봐도 닭발가락이 떠오를 거라고."

이수연의 말이 끝나자마자 권혜민이 나섰다.

"우리랑 같이 우주인한테 가서 따지자. 그 닭발가락 사진을 본 뒤로 마라탕 생각만 해도 토가 나올 것 같단 말이야."

"우주인한테 책임 묻고 급식실에 얼씬도 못 하게 해야 해. 추방해 버리자고. 선화, 너도 주미 베프니까 동참할 거지?"

이수연이 선화를 쳐다보며 당연하다는 듯 물었다. 선화가 전학 온 뒤로 주미랑만 다녔으니 둘을 베프라고 생각할 법했다.

우주민 선배를 추방하자는 말이 선화의 마음속에 걸렸다. 어디로 추방하자는 말인지 도통 알 수 없었다. 게다가 선배의 이름은 우주민인데 자꾸 우주인이라 부르는 걸 보면 지구 밖으로 추방할 기세였다.

"근데 우주민 선배의 짓이 확실해?"

그때 주미가 의문 가득한 말투로 물었다.

"지금 우주인은 아무 말도 하지 않고 있어. 전교생이 알게 되었는데 어떤 대응도 하지 않는 걸 보면 자기 범행을 인정한다는 거지."

권혜민이 확신 가득한 목소리로 대답했다.

"그러니까 빨리 추방하자. 우린 주미 널 따를게."

이수민이 말을 보탰다.

"아, 뭔 추방이야! 우주인이라고 외계로 쫓아내라는 거냐?"

주미가 짜증 가득한 목소리로 소리 지르는 순간 교실 뒷문이 열리면서 오언백 선생님이 들어왔다.

"신선한 주꾸미, 정말 외계로 추방할 생각이야? 그리고 권혜민, 이수연. 그런 말 믿지 말고 너희 자리로 돌아가."

"아, 쌤! 전 아무것도 안 했어요."

주미는 자신이 말도 안 되는 의견을 먼저 내세운 사람이 되어 버린 것 같은 마음에 하소연했다. 다행인지 불행인지 오언백 선생님은 아이들의 황당한 소리를 무시하는 것 같았다.

선생님이 교탁 앞에 서서 아이들을 주목시켰다.

"뭐, 다 알고 있겠지만 그 닭발가락 마라탕 사건은 학교 측에서 계속 조사하고 있다. 그러니 너희는 동요하지 말고 사실 확인되지 않은 추측성 글을 학교 홈페이지나 SNS에 올리지 않았으면 좋겠다."

조사라는 건 아마 우주민 선배에 대한 조사일 것이다. 이미 전교생이 알게 된 이상 학교에서도 송암고 페이지를 무시할 수는 없다. 페이지는 학생들만 가입할 수 있지만, 어차피 온라인상에서 이야기가 퍼지는 데는 그리 오래 걸리지 않는 법이다. 하룻밤 사이에 선생님들의 귀에도 들어갔을 것이다.

이제 남은 건 과연 우주민 선배가 닭발가락을 마라탕에 넣었는지, 그게 사실이라면 왜 그랬는지 밝혀내는 것이다.

선화는 머릿속이 점점 이상한 상상으로 가득차자 고개를 절레절레 흔들었다. 반면 주미는 평소처럼 선생님의 입에 눈을 고정하고 있었다. 자신이 사건의 중심이 된 상황에서 이 정도로 수업에 집중할 수 있다니, 선화는 송암고의 전교 1등이 주미일 거라고 확신했다.

중학교 때 아이들과 멀어지기 시작하면서 선화는 공부와도 거리를 두게 되었다. 그러다 보니 고등학교 영어는 아랍어와 다를 게 없고, 수학 기호는 이집트 상형문자와 같았다. 그런 선화에게 수업 시간은 늘 꿈나라로 가는 지름길이었다.

오늘도 선화는 금세 잠의 세계로 빠져들었다.

"선화야, 일어나 봐. 빨리 밥 먹고 동아리실에 가 보자."

주미의 목소리에 선화가 부스스 눈을 떴다. 침을 얼마나 흘렸는지 마스크 안쪽이 축축했다.

"응? 이제 3교시 끝났잖아."

"무슨 소리야? 4교시 끝났어. 지금 점심시간이야."

시공간을 통과해 다른 시간대로 옮겨 간 것처럼 느껴졌다. 일종의 워프를 경험한 것 같았다. 한편으로는 4교시에 선생님이 왜 자신을 깨우지 않았는지 의문이 들었다.

"동아리실?"

"어, 교지부원이 된 김에 우리가 자발적으로 활동해 보면 좋을 것 같아."

주미의 표정이 미묘하게 변했다. 분명 다른 목적이 있는 게 분명했다. 어쩌면 류윤 선배와 마주치는 상황을 기대하는 걸지도 모른다.

사실 요즘 주미에게서 달콤한 사랑의 냄새가 스멀스멀 나기 시작했다. 게다가 오늘은 주미의 잘 정리된 눈썹이 선화의 눈에 들어왔다.

선화가 한껏 기지개를 켜고는 자리에서 일어났다.

"그럼 가 볼까?"

오늘 메뉴는 짬뽕이었다. 선화는 그날 이후로 숟가락으로 국그릇 안을 살살 뒤졌지만, 그렇다고 평소보다 적게 먹거나 남기지는 않았다. 둘은 식사를 마치고 잔반을 버린 뒤 급식실 밖으로 나왔다.

"어디로 갈래?"

주미가 물었다.

별관으로 가는 길은 두 가지다. 급식실 정면으로 보이는 108 계단을 고통 속에서 오르던가, 완만한 오솔길을 따라 오르면 된다. 학교 부지를 돌아 올라야 하는 오솔길이 108계단을 오르는 것보다 세 배가량 시간은 더 걸리지만, 108계단보다 힘은 삼분의 일 정도밖에 들지 않는다.

"오솔길로 가자. 계단은 너무 힘들어."

잠시 생각하던 선화가 대답했다.

오솔길로 접어들자 곧 송암산의 멋진 소나무 숲이 그늘을 만들어 주었다. 그냥 그 길을 걷는 것만으로도 기분이 좋아졌다. 선화가 마스크를 턱 아래로 내렸다. 진한 솔잎향이 세상의 냄새를 지워 주었다.

중간쯤 올라왔을 때, 선화는 굵은 소나무 뒤에 누군가 숨어 있는 걸 발견했다. 그 사실을 주미에게 알리려던 찰나, 소나무 뒤에서 갑자기 뭔가가 튀어나왔다. 뾰족한 턱이 제일 먼저 눈에 띄었다.

흑마법 테러범, 블랙매직부의 수장 우주민 선배였다.

"꺅!"

악당에게 갑작스러운 공격을 받은 사람처럼 주미가 소리를 내지르면서 선화의 등 뒤로 숨었다. 선화 역시 슬금슬금 뒷걸음을 쳤다.

그러자 파충류처럼 기묘한 눈을 깜빡이며 우주민이 외쳤다.

"난 아니야!"

선화의 콧속에 낯선 냄새가 훅 들어왔다.

'아차, 마스크를 벗고 있었지?'

선화의 머릿속에서 냄새들이 조합되기 시작했다.

'정직. 으잉? 정직이라고? 아무 사람한테나 흑마법 주술을 거는 사람이 정직이라고? 내 코가 잘못됐나?'

선화는 고개를 갸우뚱하더니 다시 냄새를 맡아 보려는 듯 뒷걸음질을 멈췄다.

"뭐, 뭐가 아니라는 거예요?"

선화 뒤에 숨은 주미가 긴장한 목소리로 물었다.

"난 마라탕에 닭발가락 같은 건 넣지 않았어."

그사이 선화는 쿵쿵, 콧구멍을 벌름거리면서 우주민만의 냄새를 찾았다.

'정직, 과시.'

주민은 과시하고 싶어 하는 성격이 강하지만 거짓말은 못하는 사람이었다. 주민이 이렇게 호소하는 걸 보면 범인이 아닐 가능성도 있었다.

그런데 어째서 주민은 학교 페이지나 아이들에게 자신의 결백을 적극적으로 주장하지 않았는지, 선화는 의문이 들었다.

"그럼 왜 선배의 결백을 주장하지 않은 건데요?"

선화가 물었다.

"어, 그게……. 선생님에게는 했지. 근데 내 말을 믿지 않아."

"애들한테는요?"

"아직……. 괜히 내가 잘못 말하면 우리 블랙매직부의 위상은 땅에 떨어진다고."

지금 상황만 봐서는 블랙매직부의 위상은 둘째 치고 기존 부원들의 탈퇴를 걱정해야 할 것이다.

주미가 선화의 재킷 끝을 잡아당겼다. 자리를 피하자는 뜻이다. 냄새로 주민이 어떤 사람인지 알고 있는 선화와 달리 다른 사람들은 주민이 괴상한 흑마법술로 일을 꾸몄다고 확신했다.

"그럼 아이들 앞에서 진실을 말하세요."

"그건 내가 알아서 해."

선화의 권유에 주민이 칼같이 대답했다. 그러면서 선화 뒤에서 고개를 빼꼼히 내밀고 있는 주미에게 말했다.

"구주미? 너에게만이라도 내 결백을 주장하고 싶어. 내가 그러지 않았어."

"선화야, 그냥 내려가자."

주미가 선화의 팔을 끌어당겼다. 선화는 주민의 흔들리는 눈동자를 바라보다가 몸을 돌렸다. 오솔길을 다 내려갈 때까지 주민은 둘의 뒷모습을 내려다보았다.

선화는 주민의 억울해하는 얼굴이 자꾸 떠올랐지만 관심을 끄기로 했다. 선화와 주미는 결국 동아리실에 가지 못하고 다시 교실로 돌아왔다.

잠시 후 오후 수업이 시작되었다. 배가 불러 졸린데 창밖에서 비치는 봄 햇살이 선화의 졸음을 숙면으로 인도했다. 그 와중에 주미는 말 한마디도 놓치지 않겠다는 듯 선생님의 입에 집중했다.

쉬는 시간마다 권혜민과 이수연이 마라탕 사건에 대한 새로운 소식을 가져와 들려 줬다. 조회시간에 공기계를 제출했는지 혜민은 지금 SNS에 떠도는 썰이라며 주미에게 휴대폰을 들이댔다.

"어떤 3학년 남자애가 우주인을 때려눕혔대."

SNS에 퍼지는 정보는 사실보다 훨씬 부풀려지게 마련이다. 선화와 주미의 반응이 시원치 않자 혜민이 주위를 한번 둘러보고는 휴대폰의 다른 SNS 어플 하나를 실행했다.

"이것 봐. 방금 올라왔어."

휴대폰에서는 영상 하나가 재생되었다. 누군가 가깝지 않은 거리에서 촬영한 것 같았다. 장소는 동아리실이 있는 별관인 것 같았다. 우주민을 둘러싸고 욕을 퍼부으며 주먹으로 위협하는 남자 애들 무리가 보였다.

업로드 시간을 보니 점심시간에 오솔길에서 선화와 주미를 만난 직후인 것 같았다. 주민은 대항하려 했지만 거칠게 몸을 밀치며 위협하는 무리를 당해내지 못했다. 영상은 짧았다. 소문처럼 주민을 때려눕히는 장면은 나오지 않았다.

선화는 애초에 진실을 말했다면 주민이 이런 수모를 겪지 않았을 거라고 생각했다. 이런 말도 안 되는 소문을 더 이상 듣기 싫어 책상에 엎드렸다.

곧 수업 시작 종이 울렸다. 자기들끼리 신나게 떠들던 권혜민과 이수연은 그제야 자기 자리로 돌아갔다. 이번 시간은 국어였다. 이번에도 어김없이 잠에 빠져 버린 선화의 꿈에 중학교 때의 신선화가 보였다.

체육시간이 끝났을 때 누군가 돈을 잃어버렸다고 했다. 그때 선화는 누군가 훔쳐 갔다고 확신했다. 한 아이에게서 유독 긴장한 냄새가 강하게 났기 때문이다. 선화는 그 애에게 다가갔다.

"남의 것을 훔치는 게 나쁘다는 것쯤은 알잖아."

그러자 그 애는 얼굴이 새빨개지면서 선화에게 고래고래 소리를 치기 시작했다.

"네가 뭔데 날 의심해? 이거 미친년 아니야!"

그럴수록 그 애에게서는 긴장과 떨림, 두려움이 뒤섞인 냄새가 진해졌다.

아이들이 선화와 그 애 주위로 몰려들었다. 선화는 돈을 잃어버린 아이에게서 지갑을 건네받았다.

지갑에서는 진한 가죽 냄새와 미세한 라면 스프 냄새가 풍겼다. 그리고 그 애의 냄새에 집중했다. 점퍼, 책가방의 냄새를 맡다가 국어 교과서에서 낯익은 냄새를 맡았다.

'가죽, 그리고 라면 스프.'

"여기야."

그 애의 얼굴엔 당황한 기색이 역력했다. 그 애는 재빨리 국어 교과서를 품에 안아 들었지만, 돈을 잃어버린 아이가 도로 교과서를 빼앗았다. 그 순간 교과서가 펄럭이면서 땅에 떨어졌다. 그리고 오만 원도 함께 떨어졌다.

그 일이 있은 후부터 아이들은 선화를 개코라 불렀다. 처음엔 신기해했지만 점점 놀림의 대상이 되었다.

학교에서 선화는 냄새 괴물이었다가 마녀가 되었다. 아이들

이 피하기 시작했다. 귀신이 붙었다며 모욕을 하고 폭행을 하
기도 했다.

선화의 마음은 그렇게 점점 닫혔다. 마스크를 쓴 순간 선화
의 마음엔 누구도 들어올 수 없게 된 것이다.

제4장
누구에게나 사정은 있다

닭발가락 마라탕 사건이 송암고 SNS 페이지를 도배하기 시작했다. 우주민을 향한 비난은 도가 지나칠 정도로 난무했다.

주민을 퇴학시켜야 한다는 댓글에 좋아요의 수가 가장 많았고, 누군가 꼼꼼하게 정리한 사건 정황 글을 학교 측에 전달하자는 의견, 심지어 주민도 똑같이 당해야 한다며 복수팀을 모으자는 의견도 많은 좋아요를 받고 있었다.

선화는 주민이 걱정됐다. 억울해하던 주민의 냄새로는 범인일 수 없었기 때문이다. 진실과 상관없이 억울하게 손가락질받는 주민을 보며 선화는 과거의 자신이 떠올랐다.

'주민이 아니라면 마라탕에 닭발가락을 넣은 범인은 과연 누

구일까?'

그날 메뉴에 닭발가락은커녕 닭고기조차 사용하지 않았다. 그렇다면 조리실의 실수는 아니었다. 누군가 의도적으로 넣은 것이 확실했다.

'누구지? 이유가 뭐지? 이렇게 해서 얻는 이익이 있을까?'

생각에 잠긴 선화 곁에 주미가 말을 걸었다.

"선화야, 이따 수업 끝나고 뭐 먹으러 갈래?"

주미의 목소리에 선화는 깊고 깊은 추리의 바다 속에서 빠져나왔다.

"그래, 뭐 먹을까?"

"흐흐흐, 마라탕."

주미는 이미 눈앞에 매콤한 마라탕이 있는 것처럼 입맛을 다셨다. 이제 겨우 이틀밖에 지나지 않았는데 그새 닭발가락의 충격에서 빠져나온 것 같았다.

"이런 말은 좀 그렇지만 닭발가락은 이제 잊은 거야?"

"음……. 충격이었지. 근데 사실 내가 닭발도 엄청 좋아하거든. 히히."

선화는 주미의 진짜 모습이 무엇인지 도저히 모르겠다는 표정을 지었다. 그러면서도 생각보다 큰 충격은 아닌 것 같아서 내심 마음은 놓였다.

"'마라탕후'라는 가게가 생겼는데 평점이 엄청 높더라. 우리 거기 가 보자."

학교 정문에서 큰길을 건너면 바로 신도시 아파트 단지가 나온다. 아파트 단지 앞에는 상가들이 오밀조밀 모여 있는데 그중 한 건물 2층에 중국어와 한국어가 복잡하게 적힌 간판이 걸려 있었다.

학교가 끝나자마자 선화와 주미는 정문까지 빠른 걸음으로 직진했다. 순식간에 상가 건물에 도착하자 주미가 간판 하나를 가리켰다.

"저기야."

주미가 앞장섰다. 상가로 들어가 2층으로 올라가자 바로 '마라탕후'라고 적힌 문이 나왔다. 문을 열어 보니 이미 송암고 학생들이 여러 테이블을 차지하고 앉아 있었다. 오늘 종례가 일찍 끝난 반 아이들이었다.

"선화야, 넌 1단계 보통 매운맛?"

"넌 더 매운 거 좋아하잖아. 네 취향대로 2단계 하자."

"괜찮겠어?"

주미의 물음에 선화가 고개를 끄덕였다. 오늘은 주미의 마라탕 사랑을 응원하기로 했다.

둘은 빈자리를 찾아 앉았다가 다시 일어났다. 각종 재료가

뷔페식으로 차려진 셀프 코너에 가서 먹고 싶은 재료를 직접 골라야 했기 때문이었다.

"우왕, 여기 채소 엄청 신선하다."

주미는 미처 선택되지 않은 재료들에게 미안한 듯 거의 모든 재료들을 조금씩이라도 접시에 수북이 쌓아 담았다.

"역시 분모자는 많이 넣어야겠지?"

주미는 중국식 당면인 분모자를 한 번 더 담고는 집게를 놓았다. 그렇게 마라탕과 마라 꿔바로우, 음료로 뻥홍차를 주문한 다음 다시 자리로 돌아왔다.

선화가 마스크를 벗고 뻥홍차를 마시자 주미가 그동안 궁금했었다는 듯 선화의 얼굴을 빤히 쳐다보며 물었다.

"선화야, 예쁜 얼굴을 왜 마스크로 가리고 다녀?"

"아……. 습관이 돼서."

"불편하지 않아?"

그때 선화의 코가 벌렁거렸다. 주미에게서 풍기는 순수한 냄새가 콧속으로 들어왔다. 탐욕과 거짓이 가득한 세상에서 선화가 안심할 수 있는 냄새다. 언젠가 주미에게 자신의 비밀을 말할 일이 생길 거라고 생각했다.

선화는 고개를 가로저었지만 마땅한 대답이 생각이 나지 않았다. 편하다고는 말할 수 없었고, 그렇다고 불편하다고 하면 주미의 계속되는 질문을 감당할 자신이 없었다.

그때 종업원이 방금 주문한 마라탕을 가져다주었다. 푸짐한 재료들을 마주하자 주미의 눈이 초승달 모양으로 변했다.

"우와, 진짜 많다."

주미가 휴대폰을 이리저리 옮겨 가며 사진을 찍었다. 그러고는 자신의 SNS 계정에 스토리를 올렸는데 그 속도가 굉장히 재빨랐다. 선화가 숟가락과 젓가락을 세팅하는 사이 주미는 마라탕을 먹을 준비까지 이미 다 끝낸 상태였다.

선화는 제대로 된 마라탕 맛을 처음 맛보았다. 진한 마라 향에 혀 전체가 마비되는 것 같았다. 그렇게 둘은 별다른 대화 없이 마라탕과 꿔바로우를 차츰 해치워 갔다.

"진짜 맛있다. 그치?"

주미의 하얀 얼굴에 빨갛게 물든 입술이 도드라져 보였다.

'하필 마라탕이라니…….'

한편 선화의 머릿속에서는 곤욕을 치르고 있는 주민의 얼굴이 떠나지 않았다.

"주미야, 저기 있잖아. 내 직감이 좀 쩔긴 하거든?"

선화의 말에 입을 오물오물 움직이고 있던 주미가 되물었다.

"그게 무슨 소리야?"

"우주민 선배……. 범인 아닌 것 같아."

주미는 냅킨을 꺼내 대충 입술을 훔치고는 말했다.

"왜? 그럴 만한 사람이 없잖아, 그 선배 말고는."

"그럼 나랑 진짜 범인 한번 찾아볼래? 조사해 보자."

"그게 가능해?"

"말 그대로 조사니까 안 될 건 없지."

선화의 당찬 대답에 주미는 잠시 뭔가를 골똘히 생각하더니 하얀 얼굴에 웃음을 지어 보였다.

"아, 학교에서 벌어진 사건을 교지부가 취재해서 특보를 낸다고 했잖아."

주미의 입에서 교지부 얘기가 나온 것이 놀라웠지만, 동아리 활동에 이렇게 적극적일 줄은 몰랐다. 선화는 주미가 무슨 말을 하려는지 단번에 알아챘다.

"그래! 우리가 올해 교지부의 최초 특보를 내자."

"오, 최초? 뭔가 멋있는데?"

주미는 선화의 제안에 신이 나는지 지갑에서 카드 한 장을 꺼냈다.

"오늘은 내가 살게."

"그래도 돼? 그럼 디저트는 내가 살게. 사건이 있던 날을 다시 되돌아보자."

아이스크림 가게는 바로 옆 건물에 있었다. 주미는 민트초

코, 선화는 다크초콜릿을 선택했다. 선화가 먼저 자리 잡은 주미에게 민트초코 아이스크림을 건네며 먼저 말을 꺼냈다.

"일단 우주민 선배가 결백했을 때를 가정해 보자. 그럼 누가 이런 일을 벌일 수 있지?"

"마라탕은 조리실 대형 솥에서 끓이고 점심시간 직전에 여러 개의 대형 스테인리스 들통에 나누어 급식실로 옮겨져. 그럼 급식 봉사 학생이 국그릇에 퍼 주잖아."

주미는 머릿속에 급식이 배식되는 과정을 그려 보면서 차분히 말했다.

"맞아. 그날 CCTV에서는 조리하는 과정 중 이상한 건 발견하지 못했다며. 그럼 우주민 선배가 아니라면 배식 전까지 누군가 들통에 접근할 수 있는 기회는 한 번뿐이야."

"언제?"

"들통을 조리실에서 급식실로 옮길 때 바퀴 달린 수레 위에 올린 뒤 밀어서 옮기잖아. 그때 들통 뚜껑이 살짝만 열린다면 아무도 모르게 닭발가락을 몰래 떨어뜨릴 수 있지 않을까?"

주미는 선화의 추리가 타당해 보였는지 아이스크림을 뜬 스푼을 입에 넣은 상태로 눈동자를 이리저리 굴렸다. 분명 조리실 직원들의 담당 업무는 나뉘어져 있을 것이다. 국 담당, 밥 담당, 반찬 담당처럼 완성된 급식을 옮기는 이들도 있을 것이다.

"그 가정이 맞는다고 해도, 조리실 직원이 그럴 이유가 있을까?"

"그건 지금부터 조사해 봐야지."

"와! 진짜 탐정 같다, 우리."

선화의 대답이 마음에 들었는지 주미가 뿌듯해했다.

"4교시가 끝나면 아이들이 급식실로 달리기 시작해. 급식 봉사 학생들도 비슷한 시각에 도착할 거고. 그럼 조리실에서는 최소 4교시 중간 즈음에는 모든 배식 준비를 완료하겠지."

"그럼 4교시 중간에 밖으로 나와서 누가 들통을 옮기는지 보면 되겠네."

선화의 추리에 호응하듯 주미가 적절한 방법을 제시했다.

"내일 4교시가 뭐지?"

"오십 원."

오십 원은 오언백 선생님의 통합과학 시간을 가리키는 말이다. 주미는 자신을 주꾸미라고 부르는 게 약 올랐다. 그래서 선생님의 이름을 거꾸로 해서 오백 원, 그것도 너무 비싸다며 오십 원이라고 불렀다.

"그럼 내가 배 아프다면서 중간에 나가 볼게."

오언백 선생님이라면 충분히 가능했다. 주미는 선화의 생각에 동의한다는 뜻으로 고개를 끄덕였다.

밤사이 주민에 대한 비난은 더욱 거세졌다. 학교 측에서도 이 이슈를 가라앉히기 위해 내부 징계를 위한 선도위원회를 열 예정이라는 소식을 공지했다.

그리고 다음 날 11시 50분, 4교시 통합과학 시간이 됐다. 오언백 선생님은 오늘도 어김없이 괴상한 농담으로 수업을 시작했다.

"푸하하하, 오늘은 우주의 탄생을 알린 비둘기 똥 이야기를 해 주지."

선생님의 요란한 웃음소리에도 아이들은 웃지 않았다.

"펜지어스와 윌슨은 고성능 안테나를 개발했는데 작동할 때마다 잡음이 생겼대. 그래서 그 잡음을 없애기 위해 무진장 노력했는데도 잡음의 원인을 찾을 수 없었지. 심지어 지붕 위에 올라가 비둘기 똥까지 치웠지만 잡음은 없어지지 않았어. 그래서 할 수 없이 그냥 그대로 사람들 앞에 발표하고 말았대. 그랬더니 무슨 일이 일어났는지 아니? 그 잡음이 2.7K 우주배경복사라는 사실을 다른 과학자가 밝혀낸 거야."

선생님은 박수를 한 번 짝, 치고는 다시 하하하, 하고 웃었다. 선화는 그게 무슨 말인지 이해가 되지 않았다. 옆에 앉은 주미도 머리를 긁적이고만 있었다. 반 아이들 중에 2.7K니, 우주배경복사니 하는 걸 단번에 알아채고 같이 웃는 아이는 한 명도 없었다. 그걸 아는지, 모르는지 선생님은 혼자 신나서 계속 떠들었다.

"바로 빅뱅! 2.7K 우주배경복사는 빅뱅의 증거라고! 난 너를 사랑해~."

선생님은 아이들이 들어봄직한 옛날 노래를 혼자 불렀다. 시계는 12시 10분을 가리키고 있었다. 급식 시작은 12시 40분이니 이제 슬슬 나가 봐야 했다.

선화가 손을 들었다.

"오! 신선한 웬일로 질문이냐?"

"화장실이요."

"우주의 탄생을 이야기하고 있는데 똥의 탄생을 이야기하려고 하더냐?"

몇몇 남자아이들이 큭큭 대며 웃었다. 선화는 그 애들한테 눈빛을 한번 쏘아 주고 싶었지만 그럴 시간이 없었다.

선화는 자리를 박차고 일어나 말했다.

"다녀오겠습니다. 오래 걸릴지도 모르겠어요."

"그래, 아주 큰 탄생을 기대하마."

교실 안에서 다시 웃음소리가 들렸지만, 선화는 무시했다.

본관에서 나와 급식실로 바로 달렸다. 통유리 벽으로 된 급식실 안은 훤히 보였다. 선화는 먼저 조리실에서 급식실로 이어지는 전용 통로 쪽으로 갔다.

3월 말이지만 아직 날은 추웠다. 조리실 문으로 사람들이 바쁘게 오가는 게 보였다. 손이 시려워서 양손을 비비고 있는데 등 뒤에서 누군가 선화의 등을 쳤다.

주미였다.

"아줌마 나왔어?"

"아니, 아직. 근데 넌 어떻게 나왔어?"

"똥 싸러 간다고 했지."

선화는 머릿속에 오언백 선생님이 욕심 낼 노잼 개그 하나가 떠올라 피식 웃고 말았다.

'신선한 주꾸미의 똥 배틀.'

그러나 순 억지 개그에 웃어 버린 스스로가 부끄러워서 바로 정색한 얼굴을 만들었다. 다행히 주미가 눈치 채진 않은 것 같았다.

그때 주미가 휴대폰을 꺼내며 말했다.

"나온다."

주미는 기다렸다는 듯 영상 촬영을 시작했다. 흰색 가운에 보라색 앞치마, 머리에는 위생모, 귀에는 투명 입마개를 건 아주머니였다. 아주머니는 두 번에 걸쳐 들통을 급식실 배식대에 옮겨 놓았다. 특별히 이상한 점은 발견할 수 없었다.

"너 휴대폰 안 냈어?"

"조리실 아주머니들은 복장이 똑같아서 누가 누군지 구분하기 어렵단 말이야. 혹시 몰라서 오늘은 공기계 가져왔지. 근데 이제 어떡하지?"

"수업 마치고 아주머니와 얘기 해 봐야지."

"일단 들어갔다가 다시 오자."

두 사람은 5분가량 시간차를 두고 차례대로 교실에 들어갔다. 시계는 12시 30분을 가리키고 있었다.

"신선화, 구주미 학생, 이렇게 너무 긴 시간은 봐줄 수 없어."

선생님이 선화와 주미의 이름을 제대로 불렀다는 것은 매우 진지하다는 뜻이었다.

"네, 죄송합니다."

선화와 주미가 동시에 사과하자, 다시 우주의 탄생에 대한 이야기가 이어졌다. 10분도 채 안 돼서 우주의 탄생은 종소리와 함께 끝이 났다. 그리고 곧 빅뱅보다 더 중요한 시간이 시작됐다.

아이들이 급식실로 달리기 시작했다. 오늘따라 선화도, 주미도 점심 메뉴가 궁금하지 않았다. 수업이 끝나면 급식실에서 더 재미있는 일을 벌일 생각이었기 때문이다.

✿

수업이 모두 끝났다. 선화와 주미는 아까 촬영해 둔 아주머니의 모습을 오후 수업 내내 또렷이 기억하고 있었다. 둘은 조리실 문 앞에서 아주머니가 나오길 기다렸다.

"그런데 뭐라고 물어볼 건데?"

하염없이 문이 열리기를 기다리던 선화에게 주미가 물었다.

"일단 만나 보자고."

사실 물어볼 필요가 없다. 냄새만 맡을 수 있다면 잠깐의 대화로도 진실을 가려낼 수 있었다.

"너 설마, '아줌마가 마라탕에 닭발가락 넣었어요?'라고 급발진하려는 건 아니겠지?"

'미안하지만 그럴 생각이야.'

주미의 물음에 선화는 아무 대답 없이 싱긋 웃어 보였다. 아니라고는 말할 수 없었다.

조리실 퇴근이 시작된 듯 보였다. 직원들이 하나둘씩 짝을 이뤄 나왔다. 종일 같은 복장이었던 사람들의 평상복 차림을 보니 그 생김새가 전혀 다르게 느껴졌다.

'미리 냄새라도 맡아 둘 걸 그랬나?'

선화는 능력 발휘할 타이밍을 놓친 것 같아 살짝 후회했다.

"저기 나왔다."

다행히 주미는 점심시간에 들통을 옮긴 아주머니를 단번에 알아보았다. 아주머니는 함께 퇴근한 동료와 인사를 나누고는 자가용을 타려는지 지하 주차장으로 내려갔다. 유독 힘없는 걸음에서 고단함이 느껴졌다.

"따라가 보자."

선화의 말에 주미가 고개를 끄덕였다. 마치 지금부터 조심하자는 다짐 같은 게 느껴졌다. 조용히 지하 주차장으로 내려간 선화의 눈에 아주머니가 차문을 여는 모습이 보였다. 선화는 마스크를 벗은 채 아주머니 뒤로 재빨리 다가갔다.

"아주머니."

차문을 열던 아주머니가 깜짝 놀라 뒤를 돌아봤다. 송암고 교복을 확인했는지 곧 가슴을 쓸어내리며 안도했다. 그러고는 이유를 모르겠다는 눈빛으로 물었다.

"휴, 깜짝이야. 나 말이니?"

선화의 콧속으로 오늘 급식 메뉴였던 홍합 미역국 냄새가 훅 끼쳤다. 선화는 결심이 선 듯 단호한 말투로 물었다.

"지난번 마라탕에 닭발가락을 넣은 사람, 아주머니 맞죠?"

사람이라면 의표를 찌르는 질문에 당황하고 만다. 아주머니의 눈동자가 마구 흔들리는 것이 보였다. 그 순간 어떤 인간의 냄새가 선화의 머릿속에 만들어졌다.

'고단, 절망.'

의욕 없는 삶을 겨우 살아가는 사람이었다. 방금 전 지하주차장으로 힘없이 내려가는 아주머니의 뒷모습이 겹쳐 보였다.

아주머니는 대답이 없었다. 적당한 대답이 생각나지 않았는지, 아니면 어떻게 대답해야 할지 고민하는 것 같았다.

선화가 아주머니의 대답을 돕고자 다시 질문했다.

"왜 그러신 거예요? 무슨 이유에서요?"

선화의 폭주에 당황한 주미가 말리듯 팔짱을 끼고 흔들었다. 아주머니는 고개를 돌려 주미를 쳐다봤다. 그러고는 미안한 얼굴로 주미에게 말했다.

"네가 그때 그 애니? 닭발가락⋯⋯. 미안하다. 난 마라탕을 떠 주는 봉사 학생이 먼저 발견할 줄 알았어. 설마 누군가의 입에 들어갈 줄은 정말 몰랐어."

실토하는 아주머니의 목소리가 가늘게 떨렸다. 그 모습에 주미의 하얀 얼굴에는 도리어 미안한 표정이 그려졌다.

"아, 아니에요. 괜찮아요."

아주머니는 학생들이 먼저 닭발가락을 발견하길 바랐다. 급식에서 황당한 재료가 나온다면 분명 소란이 일어날 테고, 용의선상에서 벗어나지 못할 텐데 아주머니가 왜 그런 짓을 했는지 선화는 궁금했다.

"그걸로 아주머니가 얻는 게 있는 거예요?"

"급, 급식 비리……."

"네?"

선화는 아주머니의 입에서 생각지도 못한 단어가 튀어나오자 자기도 모르게 되물었다. 그러자 아주머니는 결심이 섰는지 끊었던 말을 다시 힘차게 말했다.

"급식 비리 때문이야."

그 순간 아주머니의 몸에서 풍겼던 절망의 냄새가 차츰 줄어들기 시작했다.

"가자. 여기서 이럴 게 아니라 어디 조용한 곳에서 이야기하자."

아주머니는 주변을 한 번 두리번거리고는 급히 선화와 주미를 데리고 지하주차장을 빠져나왔다.

아주머니의 이야기는 아이스크림 가게에서 이어졌다. 아주머니는 조리실의 조리장이었다. 조리실 실무자 중에서는 가장 높은 직책을 맡고 있었다.

"작년 2학기에 영양사가 새로 부임하면서 일이 시작됐단다.

영양사는 조리 실무에 무리하게 참견하기 시작했어."

새 영양사는 기존의 영양사와 달랐다. 튀김 기름을 직접 넣어 주고, 재료도 직접 내주었다. 처음에 그런 행동을 선의로 받아들였는데 얼마 안 가 그게 기름을 재사용하기 위한 짓이었다는 걸 알게 된 것이다. 새로 발주 받은 기름은 어딘가로 빼돌렸고, 식재료 업체와의 거래 대금을 부풀려 보고하면서 그 차액을 자기가 챙겼던 것이다.

이러한 비리 행위를 눈치 챈 조리장 아주머니는 며칠간 그를 몰래 관찰했고 범행이 점점 대담해져 가고 있다는 걸 깨달았다. 학생들이 먹는 식재료가 점점 단가가 싼 것으로 바뀌어 갔고, 그럴수록 자신의 사리사욕은 더더욱 챙기고 있었던 것이다.

"그럼 영양사 선생님한테 말씀드리면 되잖아요. 그런 짓 그만하라고."

선화가 이해할 수 없다는 듯 물었다.

"미안하지만 나설 용기가 도저히 안 나는구나. 행정실장과 영양사가 친척이라는 소문이 있었거든."

교내 행정직원 채용에 한해서 행정실장은 막강한 권한을 가지고 있었다. 아주머니는 괜히 말을 꺼냈다가 피해를 입지 않을까 두려웠던 것이다.

주미는 안절부절못하는 조리장 아주머니의 손을 살포시 감싸 잡았다.

"괜찮아요. 아주머니는 잘못된 걸 바로잡기 위해서 용기를 내신 거잖아요."

하지만 주미의 용서와는 별개로 그 불똥은 주민에게 튀어 버렸다. 블랙매직부 부장으로서든, 자기 자신을 위해서든 주민이 적극적으로 해명하지 않은 것이 나비효과가 되어 돌이킬 수 없는 상황을 초래했다.

"아주머니, 그 일로 위기에 처한 학생이 있어요. 어쩌면 징계를 받을지도 몰라요."

"뭐? 누가? 왜?"

선화의 말에 아주머니가 깜짝 놀라 되물었다.

"그날 마라탕을 배식한 우주민 선배요. 지금 아이들은 물론 선생님들도 그 선배가 그 일을 벌였다고 믿고 있어요."

"어쩌다 그런 일이……. 난 전혀 몰랐어. 왜 이렇게 잠잠하나 했더니 그런 일이 생겨 버렸구나. 이거 어쩌면 좋니."

주미가 휴대폰을 테이블 위에 올려놓으며 말했다.

"우리가 제자리로 돌려놓자고요."

"이걸로?"

"네, 이제 증거를 수집할 거예요. 이걸 식재료 보관실에 설치해 두려고요. 여기에 기름을 재사용하거나 식재료를 빼돌리는 장면이 담긴다면 영양사의 범행을 밝힐 수 있을 거예요."

"그건 좋은데……. 영양사 때문에 자신도 모르게 범행에 가담하게 되어 버린 다른 조리사들이나 식재료 운반 업체에 피해가 갈지도 몰라. 나는 괜찮은데……."

선화가 아주머니와 주미가 잡고 있는 손등 위에 손을 올려 놓으며 말했다.

"그건 저희에게 맡기세요. 아무도 피해 입지 않도록 할게요."

다음 날 학교는 우주민에게 교내 봉사 5일의 징계를 내렸다. 주민은 억울함을 호소했지만, 주민의 부모님은 아들을 어르고 달래서 징계를 받아들이기로 했다. 자식의 장래를 위해 부모님은 최선의 선택을 한 것 같았다. 하지만 부모님마저 자신의 말을 믿지 않았다는 생각에 주민은 큰 상처를 받았을 것이다.

그날부터 주민은 수업에 들어가지 못하고 108계단 청소를 해야 했다. 108계단은 정기적으로 청소하는 구역이 아니다 보니 오랫동안 쌓인 수백 개의 껌 자국이 그대로 있었다. 주민은 아침에 등교하자마자 온종일 계단에 쭈그려 앉아 껌을 뗐다.

한편 학생들은 동아리실에 갈 때 108계단을 오르지 않았다. 주민의 징계가 확정되자 송암고 페이지에는 주민이 흑마법을 부리다가 징계를 받았다는 글과 함께, 괜히 심기를 불편하게 하면 복수의 대상이 될지 모른다는 댓글이 올라왔다. 어느새 주민은 아이들에게 두려움의 대상이 되어 가고 있었다.

반면 주미는 처음부터 주민의 말을 믿지 않은 걸 후회하며 미안해했다. 그런 주미의 마음을 알아챘는지 선화가 주미를 이끌고 108계단을 올랐다. 중간쯤 주민이 쭈그려 앉아 껌을 떼고 있었다.

인기척에 주민이 고개를 들어 계단 아래를 내려다보았다. 선화와 주미가 점점 가까워지자 주민이 살짝 놀란 기색을 보였다. 그러고는 아무렇지 않은 듯 굳은 얼굴로 먼저 말을 꺼냈다.

"다시 말하지만 난 아니야. 이건…… 부모님 때문에 받아들인 거라고."

주민의 말에 주미가 쭈뼛거리며 작은 목소리로 대답했다.

"아, 알고 있어요."

"그래? 그렇다면 고맙고. 근데 어쩌겠어. 이미 일은 벌어졌는데."

주민은 허탈한 얼굴로 껌칼을 바닥에 대고는 바싹 붙어 늘어진 껌을 다시 떼기 시작했다.

"선배, 송암고 페이지 보셨죠?"

선화가 단도직입적으로 물었다.

"하아, 괴담으로 유명한 이 학교에 나 같은 악역 하나쯤은 있어도 괜찮잖아?"

선화의 물음에 주민은 포기한 듯한 말투로 되물었다.

"조금만 기다려 보세요."

"뭘 어떻게 하려고?"

선화가 어깨를 으쓱했다. 그사이 따뜻한 봄볕이 나무그늘 사이로 108계단을 비췄다. 선화는 왠지 일이 잘 풀릴 것만 같은 기분이었다.

❀

주민의 징계 3일차. 주미는 조리장 아주머니에게서 동영상 메시지 하나를 받았다. 영상을 확인한 주미가 선화를 끌어안으며 기뻐했다.

영상에는 영양사가 식재료 보관실에서 누군가와 통화하는 모습이 그대로 담겨 있었다. 식재료를 빼돌리는 것으로 모자라 새로 구입한 조리기구를 중고품으로 바꿔치자는 통화 내용이 찍혀 있었다.

그의 범행은 점점 대담해져 가고 있었다. 누군가 여기서 막아야 한다. 그리고 억울하게 누명을 쓴 주민의 결백도 밝혀야 한다.

"주미야, 어떡할까? 증거는 확보했지만, 이걸 그대로 공개하면 조리장 아주머니가 우려한 문제가 생길 텐데……."

"히히, 뭘 고민해. 행정실장을 만나야지. 이걸 보여 주고 처신 잘하라고 말이야. 만약에 이걸로 불이익 받는 분들이 생긴다면 포털사이트 메인에 이름 나오게 만든다고!"

주미의 대범한 생각을 듣고 선화는 걱정이 되었지만, 나름 꽤 설득력이 있다고 생각했다. 잠시 주미의 말대로 했을 때를 상상해 보았다.

행정실장의 인사권은 막강하다. 아무리 행정실장과 영양사의 관계가 각별해도 증거가 나온 이상 그간의 범죄를 덮어 줄 수 없을 것이다. 그렇다면 영양사를 해고하는 방법 정도로 마무리하려고 할 것이다.

"근데 행정실장은 어디에 있는데?"

"행정실장이니까 행정실에 있겠지."

"행정실은 어디 있는데?"

"글쎄……."

선화의 물음에 주미는 그동안 생각해 보지 않은 문제에 맞닥뜨린 사람처럼 멍한 표정을 했다.

선화도 주미도 고등학교 행정실에 들어가 본 적이 없었다. 하물며 이제 고등학생이 된 1학년이 교육 관련 부서가 아닌 행정실에 갈 일은 거의 없었다.

선화는 송암고 본관에 처음 들어왔을 때가 떠올렸다. 엄마와 교무실을 찾아 갈 때가 생각났다.

"배치도! 현관에 가 보자."

행정실은 1층 복도 중간쯤에 있었다. 선화가 '행정실'이라 적힌 작은 글씨를 손가락으로 찌르며 말했다.

"저번에 쌤 따라 들어가 봤던 교장실 옆이잖아."

행정실 앞 복도는 유난히 조용했다. 학생들이 오갈 일이 없다 보니 그럴 수밖에 없었다. 행정실에 가까워질수록 선화는 왠지 모르게 주눅이 들었다. 행정실장이 어떤 사람인지 가늠되지 않았기 때문이었다. 반면 주미는 무슨 자신감인지 성큼성큼 잘도 걸었다.

행정실 문에는 '관계자 외 출입금지'라는 푯말이 붙어 있었다.

'우리도 관계자이려나?'

잠시 선화가 고민하는 도중에 주미가 의례적인 노크를 세 번 하고는 바로 문을 열고 들어갔다. 앉아 있던 직원 두 명이 바로 보였다.

"무슨 일이니?"

직원의 질문에 선화는 앞장선 주미 뒤에 조용히 섰다.

"저희, 행정실장님 뵈러 왔는데요."

주미의 당찬 대답에 행정실 안쪽에 앉아 있던 정장 차림의 남자가 자리에서 일어났다.

"날 보러 왔다고?"

행정실장이었다.

"아, 네, 드릴 말씀이 있어요."

살짝 당황한 주미가 금세 목소리를 가다듬고는 행정실장이 있는 곳으로 걸어갔다. 주미 뒤를 따르던 선화가 마스크를 살짝 내려서 냄새를 맡아 보았다.

"여긴 학생들이 이렇게 함부로 들어오는 곳이 아니란다. 근데 무슨 말이 하고 싶어서 그러니?"

그때 선화의 콧구멍 안으로 정신을 아득하게 만드는 냄새가 들어왔다. 온갖 비리에 익숙한 악인의 냄새가 행정실장에게서 풍겼다. 그는 자신을 방어하기 위해서라면 무슨 일이든 벌일 사람이었다.

"급식실……."

선화는 대답하려던 주미의 입을 급히 틀어막았다. 선화의 머릿속에서는 어서 이곳에서 빠져나가라는 지시를 내리고 있었다.

"아, 아무것도 아니에요. 주미야, 나가자."

"왜? 우리는……."

선화가 다시 주미의 입을 틀어막았다.

"나가서 얘기해."

"잠깐! 너희 몇 학년 몇 반이니?"

행정실장은 두꺼운 안경알을 뚫고 나올 듯한 눈빛으로 둘의
명찰을 쳐다봤다.

"아, 1학년 4반이요. 어서 나가자."

행정실을 나와 문들 닫자마자 선화가 주미의 입에서 손을
뗐다.

"아! 도대체 왜 그래?"

주미의 역정에 선화는 뭐라고 설명해야 할지 난감했다. 아직
은 자신의 비밀을 말하고 싶지는 않았다.

"지금 설명하긴 어려운데 느낌이 안 좋아."

"이게 그거야? 네 직감이 어쩌고저쩌고 한 거?"

"뭐 비슷해. 행정실장 있잖아, 느낌이 싸해."

"그래도 말은 해 볼 수 있잖아. 그럼 이제 어떡해?"

두 사람이 행정실 앞에서 난감해하고 있는데 행정실 옆의 교
장실 문이 열렸다. 연보랏빛 머리가 먼저 보였다.

교장선생님이었다.

"너희……."

교장선생님은 선화와 주미를 기억하고 있었다.

"너희는 지난번에 오 선생이랑 같이 왔던 신선한 주꾸미?"

교장선생님 입에서 오언백 선생님의 노잼 개그가 튀어나오자 주미의 코끝에 주름이 생겼다.

"아, 맞긴 한데……. 전 구주미고요, 얘는 신선화예요."

"아, 미안해요. 오 선생이 말한 신선한 주꾸미가 너무 강렬해서 그만. 근데 여긴 무슨 일로 왔나요?"

마스크를 살짝 내리고 있던 선화는 지난번처럼 교장선생님에게서 정직한 냄새를 맡았다.

"주미야, 우리 교장 쌤한테 말해 보자."

선화가 주미에게 귓속말로 말하자 주미가 교장선생님에게 직접 말했다.

"오, 그래! 교장 쌤, 지난번 마라탕 사건과 관련해 드릴 말씀이 있어요."

"그 사건은 우주민 학생의 징계로 일단락된 거 아니었나요?"

"사실 아직 밝혀지지 않은 이야기가 있어요."

"그래요? 그럼 안에서 얘기해 보죠."

주미의 용감한 제안이 의외로 교장선생님에게 통했다. 세 사람이 교장실로 들어가려던 순간 교장실 문이 열리면서 안에서 경비 할아버지가 나왔다.

경비 할아버지는, 낮에는 학교 정문을 지키거나 망가지고 부서진 곳을 틈틈이 수리하고, 또 밤에는 동아리실이 있는 별관의 순찰을 돈다. 심지어 점심시간에는 급식실에 나타나 혹시 모를 안전사고에 대비하기도 한다.

군인처럼 짧은 흰 머리에 흰 콧수염이 난 경비 할아버지의 얼굴에는 주름이 자글자글했다. 키가 190센티미터는 되어 보여서 가까이 서면 위압감이 들기도 했다.

"교장선생님, 그럼 저는 이만 가 보겠습니다."

"네, 어르신. 그럼 아까 얘기한 대로 부탁드리겠습니다."

경비 할아버지가 교장실을 떠나고 선화와 주미가 교장실의 안락한 소파에 앉았다. 잠시 후 맞은편에 앉은 교장선생님에게 주미가 휴대폰을 꺼내 보였다.

휴대폰에서는 조리장 아주머니가 보내준 영상이 재생되고 있었다. 영상을 보는 동안 교장선생님의 얼굴은 점점 굳어져 갔다.

"이건……. 이게 사실이라면 뉴스에 나올 법한 일이네요. 학생들이 먹는 음식을 가지고 장난을 치다니 정말 괘씸하군요."

주미가 휴대폰을 내려놓고는 분노한 교장선생님에게 물었다.

"교장 쌤, 이제 영양사 선생님은 어떻게 되나요?"

"어떻게 되긴요. 학교에서 쫓아내야지요."

"하지만 이 일이 공개된다면 피해 입는 사람이 한둘이 아닐 거예요."

"조리실 직원들 말인가요? 그렇다면 내가 어떻게 하면 되
죠?"

"조용히요. 그러니까 이번 일로 피해 입는 사람이 없었으면
좋겠어요."

"음, 무슨 말인지 알 것 같네요. 불순한 목적을 갖고 범행에
직접 가담한 사람에게 책임을 묻겠어요."

그때 선화가 끼어들었다.

"교장선생님, 그리고……. 우주민 선배의 징계도 풀어 주셨
으면 해요."

"그게 이번 일과 관련이 있나요?"

"네, 사실 마라탕에 닭발가락을 넣은 사람은 우주민 선배가
아니에요. 이번 비리를 알리려고 조리장 아주머니가 벌인 일이
에요."

"네? 그게 무슨……. 그러니까 마라탕에 닭발가락을 넣어서
사람들의 관심을 받을 생각이었군요. 저런……. 조리장이 잘못
된 방법을 택했군요."

"이유가 어떻든 그분이 잘못된 방법을 택한 건 저희도 알고
있어요. 그래서 직접 만나 뵙고 사과도 받았고요. 이 영상도 그
분이 전해 주신 거예요. 그래서 가능하다면 그분에게 선처를

해 주셨으면 해요."

"네, 무슨 말인지 알겠네요. 일단 우주민 학생을 불러서 직접 얘기해 보고 징계 취소를 검토해 볼게요."

선화의 머릿속에 행정실장의 얼굴이 떠올랐지만 영양사와 친척이라는 소문이 사실인지 알 수 없고, 설사 소문이 사실이라 해도 적법한 절차로 채용되었다면 문제될 것이 없었다. 무엇보다 정확한 근거 없이 말을 꺼냈을 경우 벌어질 일을 생각하면 가만히 있는 게 나았다.

선화는 교장선생님의 대답에 고개를 끄덕였다.

✿

다음 날 학교 게시판에는 주민의 징계 취소 공지가 붙었다. 징계가 하루밖에 남지 않았지만 주민이 진범이 아니라는 사실을 학교 사람들 모두가 알게 된 것이다.

며칠 후 급식실에서는 새로운 영양사 선생님이 보였다. 기존의 영양사가 어떤 말도 없이 사라져 버린 것이다. 송암고 페이지에서는 이를 두고 갖가지 추측성 게시물이 올라왔다. 자연스럽게 닭발가락 마라탕의 범인은 사실상 사라진 영양사가 되어 있었다.

물론 아직 주민이 흑마법으로 영양사의 정신을 조종했다는 댓글도 간간이 보이긴 했지만, 그에 대해 반론을 제기하면서 주민의 결백을 믿자는 댓글이 더 많았다.

점심시간, 어묵국을 한입 떠먹은 주미가 말했다.

"아, 아무래도 아쉽단 말이야."

"뭐가?"

"우리 말이야. 비밀리에 조사하는 바람에 첫 특보를 놓쳤잖아."

송암고의 급식 비리는 개인의 일탈로 조용히 마무리되었으니 당연한 결과였다. 그리고 무엇보다 되도록 조용히 살고 싶은 선화로선 만족스러운 결말이었다.

"구주미, 너 이번 일 송암고 페이지에 익명으로라도 올릴 생각 절대 하지 마. 그럼 교장 쌤도 감당 못 할 거야. 조리장 아주머니도 학교를 떠나야 할 거고."

"내가 말하면 누가 믿어 주기나 한데?"

주미는 선화의 조언에 황당하다는 듯 대꾸했다.

"아무튼……. 모두를 위해서야. 나도 조용히 좀 살고 싶어."

"그건 나도 마찬가지야. 난 공부에만 집중하고 싶거든."

주미의 바람을 듣고 선화가 마침 잘됐다는 듯 물었다.

"혹시 너 전교 1등이 목표라거나, 그런 건 아니지?"

속마음을 들켰는지 주미의 얼굴이 사색이 된 채 주위를 두리번거렸다.

"그런 소리 하지 마."

"알았어, 알았어. 어서 밥이나 먹어."

밥을 다 먹었을 때쯤 주민이 선화와 주미가 앉은 곳으로 다가왔다. 그러고는 테이블 위에 편의점 커피 두 개를 올려놨다. 편의점에서 파는 커피 중에서는 가장 비싼 고급 컵커피였다.

"고맙다."

주민이 두 사람의 눈은 마주치지도 않고 들릴 듯 말 듯한 목소리로 말했다.

"뭘요? 우린 아무것도 한 게 없는데요."

선화가 대답했다.

"그냥 믿어 줘서 고맙다고. 간다."

주미가 급히 자리를 뜬 주민의 뒷모습을 보면서 컵커피 하나에 빨대를 꽂았다.

"치, 아이스크림콘처럼 생긴 주제에, 멋있는 척하긴."

곱슬머리에 날카로운 턱선 때문에 유난히 뾰족해 보이는 주민의 얼굴은 정말 아이스크림콘을 연상시켰다.

"풉."

주미는 선화의 웃음소리를 놓치지 않았다.

"너 나 만나고 처음으로 소리 내서 웃은 것 같은데?"

'그랬나?'

선화는 스스로 생각해 봐도 정말 웃기고 행복해서 웃었던 적이 언제인지 기억나지 않았다. 그동안 자신을 이해해 주는 친구를 만나지 못해서 그랬던 걸까, 싶었다.

왜냐하면 지금 바로 앞에 앉은 순수함 가득한 주미를 만나고 이렇게 웃음이 터져 나왔기 때문이다. 어쩌면 주미는 선화가 믿을 수 있는 친구일지도 모른다.

"음……. 주미야."

"왜?"

"저 아이스크림콘 선배랑 사귀어 봐. 큭큭."

"치, 놀리기는. 그럼 류윤 오빠는 어쩌고?"

"아, 농담이야. 우리 동아리실 가 볼래?"

주미는 대답 대신 빈 식판을 들고 일어났다.

제5장
좋은 친구들

4월의 봄이 제대로 찾아왔다.

체육 시간에 흘린 땀이 잘 식지 않았다. 급격한 기후 변화로 인해 미래에는 봄이 사라질 수도 있다는 말이 실감나는 날씨였다.

주미가 이마에 맺힌 땀을 닦으며 말했다.

"이제 다음 주면 중간고사네. 고등학교 첫 시험인데 망칠까 봐 걱정 돼."

선화는 주미의 걱정이 전혀 이해되지 않았다.

"구주미, 네가 할 말은 아니지. 누구보다 매일 열심히 하는 애가."

"네가 몰라서 그래. 시험 날만 되면 악운이 나한테 붙어서 안 떨어진단 말이야."

꼭 이런 애들이 전교 1등, 2등 나눠 먹는다고, 선화는 속으로 생각했다.

교실의 땀 냄새가 점차 짙어지자 선화는 살짝 내렸던 마스크를 다시 올려 썼다. 마스크에 레몬 향 패치를 붙여서인지, 상큼한 향기가 머릿속까지 들어와 기분이 좋아졌다.

그때 어디선가 격앙된 목소리가 교실을 울렸다.

"어떤 새끼야! 누가 내 에어팟 훔쳐 갔어?"

창가 자리의 철민이 소리를 지르면서 다른 애들의 책상 서랍과 가방을 뒤지고 있었다. 무언가를 찾고 있었다.

"아, 씨발! 누구야! 잡히면 죽는다."

교실 안에는 적막이 흘렀다. 선화의 머릿속에 상큼한 향기가 사라지고 중학교 때 일이 떠올랐다. 그때와 같은 상황이었다. 선화는 가만히 놔둬야 한다고, 괜히 끼어들면 또 같은 일이 벌어진다고 마음을 다잡았다.

"잘 찾아 봐. 애들 대부분 에어팟 다 갖고 다니는데 누가 그걸 훔쳐 가겠어."

한 아이가 답답했는지 철민에게 조언했다.

"내 건 이번에 나온 거란 말이야. 돈 모아서 겨우 산 건데……. 씨발, 누구야. 빨리 가져오라고!"

선화의 마음속에서는 저울 바늘이 좌우로 진동하다가 한쪽으로 기울었다. 그냥 지나칠 수 없었다. 대신 조심하면 될 것 같았다.

선화가 마스크를 내렸다. 교실 안에서 가장 긴장하고 있는 아이를 찾아야 한다. 선화는 자리에서 일어나 교실을 돌아다니는 척 조용히 아이들의 냄새를 맡아 보았다.

바로 그때 교실로 들어온 남자아이의 귀에서 반짝이는 흰색 에어팟이 보였다.

"철민아, 이거 쩐다."

철민은 남자아이 귀에 꽂힌 에어팟을 보고는 그제야 한숨을 쉬며 큰소리쳤다.

"새끼야, 말을 하고 가져가야지."

"에이, 잠깐인데 뭘. 우리 사이에 무슨."

선화는 마스크를 다시 끼고 자리로 와서 앉았다. 괜히 부끄러워졌다. 주미가 선화의 표정을 살피고는 물었다.

"왜 그렇게 얼굴이 비장해?"

"아니야. 이따 수업 끝나고 동아리실 가서 자습할래?"

"오, 나야 좋지."

별관으로 가는 길은 여전히 힘들었다. 마치 등산하는 것 같왔다. 오늘도 주미는 108계단을 오르며 투덜거렸다.

"우리 학교는 다 좋은데, 치명적인 단점이 하나 있어. 108계단, 이게 문제야. 이러니 내 종아리가 점점 두꺼워지는 거라고. 헉헉."

주미가 자기 무릎에 손을 대고 허리를 굽혀 숨을 골랐다. 그때 선화의 눈에 무언가 띄었다. 새싹이 제법 돋아난 관목 사이로 동상 하나가 보였다. 선화가 고개를 갸우뚱하며 쳐다보자 주미도 같은 곳을 봤다.

"저거…… 저번에 들은 초대 이사장 동상 아니야?"

류윤이 말한 피눈물 흘리는 동상이었다. 그 순간 봄바람이 살랑 불자 선화의 콧속으로 짙은 풀냄새와 함께 비릿한 피 냄새가 들어왔다. 이상하게도 자리를 피하고 싶어졌다.

"주미야, 어서 가자."

108계단을 다 올라 도착한 별관은 이미 4월의 봄이 장악한 상태였다. 별관까지 연결된 오솔길의 왕벚나무 꽃은 활짝 피었고, 별관 건물을 덮고 있는 담쟁이 잎도 작은 손바닥만큼 펼쳐져 있었다.

"우와, 예쁘다. 선화야, 나 사진 찍어 줘."

주미는 눈발처럼 날리는 벚꽃을 배경으로 서서 이리저리 포즈를 취했다. 선화는 주미의 포즈에 맞장구치듯 사진을 찍어 주는 것만으로 괜히 기분이 좋아졌다.

선화에게 휴대폰을 돌려받은 주미가 사진 몇 장을 고르더니 곧바로 자기 SNS 스토리에 올렸다. 선화는 기다렸다는 듯 주미를 겨우 끌고서 교지부 동아리실로 향했다.

동아리실에는 봉덕이 혼자 공부를 하고 있었다. 주미가 먼저 밝게 인사했다.

"봉덕 오빠, 안녕하세요?"

선화는 몇 번이나 봤다고 오빠라는 말이 입에서 술술 나오는 주미가 신기했다. 선화가 아무 말 없이 주미 옆에서 고개만 숙였다. 봉덕은 고개를 들어 둘을 보고는 부끄러운 듯 손만 들어 인사를 받았다.

"오빠, 저희 여기서 공부해도 되죠? 학원 갈 때까지 시간이 남아서요."

"어, 그래. 너희도 교지부니까."

선화와 주미는 봉덕과 거리를 두고 앉아 교과서와 문제집을 폈다. 주미는 금방 집중 모드에 들어갔지만, 선화는 언제나처럼 책의 글씨가 눈에 들어오지 않았다.

잠시 후 선화는 조용히 일어나 책장 한쪽에 꽂힌 역대 교지를 둘러보았다.

'10년마다 피눈물을 흘린다고 했지?'

선화는 동상에 대한 단서를 옛 교지에서 찾을 수 있지 않을까 생각했다. 바로 그때 낯익은 목소리가 들렸다.

"오, 오늘은 손님이 있네."

우주민이었다. 주민은 블랙매직부 드나들 듯 교지부 동아리실에 거리낌 없이 들어왔다. 주민을 발견한 주미가 약간 놀라며 말했다.

"엇! 우주인 선배! 아, 아니. 죄송합니다."

"우주인이라……. 너는 특별히 봐줄게."

주민이 선화 쪽으로 다가왔다.

"교지 보고 있었니? 나도 자료 조사 좀 하러 왔는데."

"……네."

주민의 등장에 당황한 선화가 봉덕을 바라보았다. 그러자 봉덕이 고개를 푹 숙인 채 말했다.

"조용히 찾아라. 시험공부 하고 있다."

"세상이 만들어 놓은 틀에 얽매이지 말라고. 봉덕 부장."

주민은 그렇게 말하고는 책장 앞으로 왔다 갔다 하다가 2012년 교지를 꺼내며 말을 이었다.

"봉덕이랑은 중학교 때부터 친구거든. 그리고 블랙매직부에서도 교지에 매년 실릴 기사를 제공하고 있으니 서로 상부상조한다고 할 수 있지."

주민은 2012년 교지를 책상에 올려놓고 후루룩 책장을 넘겼다. 몇 장 넘기다가 원하는 페이지를 찾았는지 선화에게 펼쳐 보였다.

피눈물 흘리는 이사장 동상의 사진이 나왔다. 교지의 몇몇 페이지는 흑백이었는데 아쉽게도 동상 사진이 실린 페이지가 여기에 해당되었다. 그래서 제목에 '피눈물'이라는 글씨가 없었다면 그냥 물기로 보였다.

"지금부터 본격적으로 송암고 3대 미스터리를 풀 거야."

선화는 주민의 각오를 듣고 뭐라고 대답해야 하나 고민했다. 그때 주미가 말했다.

"그래서 3대 미스터리가 다 뭔데요?"

"후후, 궁금해? 첫 번째는 별관에서만 일어나는 순간 이동 현상! 두 번째는 피눈물 흘리는 이사장 동상! 마지막 세 번째는 경비 할아범의 비밀!"

주민의 이야기가 흥미로운지 주미가 손뼉을 짝짝짝 쳤다.

"오, 대박 궁금한데요?"

"그럼 너희도 나랑 3대 미스터리를 풀어 볼래?"

주미가 신난 듯 대답하려는데 선화가 나서서 주미를 잡아당기며 물었다.

"왜 우리죠?"

그러자 주민이 제법 진지한 얼굴로 미소를 지으며 말했다.

"내 누명을 풀어준 애들이 있다더라. 징계를 취소해 준 교장 쌤한테 그게 누군지 아무리 물어도 안 가르쳐 주더라고. 겨우 교장 쌤이 여자애 둘이라고만 알려 줬어. 이름은 절대 말해 주지 않았지만 말이야."

누가 봐도 떠보는 주민의 얘기에 주미의 하얀 볼이 붉게 물들었다. 그 두 사람 중 한 사람이 자신임을 자백하는 것과 다름 없었다. 그 와중에 선화가 시치미 뗀 목소리로 말했다.

"으흠, 어쨌든 누명을 벗으셨다니 다행이네요."

선화의 대답이 웃긴지 주민이 하얗고 고른 이를 드러내며 환히 웃어 보였다.

"오늘 조리장 아주머니를 찾아 뵀어. 덕분에 내 결백이 밝혀졌잖아. 그래서 고맙다는 인사를 드리고 싶었거든. 그때 그 애들에 대해 물어봤지. 아주머니도 이름은 모른대. 다만 한 명은 새하얀 얼굴에 돋보기 같은 안경을 썼고, 다른 한 명은 단발머리에 날카로운 눈매, 그리고 항상 마스크를 쓰고 다닌다더라."

주민의 말에 봉덕의 고개가 조용히 올라갔다. 그러고는 선화와 주미를 번갈아 가며 쳐다보았다. 당황한 선화가 입을 열었다.

"그, 그건 비밀로 해야 했어요."

"비밀로 할 수밖에 없었던 이유도 다 들었어."

주민의 대답에 선화가 봉덕 쪽을 돌아보며 말했다.

"저……. 김봉덕 선배님, 지금 들은 이야기를 못 들은 걸로 해 주시면 안 될까요?"

봉덕은 대답 없이 고개만 한 번 끄덕였다. 그러자 주민이 봉덕에게 말했다.

"봉덕아, 너네 교지부에는 어째 보이는 것과 달리 착한 애들만 들어오는 것 같다?"

'보이는 것과 달리? 우리가 어떻게 보인다는 걸까?'

선화가 갸우뚱하는 사이 주미가 먼저 발끈했다.

"선배! 보이는 것과 달리라뇨? 섭섭합니다."

"미안, 미안. 잘못 말했어. 그냥 착한 애들로 정정할게."

선화와 눈이 마주친 주민이 말을 이었다.

"솔직히 늘 마스크를 낀 채 쳐다보는 매서운 눈빛 때문에 선화 널 오해한 게 사실이야."

선화는 누군가의 냄새를 맡으면 무의식적으로 미간에 주름이 생기고 눈빛도 날카로워진다. 그때마다 다른 사람의 시선을 의식하지 못했다. 주민은 그런 선화의 습관을 마음에 두고 있었던 것이다.

선화는 어깨를 으쓱 올렸다 내리는 것으로 대답을 대신했다.

"너희에게 진심으로 고맙다는 말을 하고 싶어. 그리고 한 가지 말할 게 있는데……."

주미가 옆에서 입술을 툭 내밀며 말을 끊었다.

"치! 말로만요?"

"아, 그럼 오늘 저녁 사 줄까? 뭐 먹을래? 떡볶이? 햄버거?"

주미의 동그란 눈망울이 반짝 빛났다.

"마라탕이요!"

주미의 대답에 주민은 잠시 놀라 그대로 굳었다가 겨우 정신을 차려 말했다.

"넌 그 사달을 겪고도……. 마라탕을 정말 좋아하는구나?"

"마라탕은 사랑이라고요."

주민이 이번에는 선화에게 물었다.

"선화, 너도 같이 가는 거지?"

"아까 말할 게 있다고 하신 것 같은데."

그때 주미가 선화의 팔짱을 격하게 끼며 말했다.

"선화야, 원래 그런 얘긴 먹으면서 듣는 거라고. 그게 좋겠죠?"

"그, 그래. 봉덕아, 같이 가자."

주민이 봉덕을 불렀다.

"우주민, 혹시 너 우리 교지부 후배들을 블랙매직부로 빼가려는 건 아니겠지?"

마침 주미가 얼른 봉덕에게 달려가 팔을 잡고 끌었다.

"걱정 마세요. 저흰 뼛속까지 교지부예요. 같이 가요, 마라탕 먹으러."

무뚝뚝한 봉덕의 넓적한 얼굴에 아주 잠깐이지만 미소가 살짝 지어졌다.

지난번에 갔던 마라탕후를 다시 찾았다.

"주민 선배, 먹고 싶은 거 다 담아도 되죠?"

주미는 저번보다 더 재료를 듬뿍 담았다. 그러고는 집게를 고기로 가져가면서 선화에게 윙크를 보냈다.

"히히히. 고기, 고기를 많이 먹자고. 역시 분모자도 많이 넣어야지."

잠시 후 주문한 마라탕이 도착했다. 부끄럽지도 않은지 주미는 입술에 빨갛게 국물을 묻히며 거의 흡입하듯 먹기 시작했다. 선화는 아직 마라탕의 매운 맛에 적응이 필요했다.

마라탕이 어느 정도 사라지자 그제야 선화의 머릿속에 주민의 얘기가 떠올랐다.

"주민 선배, 아까 하고 싶은 말이 있다고……."

주민은 캔 콜라에 꽂힌 빨대를 한 모금 빨더니 까먹고 있었다는 듯 자기 이마를 한 대 쳤다.

"단도직입적으로 말할게. 송암고 3대 미스터리를 같이 풀어 보자."

주민의 말에 봉덕이 나섰다.

"너희 동아리 애들이랑 하지. 왜 우리 애들을 그런 유치한 일에 꼬드기는데?"

"후후후. 이 녀석들처럼 능력 있는 애들을 교지부에서 썩힐 수야 없지."

"블랙매직부에서 네 장단을 맞춰 주는 애들이 하나도 없는 건 아니고?"

봉덕의 일침에 주민이 침을 꼴깍 삼키자 안 그래도 도드라진 목젖이 위아래로 크게 움직였다.

"3대 미스터리를 다 풀기 위해서는 굉장히 예민한 감각이 필요해. 마라탕 사건을 봐! 이 녀석들은 진실을 꿰뚫어 보고 나의 결백을 믿어 줬다고."

주미가 발개진 입술로 뻥홍차를 마시다가 끼어들었다.

"죄송해요. 전 안 믿었어요. 선화가 믿었죠."

주민은 멋쩍은 표정으로 선화를 바라봤다.

"선화야, 어떻게 알았던 거야?"

'냄새, 진실의 냄새요.'

하지만 선화는 말할 수 없었다. 때마침 봉덕이 구원의 손길을 건넸다.

"으흠. 신선화, 우주민은 항상 비과학적으로 망상하고 다니는 애니까 모든 얘기를 진지하게 받아들일 필요는 없어."

"이 세상에 과학으로는 절대 설명하지 못하는 게 얼마나 많은데, 이 공부벌레야!"

봉덕의 도발이 통했는지 주민이 놀리듯 큰소리쳤다.

"3대 미스터리 같은 건 그저 지어낸 얘기일 뿐이라고. 할 일 없는 누군가가 지어낸 얘기를 믿게 만들려고 또 다른 누군가가 동상에 핏자국을 묻혀 놓은 거라고."

"그럼 별관 4층의 순간 이동 현상은? 4층으로 올라가는 계단은 모두 막혀 있다고. 그런데 정신 차려 보니 4층이었다는 사람이 있었잖아. 너희가 만든 교지에 분명히 그렇게 적혀 있었고."

"어딘가 출입문이 있었겠지. 제발 상식적으로 좀 생각해."

"중학교 때부터 느꼈지만, 너랑 나는 너무 달라."

두 사람이 티격태격하는 사이 선화의 콧속으로 익숙한 냄새가 들어왔다. 둘 모두에게서 정직의 냄새가 맡아졌다. 긍정적인 신호였다. 아무래도 두 사람과는 오래 지낼 수 있을 것 같았다.

선화가 테이블을 톡톡, 하고 두드려 두 사람을 집중시켰다.

"그래서, 하자는 거예요? 말자는 거예요? 그 미스터리."

주민이 고개를 힘껏 끄덕이자 선화가 주미에게 물었다.

"어떡할래?"

"근데 난 공부해야 하는데……. 시험 망치고 싶지 않아."

주미의 마음을 읽었는지 주민이 먼저 제안했다.

"그럼 이번 중간고사 끝나고 시작하는 건 어때? 그리고 매일 저녁 메뉴는 마라탕으로 통일!"

주민의 제안에 주미가 상체를 앞으로 쭉 내밀면서 즉각 대답했다.

"좋아, 좋아요!"

주민은 미안한 눈빛으로 봉덕을 보고 말했다.

"봉덕이가 생긴 건 저래도 2학년 전교 1등이야. 아마 너희 공부하는 데도 도움될 거야."

주미가 이번에는 봉덕 쪽으로 상체를 내밀었다.

"오! 정말요? 봉덕 오빠 전교 1등이에요?"

봉덕은 살짝 붉어진 볼을 움직이며 말 없이 음료를 마셨다.

"오빠, 그럼 과학 좀 가르쳐 주세요. 오십 원 수업은 너무 어려워요."

"오십 원?"

"오언백 쌤이요."

"아, 그 선생님 아직도 노잼 개그 밀고 있나?"

"아, 미치겠어요. 비둘기 똥 이야기나 하고 말이에요."

주민이 봉덕과 주미 사이에 손바닥을 넣어 위아래로 왔다 갔다 움직였다.

"어허, 공부 얘긴 둘이 알아서 하고, 하던 얘기나 마저 하자고."

"그깟 미신 이야기를 굳이 여기서?"

주민의 제재가 얄미운지 봉덕이 비꼬며 말했다.

어린애 같은 선배들의 모습을 보고 선화는 마음이 조금 놓였다.

"오언백 선생님이 해 주는 과학 이야기는 그대로 받아들이면 쉬워. 그냥 이야기를 따라 가다 보면 어느 순간 교과서 내용들을 이해하고 있을 거야."

봉덕이 사뭇 진지하게 조언하자 주미도 자기 생각을 말했다.

"그건 그런데, 쌤 얘기가 자꾸 딴 데로 새는 것 같아서요."

선화는 문득 오언백 선생님이 지금 이 광경을 본다면 무슨 말을 할지 궁금해졌다.

'신선한 주꾸미와 아이스크림콘? 그 옆에 널따란 시루떡 한

판?'

갑자기 가슴속에서 웃음이 마구 올라오려고 했다.

'참아야 해……'

선화는 필사적으로 웃음을 참기 위해 허벅지를 꼬집으며 마스크를 고쳐 썼다. 바로 그때 주민이 뾰족한 얼굴을 돌려 선화에게 말을 걸었다.

"너 지금 웃은 거야?"

"아, 아니에요."

'삼각형 얼굴과 사각형 얼굴? 신선한 주꾸미와 도형들? 도형?'

"풉, 푸웁."

참았던 웃음이 터지고 말았다. 선화는 고개를 그대로 테이블에 박고 몸을 들썩이면서 이미 터져 버린 웃음을 참아 보려 애썼다. 주미가 옆에서 들썩이는 선화의 어깨를 붙잡았지만 소용없었다.

"신선화, 너 왜 그래? 어디 아파?"

잠시 후 얼굴이 빨갛게 달아오른 선화가 민망해하며 겨우 고개를 들었다. 선화가 왜 웃었는지 영문은 모르지만, 세 사람은 뭔가 희귀한 장면을 본 것 같아 괜히 웃음이 터졌다. 선화의 웃음은 네 사람의 박장대소로 이어졌다.

실없이 웃는 넷 사이에서 선화가 겨우 한마디 던졌다.

"선배님들, 해 보자고요. 공부도, 미스터리도 말이에요."

제6장
시험기간이라는 변수

초록빛 새싹이 사방에 솟아난 5월 첫째 주, 곧 중간고사가 시작된다. 이 시기의 고등학생들은 죽을 맛이다. 날씨도 좋고 연휴도 많은 편이라 가만히 앉아 공부만 하기에는 가혹한 계절이기 때문이다.

선화와 주미도 고등학교 첫 시험을 앞두었다. 마지막 교시의 마침 종이 울리자 열심히 수학 문제를 풀던 주미의 손이 멈췄다. 주미가 입술을 내밀고는 투덜거렸다.

"학교는 왜 우리가 주말에 노는 걸 싫어하는 걸까?"

주미는 주말에도 시험공부를 할 수밖에 없는 처지가 억울한지 학교 탓을 했다. 하지만 주미처럼 시험에 목숨 걸지 않아도 되는 선화에게 집에 일찍 갈 수 있는 시험 기간은 더없이 좋았다. 그래도 주미의 기분에 장단 정도는 맞춰 줘야 할 것 같았다.

"쉬는 날이 있으면 모자란 공부 마저 할 수 있어서 더 좋은 거 아니야?"

"으으으, 주말엔 하루종일 학원에 있어야 한단 말이야. 진짜 지옥이 따로 없다니까."

"K-고딩은 괴롭구만."

"야, 너도 K-고딩이거든?"

선화는 주미가 더 약올라 할까 봐 어깨만 으쓱 올렸다.

고등학교 내신 성적은 대학 입시와 직결된다. 과목별 시험 성적과 수행평가 성적으로 전교생의 등수가 메겨진다. 이렇게 만든 서열대로 등급을 나누고, 상위 4퍼센트까지가 1등급, 11퍼센트까지가 2등급이 된다. 0.1점 차이로 1등급과 2등급이 갈리는 살얼음판 그 자체다. 그래서 아이들은 시험 점수에 예민해질 수밖에 없다.

선화가 기지개를 펴면서 교실로 들어섰다. 평소라면 떠들고 장난치는 남자애들과 화장을 고치거나 수다를 떠는 여자애들이 소란스러운 분위기를 만들어 놨겠지만 오늘만큼은 달랐다 시험 기간 특유의 긴장감이 교실 전체를 장악하고 있었다.

자기 자리에서 아직 머릿속에 저장하지 못한 부분을 암기하거나, 서로 문제를 내고 맞히면서 제대로 공부한 것이 맞는지 확인해 보는 아이들뿐이었다.

주미는 밤을 새우고 나왔는지 퀭한 얼굴로 뒷머리를 팽팽히 묶은 채 교과서를 쳐다보고 있었다.

"주미야."

주미는 첫 시험 과목인 통합과학 교과서에 깊이 집중했는지 눈앞에 선 선화를 발견하지 못했다. 얼마나 들여다봤는지 교과서에는 갖가지 색의 형광펜과 볼펜으로 밑줄과 동그라미, 그리고 별표가 그려져 있었다.

"야, 주꾸미!"

그제야 주미가 고개를 들었다. 안경알 속의 눈이 빨갛게 충혈되어 있었다.

"뭐야, 너까지 그러기야?"

"쏘리, 내가 불렀는데도 모르길래. 뭐 외우고 있어?"

"아, 넌 빅뱅의 증거가 뭔지 알아?"

선화는 갑작스러운 주미의 질문에 고개를 한번 저었다. 그러자 주미가 답답하다는 듯 먼저 말했다.

"비둘기 똥!"

"풉, 아침부터 웃기지 마. 적당히 긴장 유지하면서 왔단 말이야."

주미는 선화의 반응에 아랑곳하지 않고 연습장에 뭔가를 쓰기 시작했다.

"빅뱅의 증거에서는 2.7K 우주배경복사랑, 그리고 수소와 헬륨의 질량비 3대 1만 외우면 돼."

"음……. 그러니까 그게 시험에 나온다고?"

"확률이 높다는 말이지."

그때 종소리가 울렸다. 잠시 후 오언백 선생님이 커다란 휴대폰 보관용 가방을 들고 교실로 들어왔다.

"해마다 수능 부정행위로 적발되는 학생이 몇 명인 줄 아니? 한두 명? 수십 명? 아니! 무려 삼백 명! 해마다 이만큼 걸린다."

"에이, 설마……."

아이들은 선생님의 말을 믿지 못하는 눈치였다.

"그래서 이번 중간고사부터 특별조치를 취하기로 했지. 지금 너희가 앉은 의자 밑에 전자기기 신호 차단 장치를 설치해 두었다."

선생님의 말이 끝나기가 무섭게 아이들은 약속이라도 한 것처럼 허리를 굽혀 자기 의자 밑을 더듬거리기 시작했다.

그러자 오언백 선생님이 두 손을 들면서 크게 외쳤다.

"어허, 너희 눈엔 안 보일걸?"

"와하하하~."

그제야 선생님의 농담을 알아챘는지 의자 밑을 더듬대던 아이들이 웃음을 터트렸다.

"하지만 얘들아. 실제로 엄마가 도시락 통에 휴대폰을 넣어 줬다는 학생, 아빠 점퍼를 입고 왔는데 주머니에 휴대폰이 들어 있었다는 학생, 동생 가방을 메고 왔는데 거기에 휴대폰이 있었다는 학생처럼 매년 수능 날마다 정말 믿기 힘든 일들이 벌어진단다."

"정말 바보 같네요."

누군가 한심하다는 듯 말했다.

"맞아. 바보 같은 그 애들은 1년을 준비한 수능에서 0점 처리를 받고 부정행위자가 되고 말았지. 그러니까! 이번 중간고사도 휴대폰 소지했다 적발되면 수능처럼 0점 처리된다는 점 알아 두고, 모두 예외 없이 휴대폰 제출하자. 혹시 모르니까 가방은 물론 옷 주머니도 다 뒤져 보고."

선생님은 아이들에게 걷은 휴대폰을 보관용 가방에 다 넣은 다음 부정행위 방지를 위해 교실 이동이 있을 거라고 말했다.

교실 이동이란 다른 학년과 학생들을 섞는 걸 말한다. 교실을 바꿔서 시험을 보는 학생들은 매일 아침마다 바뀐다.

"오늘의 이동 번호는 1번부터 15번이다. 짐 챙겨서 2학년 4반으로 가면 돼."

구주미는 1번, 신선화는 19번이었다.

"주미야, 긴장하지 말고 파이팅!"

"응, 이따 봐."

다른 학년끼리 섞인 교실은 어색하고 무거운 공기가 가득하다. 특히 고등학교 첫 시험을 앞둔 1학년들은 이런 분위기가 생소할 수밖에 없었다. 평소에 공부에 관심 없던 아이들도 책을 들여다보게 만들었다.

1교시 시작 예비 종이 울리자 1학년 4반 교실에 시험지 뭉치를 든 감독관 선생님이 들어왔다. 선화는 혼자만 마스크를 끼고 있으면 괜한 오해를 살 수도 있다고 한 오언백 선생님의 조언대로 마스크를 미리 벗었다.

"자, 그럼 시작."

감독관 선생님의 말과 동시에 시작을 알리는 종이 울렸다. 심호흡으로 시작하는 아이, 기도를 하는지 두 손을 모은 아이도 보였다.

선화는 시험지를 대충 훑어보았다. 의외로 문제를 잘 읽으면 답을 찾을 수 있는 문제들이 많아 보였다. 차례차례 문제를 풀어 나갔다. 잘 모르는 문제가 나오면 한 번쯤 들어 본 단어가 있는 보기를 찍었다. 교실에는 종이 스치는 소리와 사인펜으로 마킹 하는 소리만 났다.

드디어 마지막 장의 서술형 문항으로 넘어왔다.

'어? 이거……. 진짜 나왔네.'

분명 아침에 주미가 말했던 빅뱅의 증거였다. 선화는 주관식 답란에 '2.7K 우주복사에너지'와 수소와 헬륨의 질량비 '3대 1'을 적었다. 문제를 완전히 이해한 건 아니었지만 주미의 한마디가 또렷이 떠오른 걸 보면 왠지 정답일 것 같아 살짝 쾌감이 일었다.

'다음 시험부터는 공부 좀 해 볼까?'

아직 시간이 좀 남았다. 선화는 답안 카드에 답을 모두 옮겨 적고 시험지를 추려 반으로 접은 뒤 그 위로 엎드렸다. 잠깐 눈좀 붙이고 싶었지만 학교에서는 이상하게 잠이 오지 않았다.

엎드린 채 시험지에만 집중하는 아이들을 보았다. 바로 그때 선화의 시야에 남자애의 수상한 동작이 보였다.

'쟤 이름이 최현욱이었지.'

현욱은 왼손에 다섯 색깔의 플러스펜을 쥐고 있었다. 검정, 빨강, 파랑, 초록, 노랑이었다. 시험 보는 데 다섯 가지 색깔이 필요할 리 없었다.

현욱은 시험관 선생님의 눈치를 보면서 펜 하나를 손가락 사이에 끼워 살짝 위로 들었다. 그러면서 시계를 한 번 보고는 15초마다 다른 색깔 펜으로 바꿔 들었다.

'설마 누군가에게 보내는 신호인가?'

선화의 머릿속에 궁금증이 일었다. 얼마 후 시험 종료를 알리는 종이 울렸다. 선화는 교실 밖으로 나가는 현욱의 뒤를 따라가 보기로 했다. 복도를 지나는 현욱의 어깨에 손 하나가 올라왔다.

한은미였다. 은미는 현욱의 바로 뒷자리에서 시험을 봤다. 화장실을 다녀온 현욱에게 별다른 점은 발견하지 못했으나 선화의 모든 직감은 현욱과 은미에게로 향했다.

2교시는 수학이었다. 오히려 선화에겐 부담 없는 시간이었다. 문제도 보지 않고 대충 찍고는 가장 먼저 엎드렸다. 그사이 현욱은 열심히 문제를 풀고 있었다. 바로 뒤에 앉은 은미는 뭔가를 기다리는 듯 초조한 모습이었다.

10분쯤 남았을 때, 현욱이 1교시처럼 왼손에 펜 다섯 개를 쥐었다. 그러자 은미가 허리를 세워 자세를 고쳐 앉았다. 현욱의 어깨 너머 펜 끝이 보이는 것 같았다. 현욱이 펜을 바꿔 쥘 때마다 은미는 빠른 속도로 답안 카드에 마킹을 해 나갔다.

선화는 커닝 현장의 목격자가 되었다. 최현욱은 한은미에게 답을 가르쳐 주고 있었다.

1교시 때와 마찬가지로 2교시가 끝나자 둘은 함께 복도로 나갔다. 선화도 마스크를 다시 올려 쓴 다음 두 사람을 따라 나갔다. 둘과 가까워지자 선화는 마스크를 살짝 내렸다. 어디에선가 달콤한 사랑의 냄새가 났다. 자기도 모르게 두 사람 뒤로 더 가까이 다가가 코를 벌름거렸다. 이번엔 걱정의 냄새와 이기심의 냄새가 느껴졌다.

곧 선화의 머릿속에서는 두 가지 냄새가 구분을 시작했다. 현욱은 커닝이 걸리지 않을까, 하는 걱정을 했고, 은미는 수단과 방법을 가리지 않고 성적을 올리려는 이기심을 드러내고 있었다.

이 사실을 알게 된 이상 가만히 모른 척할 수는 없었다. 그러나 좀 더 사실관계를 알아봐야 했다. 선화의 가슴이 부글부글 끓는 냄비처럼 달궈지기 시작했다.

바로 그때 은미가 바로 뒤에 선 선화의 기척을 느꼈는지 갑자기 멈춰서 돌아섰다.

"신선화 뭐야? 내 뒤에서."

도둑이 제 발 저린 것처럼 현욱은 선화의 눈길을 피해 고개를 돌렸다. 선화의 콧속으로 더 진한 냄새가 들어왔다. 현욱에게서 사랑과 걱정의 냄새가 진하게 맡아졌다.

'좋아하는구나, 은미를.'

현욱의 진심을 알게 되니 부글부글 끓던 선화의 마음이 순식간에 가라앉았다.

"미안, 앞에 있는 줄 몰랐어."

선화는 마스크를 다시 올려 쓰고 둘을 지나쳐 앞서 나갔다. 멀리서 은미가 속삭이는 말이 들렸다.

"재수 없어."

두 사람의 커닝은 3교시에도 이어졌다. 이젠 작정한 듯 더 과감하고 원활했다. 선화는 차라리 눈에 안 보이는 게 낫겠다 싶어 엎드린 채 고개를 반대로 돌려 버렸다.

그새 까무룩 잠이 들었는지 종소리에 깜짝 놀라 몸을 일으켰다. 다른 교실에 갔던 아이들이 하나둘 돌아오기 시작했다. 시험을 망쳤는지 주미의 표정이 좋지 않았다. 어디서 울고 왔는지 두 눈이 부어 있었다.

자리에 털썩 앉은 주미가 힘없이 말했다.

"난 역시 악운 주꾸미인가 봐. 하필 오늘 터질 게 뭐람."

생리가 시작된 것이다. 선화는 컨디션이 떨어지는 바람에 오늘 시험을 망쳐 버린 주미의 기분을 풀어 주고 싶었다.

"마라탕 먹고 갈래?"

"아니, 오늘 거 만회하려면 집에 가서 공부해야 해."

마라탕을 거부하는 걸 보면 주미의 상태가 여간 좋지 못한 것 같았다.

잠시 후 오언백 선생님이 휴대폰 보관용 가방을 들고 교실에 들어왔다.

"오늘 시험 정답지는 단톡방에 올려 둘 테니 각자 알아서 맞춰 보고 내일 시험 준비 잘 해. 그럼 이상."

주미는 힘없는 목소리로 인사만 건네고 혼자 집으로 돌아갔다. 5월의 날씨답게 새로 핀 연초록색 나뭇잎은 무성해지고, 더없이 빨간 장미꽃도 어여쁘게 피기 시작했다.

선화는 홀로 108계단을 올라 별관 동아리실로 걸음을 옮겼다. 아무도 없을 줄 알았는데 동아리실엔 봉덕이 혼자 남아 공부를 하고 있었다. 테이블 위에는 편의점 삼각김밥과 음료수가 놓여 있었다.

"어? 신선화, 웬일이야?"

"선배님은 매일 여기서 공부하시나 봐요?"

"오늘 같은 날엔 아무도 없어서 좋거든. 혼자 독서실에서 공부하는 기분이야."

장인은 연장 탓을 하지 않는다더니, 봉덕은 전교 1등다웠다. 선화는 자연스레 악운 탓을 하는 주미가 떠올랐지만 못된 생각 같아서 머리를 절레절레 흔들었다.

"이거 먹을래?"

봉덕이 삼각김밥을 선화 쪽으로 살짝 밀며 물었다.

"아뇨. 괜찮아요. 그것보다 선배님, 뭐 하나 여쭤 봐도 될까요?"

"뭔데?"

"저……. 만약에 같은 반 애가 커닝한 걸 보게 된다면 어떻게
하실 거예요?"

선화의 질문에 봉덕은 한숨을 한 번 쉬더니 턱 밑을 손으로
몇 번 쓸었다. 사실 질문의 의도는 뻔했다. 누가 봐도 우연히
커닝한 애를 목격한 선화가 조언을 구하는 것처럼 들렸다.

"글쎄, 시험지를 전부 빼내서 외우지 않는 이상 단순한 커닝
으로는 엄청난 성적 향상은 기대하기 힘들 거야."

"왜죠? 그럼 그 정도는 상관없다는 말인가요?"

"굳이 상위권 애들이 그런 위험을 감수할 일은 없을 텐데, 그
럼 중간 정도 하는 애들 짓일 거 아니야?"

봉덕은 철저히 전교 1등의 관점에서 생각했다. 커닝이 나쁘
다는 것에는 동의하지만 자신에게 피해가 안 된다면 굳이 신
경 안 쓴다는 말이기도 했다.

선화는 조금 다른 질문을 해 보기로 했다. 현욱의 마음을 들
여다본 것이 선화는 신경이 쓰였다.

"선배님은 좋아하는 사람 없어요?"

갑작스러운 질문에 봉덕의 네모난 얼굴이 발그레 붉어졌다.

"가, 갑자기 그게 무슨 말이야?"

"아, 만약에 선배님이 좋아하는 사람이 시험 시간에 답을 가르쳐 달라면 어떻게 하실 거예요?"

봉덕은 난감한 표정으로 고개를 살짝 들어 뭔가를 생각하는 시늉을 하다 기어들어가는 목소리로 말했다.

"그, 그런 건 잘 몰라. 그런 적은 없어서. 근데 만약 그러면……."

봉덕은 다시 깊은 고민 모드에 돌입했다.

'이게 그렇게 고민할 일인가?'

가슴 앞에 팔짱을 끼고 한참을 고심하던 봉덕이 결정을 내린 듯 한숨을 크게 내쉬었다.

"음……. 진짜 사랑한다면 그런 짓은 하지 말자고 해야지. 그건 정말 나쁜 짓이고 스스로를 망치는 일이잖아."

맞는 말이었다. 선화는 봉덕의 대답이 기대 이상이었는지 흡족한 표정을 지었다.

'안 그럴 것처럼 생겨서 은근 멋진 말을 한단 말이야…….'

"앗, 제가 시간을 너무 빼앗은 것 같네요. 좋은 말씀 고맙습니다."

선화는 봉덕에게 고개를 꾸벅 숙여 인사했다.

"신, 신선화. 정 마음이 쓰이면 송암고 페이지에 익명글 올려봐도 괜찮을 것 같아."

"아······. 네, 그럴게요."

선화는 더 이상 봉덕을 방해할 수 없어서 동아리실을 한 바퀴 돌아보고는 그냥 밖으로 나왔다. 사실 봉덕과 단 둘이 있는 게 너무 어색했다.

108계단을 터덜터덜 내려왔다. 파란 하늘에 뭉게구름 모양이 시시각각 바뀌고 있었다.

'저 구름은 왠지 마라탕처럼 생겼네. 갑자기 맵고, 얼얼한 게 땡기는데······.'

선화는 오늘따라 마라탕을 먹고 복잡한 머릿속을 비우고 싶어졌다.

"마라탕이나 먹으러 갈까?"

마라탕후 앞에 도착했을 때 선화는 들어갈까 말까 고민했다. 혼자 마라탕을 먹는 데는 엄청난 결심이 필요했다. 들어가서는 조금 뻘쭘했지만 주미가 나서서 척척 주문한 방법대로 1인분씩 재료를 담았다.

잠시 후 시뻘건 고추기름이 가득 떠 있는 마라탕이 나왔다. 오늘 선화는 3단계에 도전했다. 국물을 떠 입에 넣자 혀가 그대로 굳는 것처럼 얼얼한 맛이 전해졌다.

"와, 엄청 매운데? 마스크를 벗어도 다른 냄새가 전혀 안 느껴지네."

마라탕 냄새 외에는 그 어떤 냄새도 느껴지지 않았다. 그러자 역설적으로 선화의 머릿속에 현욱에게서 맡은 냄새가 떠올랐다.

'자신이 좋아하는 은미의 부탁을 거절하지 못했던 걸까?'

선화는 마라탕 건더기를 입 안에 가득 넣고 우걱우걱 씹었다. 이마에 땀이 송글송글 맺혔다. 봉덕이 마지막에 해 준 대답이 생각났다.

'익명글을 올려 보라고?'

그러나 그럴 경우 자신이 올린 글에 끝까지 책임을 져야 한다. 현욱과 은미의 실명이 아이들 입에 오르내린다면, 혹시라도 선화가 잘못 봤던 거라면 돌이킬 수 없는 상황이 된다.

선화는 다시 얼얼하고 매운 국물을 떠 마셨다.

"하아, 더는 못 먹어."

마라탕 건더기는 아직 반이나 남았지만 선화는 계속된 매운맛에 정신이 아찔해져서 더는 먹기 힘들어졌다. 혓바닥의 고통과 함께 머릿속에서 복잡한 생각이 마구 뒤섞였다.

주미는 오늘 시험을 망쳐서 그토록 사랑하는 마라탕도 마다했다. 교과서가 새카맣게 변할 정도로 시험을 준비하던 주미를 위해서라도 내일도 이어질 두 사람의 커닝은 멈추게 만들어야 한다.

자신이 직접 나선다면 그 결과가 어떻게 되든 냄새로 사람을 가려낸다는 사실이 알려질 텐데 그럼 또다시 아이들에게 따돌림을 당할지 모른다.

잠시 후 매운맛과 얼얼한 맛이 사그라들면서 선화는 뇌가 차갑게 식는 것을 느꼈다. 그 순간 봉덕의 말이 떠올랐다. 진정으로 사랑한다면 나쁜 짓을 하지 못하도록 설득해야 한다는 전교 1등의 조언 말이다.

선화의 눈이 번쩍 뜨였다.

"그거야!"

선화는 마라탕후를 나와 근처 피시방을 찾아 들어갔다. 그러고는 편지를 쓰기 시작했다.

현욱에게

네가 다섯 색깔 펜으로 은미에게 답을 알려 주는 걸 봤어. 그건 분명 옳지 못한 짓이야.

오늘은 나만 눈치 챘지만, 그렇게 계속 커닝을 한다면 결국 누군가에게 걸려서 너희의 학교생활은 파멸을 맞게 될 거야.

좋아하는 상대가 나쁜 짓을 하려고 하면 진심을 담아 설득해야 해. 그게 바로 좋아하는 사람을 위해 네가 해야 할 일이야. 이 편지를 보게 된다면, 은미에게 네 진심을 전달해. 네 성적을 위해 더 이상 내 마음을 훼손하지 않겠다고.

시험은 언제나 공정해야 한다고 생각하는,

너희 교실의 누군가.

선화는 다시 학교 본관으로 들어갔다. 복도에는 아무도 없었다. 바로 교실로 들어갔다. 나쁜 짓을 하는 것도 아닌데 심장이 요동쳤다.

PC방에서 출력한 편지를 반으로 접어 현욱의 책상 서랍 안에 넣었다. 내일 현욱이 이 편지를 보고 현명한 판단을 하길 바랐다.

선화가 단톡방 공지글에 떠 있는 시험 일정을 살펴봤다.

"음……. 영어는 이미 포기했고, 통합사회? 이건 할 만하지."

교실을 나온 선화가 자기 사물함에서 통합사회 교과서를 챙겨 가방에 넣었다.

다음 날 아침, 주미는 변함없이 교과서에 밑줄을 긋고 있었다. 막 등교한 선화가 자리에 앉으며 말했다.

"어제 공부 많이 했어?"

"어? 응. 오늘은 하나도 안 틀릴 거야."

주미가 작은 주먹을 쥐어 보였다.

선화가 가방에서 통합사회 교과서를 꺼내는데, 누군가 쳐다보는 느낌이 들었다. 고개를 들자 현욱이 선화를 보고 있었다.

'들켰나?'

어제 복도에서 은미와 마주쳤을 때 알아챘을지도 모른다. 선화는 눈을 피하고는 교과서를 폈다.

잠시 후 오언백 선생님이 들어와 교실을 옮겨야 하는 번호를 알려 주었다. 오늘 현욱과 은미는 선화와 다른 교실에서 시험을 보게 되었다. 교실을 나서는 둘의 표정에 냉랭한 기운이 돌았다. 어쩌면 현욱이 선화의 조언을 받아들였을 수도 있다.

통합사회 시험이 시작되었다. 어젯밤 공부를 좀 해서인지 선화는 문제의 반가량을 풀 수 있었다. 정답을 맞혀 나가는 묘한 쾌감이 어떤지 알게 된 것만 같았다.

'이래서 주미가 열심히 공부하는 건가?'

2일차 시험이 끝나고 교실을 이동했던 아이들이 돌아왔다. 어제처럼 시험 결과에 따라 제각각 표정이 달랐다. 터덜터덜 걸어 들어오는 현욱과 은미의 표정은 좋지 않았다. 어제와 달리 서로 말 한마디 하지 않은 것처럼 보였다.

지금은 괴롭겠지만 두 사람의 앞날을 생각하면 가장 나은 방법이라고, 선화는 생각했다.

"뭘 그렇게 멍하니 보고 있어?"

언제 들어왔는지 주미가 옆에 서 있었다. 시험을 잘 봤는지 어제와 달리 얼굴이 밝았다.

"오늘은 괜찮게 봤나 봐?"

"히히히, 그럭저럭."

주미는 자기 기분을 숨기지 못했다.

"내일도 오늘처럼 파이팅, 알겠지?"

"선화야, 내일 마지막 날인데 마라탕 먹으러 갈래?"

"어? 나 어제 먹었는데?"

"뭐? 누구랑?"

"혼자."

"혼자? 그러는 게 어디 있어."

주미가 실망한 듯 작은 주먹으로 선화의 어깨를 툭툭 두들겼다. 선화는 할 수 없이 못이기겠다는 듯 가방을 챙기기 시작했다.

"알았어. 가자, 가. 내일 국어 맞지?"

종례가 끝나고 사물함에서 국어 교과서를 가방에 넣었다. 주미가 보는 앞에서 평소와 다른 모습을 보이는 것 같아 조금 부끄러웠지만 주미는 딱히 신경 쓰는 것 같지 않았다.

"내일은 우주민 선배하고 먹으러 갈까?"

"주꾸미와 아이스크림콘이네."

"뭐라고?"

주미는 선화의 말을 듣고 고개를 갸우뚱거리더니 가던 걸음을 멈춰 서 물었다.

"너 설마 오십 원 따라 한 거야?"

"몰라, 담임 쌤한테 전염됐나 봐. 네가 아이스크림콘 닮았다고 한 뒤로 주민 선배 볼 때마다 생각난단 말이야."

주미는 선화의 대답에 골똘히 생각하다가 말했다.

"음……. 네 웃음 포인트 도저히 모르겠어."

"그건 나도 마찬가지야. 큭큭큭."

"아, 배고파. 빨리 가자!"

주미가 먼저 교문을 향해 뛰자, 선화도 따라 뛰었다. 파란 하늘의 뭉게구름도 둘을 따라 움직였다.

5월의 교정이 유난히 아름다웠다.

제7장
별관의 비밀

중간고사가 끝나고 며칠 후 송암고 페이지에 짧은 영상이 하나 올라왔는데, 영상이 올라오자마자 조회수가 급상승할 정도로 반응은 폭발적이었다. 3대 미스터리 중 하나인 별관의 순간이동 현상이 찍힌 영상이었다.

영상에는 2학년 명찰을 단 남자아이 두 명이 등장했다. 시작부터 둘의 거친 숨소리가 들렸다.

"야, 진짜 4층이야."

"우린 분명히 3층이었잖아."

"저기 봐. 과학실 팻말 안 보여? 별관에 과학실은 없다고."

재빠르게 카메라 방향을 바꾸는 바람에 화면이 마구 흔들렸지만, '과학실'이라 적힌 팻말이 똑똑히 보였다.

"아, 씨발. 우리가 지금 별관 4층으로 순간이동 한 거야?"

"야, 개무서워. 빨리 나가자."

"잠깐! 저거 뭐지?"

과학실 창문 안으로 무언가 보였다. 화면이 어두워서 그것이 무엇인지 제대로 확인할 수는 없었지만, 사람의 형상이 서 있는 것 같았다.

바로 그때 두 사람의 비명 소리와 함께 화면이 알아볼 수 없을 정도로 흔들리더니 영상이 멈췄다.

별관 4층 순간이동이 일어나다.

　송암고 3대 미스터리는 말로만 떠도는 괴담이 아니었다. 나 정수와 철민은 어제 별관 4층의 순간이동을 직접 경험했다. 이 영상은 우리가 직접 찍은 증거다. 그리고 과학실 안에는 분명 누군가, 아니면 무언가가 움직였다. 저게 별관 귀신이 아니고 무엇이겠는가?

ㄴ 주작이네 　　　　　　　　　　　　(👍11)

ㄴ ㅂㅅ 저기 과학실 팻말 안 보이나?　(👍10)

ㄴ 너희 술 처먹고 별관 갔냐?　　　🖒10

ㄴ 별관은 3층에서 4층으로 올라가는 길이 없잖아. 사실이라

면 개무서운데.　　　🖒16

영상이 화제성만큼 짧은 시간에 많은 댓글이 달렸다. '조작
이다.', '괴담이 사실이었다.', '귀신의 짓이다.'라고 쉽게 단정
지은 댓글과 '4층에 올라갈 수 있는 방법이 분명 있을 것이다.',
'다른 경험자를 찾아서 팩트 체크를 해 봐야 한다.'는 의견들이
뒤섞여 댓글창은 하루 종일 불타고 있었다.

　아이들은 등교하자마자 순간이동 영상을 돌려보며 서로 의
견을 주고받았다. 오랜만에 학교가 떠들썩해졌다.

　막 종례가 시작할 때쯤 복도 쪽 창문으로 대형 아이스크림
콘 하나가 불쑥 나타났다. 주민이었다. 오늘따라 주민의 눈에
생기가 넘쳤다.

　선화와 주미를 발견한 주민이 창문에 대고 소리쳤다.

　"제군들, 그저 괴담으로 치부되던 3대 미스터리 사건 중 하
나가 실제로 일어났다고!"

　아이들의 시선이 한순간 주민에게 집중되었다가, 자연스럽

게 선화와 주미에게로 넘어갔다.

"주미야, 일단 나가자. 저렇게 됐다가는 우리한테 좋을 게 없어."

선화가 급히 주미를 데리고 교실 밖으로 나왔다. 몇몇 아이들이 선화와 주미, 그리고 주민의 대화가 궁금한지 창문 너머로 쳐다보았다.

선화가 작은 목소리로 말했다.

"선배, 이렇게 막 찾아오시면 어떡해요?"

"어제 페이지에 올라온 영상 너희도 봤지?"

주민은 선화의 볼멘소리에 아랑곳하지 않고 본론을 말했다.

"보긴 봤는데……."

주미가 머뭇대는 사이 복도 끝에서 오언백 선생님이 종례를 위해 다가오는 게 선화의 눈에 띄었다.

"선배네는 종례 안 해요?"

"이제 하겠지. 너희한테 약속부터 받아내려고 수업 끝나자마자 내려왔어."

그때 오언백 선생님이 주민의 어깨에 손을 둘렀다.

"외계인, 우리 별에 왜 왔어?"

"쌤, 외계인이라뇨. 그렇게 부르는 사람은 쌤밖에 없다고요."

"우주인은 재미없잖아. 큭큭."

주민은 선생님의 말에 반박하지 못하겠는지 손으로 자기 이마를 짚으며 한숨을 쉬었다.

"너 설마 우리 반 신선한 주꾸미 만나러 온 거야?"

선생님의 물음에 주민이 무슨 말인지 모르겠다는 듯 되물었다.

"네? 신선한 주꾸미요?"

"아, 쌤!"

주미가 주먹을 불끈 쥐며 외쳤다.

"알았다, 알았어. 외계인, 너 우리 애들 데리고 이상한 짓 꾸미면 가만 안 둬."

선생님은 주미를 달래는 시늉을 하더니 주민에게 센 척하며 경고했다.

"쌤, 정말 섭섭하네요. 불과 몇 개월 전까지 저도 쌤 반이었는데 이상한 짓이라니요?"

"쯧쯧, 되도 않는 미스터리나 찾고 있으니……. 우리 좀 과학적 관점으로 세상을 바라보자고. 신선한 주꾸미! 얼른 들어가! 항상 외계인 납치 조심하고."

자리를 정리하려는 선생님의 말에 주민은 꾸벅 인사를 했다.

"얘들아, 이따 108계단에서 보자. 쌤, 저 가요."

선화와 주미의 대답은 기다리지도 않고 주민은 벌써 복도

저편으로 멀어졌다.

종례가 끝나고 선화와 주미는 108계단 앞으로 갔다. 주민은 벌써 108계단 중 몇 계단을 먼저 올라 서 있었다. 그런데 혼자가 아니었다. 주민 옆에 누군가 있었다. 둘은 어딘가 같은 방향을 보고 있었다. 이사장 동상이 있는 쪽이었다.

"어? 저기 누가 더 있는데?"

"봉덕 선배 아니야?"

"일단 올라가 보자."

계단을 올라 주민이 있는 곳까지 오자 허벅지가 저리기 시작했다. 주미가 숨을 고르고는 봉덕에게 먼저 인사했다.

"헉헉. 108계단은 여기까지만 와도 다리가 후들거려요. 헉헉, 안녕하세요?"

"그, 그래. 반갑다. 선화도."

함께 숨을 고르던 선화가 살짝 고개를 숙였다.

"계단을 오를 때마다 다리 아픈 것도 별관의 귀신 때문일 거야. 이쪽으로 오지 말라는 악귀들의 장난으로 금방 몸이 피곤해지는 거라고."

주민이 그럴듯한 얘기인 것마냥 담담하게 말했다.

"엥? 정말요?"

주민의 허풍에 주미가 걸려들자 봉덕이 얼른 수습했다.

"야, 여기 계단 한 칸이 다른 계단보다 훨씬 높은 거 안 보여? 저걸 한 번에 오르려고 하다 보니 다리에 가해지는 힘이 훨씬 큰 것뿐이야."

"넌 문과면서 왜 이과인 척 얘기하냐?"

"너야말로 이과면서 미신 좀 그만 믿어라."

봉덕의 반박에 주민이 들켰다는 듯 대꾸했지만, 봉덕도 거기에 지지 않았다.

잠시 후 주민이 손을 들어 세 사람의 눈을 모았다.

"그나저나 친구들. 저기 보이는 이사장 동상의 비밀이 궁금하겠지만, 일단 오늘은 어제 순간이동 영상이 촬영된 별관 4층의 비밀을 풀어 볼 생각이야. 자, 다들 따라오라고."

주민이 앞장서 남은 계단을 오르자 봉덕이 운동선수처럼 성큼성큼 단번에 주민을 따라잡았다. 5월의 나뭇잎들은 여전히 무성했다.

계단을 다 올라 짧은 오솔길을 지나자 금세 별관 앞에 도착했다. 별관을 감싼 담쟁이 잎은 어느새 손바닥만 하게 커졌다.

"오, 왠지 오늘따라 별관이 무서워 보이는 것 같아요."

주미가 겁먹은 목소리로 말했다.

"겁먹을 필요 없어. 그냥 동아리실 건물이라고 생각해."

봉덕이 담담하게 말했다. 선화는 고개를 들어 별관 층수를 다시 세어 보았다. 분명 가장 위층은 4층이었다. 다만 4층 창문에는 전부 검정 암막 커튼이 쳐져 있었다.

"선배, 4층은 왜 사용하지 않는 거죠?"

선화의 질문에 주민이 검지를 들면서 대답했다.

"귀신이 목격되었대. 오래전 누군가 4층에서 자살했다는 소문도 있어. 그리고 보니 저기 커튼 틈으로 누군가 내려다보는 것 같지 않니?"

"악, 그런 소리 하지 마세요."

주민의 장난에 주미가 진저리를 치며 선화 팔에 팔짱을 꼈다. 기분 탓인지 선화의 눈에 왠지 커튼이 살짝 움직이는 것 같았다.

그사이 봉덕이 특유의 진지한 말투로 설명을 시작했다.

"원래 4층은 과학실, 음악실과 같은 특별실이 있었어. 본관을 증축하면서 더 이상 여기에 특별실이 필요 없어진 거지. 게다가 학생 수까지 줄자 동아리실도 더 있을 이유가 없어졌어. 그래서 한동안 4층을 비워 두었다가 언젠가부터 4층까지 이어지는 계단까지 다 폐쇄해 버린 거야."

"에이, 학교에서 왜 갑자기 폐쇄했겠어? 저기서 누가 자살했다는 소리 너도 들었잖아."

주민이 봉덕의 말을 듣고 반박했지만 봉덕은 개의치 않았다.

"아무도 오지 않는 4층에 숨어서 담배를 피우거나, 술을 마시는 애들이 생겨서 그런 거야."

별관은 소파에 편히 앉은 모습처럼 산속에 파묻힌 채 무성한 숲속에 가려져 있었다. 그 모습만으로도 어딘가 비밀 하나쯤은 숨겨져 있을 것만 같은 느낌이 저절로 들었다.

선화의 눈에 별관 건물 옆으로 나 있는 길이 띄었다.

"선배, 별관 뒤로는 갈 수 없나요?"

"철조망과 펜스가 막혀 있어. 여기서 송암산으로 올라가는 것 자체가 막혀 있다고 보면 돼. 반대로 외부에서 이쪽으로 넘어오는 것도 어렵지."

봉덕이 대답했다. 주민이 문 쪽으로 발걸음을 내디뎠다.

"일단 위로 올라가 보자."

별관은 동서로 길게 뻗어 있는 직사각형 모양이었다. 건물 양쪽 끝과 중앙에 세 군데의 계단이 있었다. 세 사람은 주민을 따라 동쪽 계단으로 3층까지 올라갔다. 듣던 대로 4층으로 연결된 계단이 벽으로 막혀 있었다. 4층 건물이라는 걸 몰랐다면 3층이 마지막 층인 줄 알 정도로 감쪽같았다.

통, 통, 통.

그때 봉덕이 주먹으로 벽을 두드려 보고 말했다.

"자, 소리 들리지? 나무야. 중앙 계단도 마찬가지야."

그러자 주민이 상기된 얼굴로 끼어들었다.

"여기서 이상한 점은 서쪽 계단은 쇠창살로 막혀 있다는 거지."

"정말요? 그럼 서쪽으로 가 봐요."

주민의 말에 주미가 앞장섰다. 네 사람은 3층의 기다란 복도를 걸어 반대편으로 넘어갔다.

3층 동아리실에는 아무도 없는지 인기척이 들리지 않았다. 주민이 중앙 계단을 지날 때 가로막힌 벽을 두드려 보았다. 동쪽과 마찬가지로 나무 두드리는 소리가 났다.

잠시 후 서쪽 끝에 도착했다. 4층으로 이어진 계단 앞에는 촘촘한 쇠창살과 봉덕의 주먹보다 큰 자물쇠가 달려 있었다.

주민이 혹시 몰라 자물쇠를 잡고 흔들어 봤다. 한데 자물쇠의 생김새가 특이했다.

"4층 출입을 원천 봉쇄하겠다는 거네. 이렇게 큰 자물쇠를, 그것도 절단기로도 자를 수 없게 고리가 파묻힌 모델이라고."

그러면서 쇠창살을 붙잡고 앞뒤로 흔들어 보았지만 들어갈 수 있는 방법은 없었다. 봉덕이 조심스럽게 입을 열었다.

"가장 합리적인 결론은 자작극이겠네."

"근데 영상에서는 과학실 팻말이 또렷이 보였잖아요."

주미가 반론을 제기했다.

"다른 학교 과학실일 수도 있어."

"그래서 일부러 급박한 척 카메라를 의도적으로 흔들었을 거야."

주미의 질문에 주민과 봉덕이 차례로 대답했다.

바로 그때 계단 아래서 누군가 소리치는 게 들렸다.

"이 새끼들, 누굴 구라쟁이로 몰아가!"

순간이동 영상 속에 등장하는 정수와 철민이었다. 아래층에서 방금 전 대화를 다 듣고 있었던 것이다.

"외계인, 이 새끼는 맨날 찾아다니는 게 온갖 미스터리면서 왜, 이건 못 믿겠냐? 송암고 3대 미스터리 몰라?"

"후후, 진정들 해. 친구들. 믿네, 믿어. 4층으로 올라갈 방법이 없다는 걸 확인하러 온 것뿐이야."

정수의 거친 반응에 주민이 최대한 침착하게 대꾸했다. 옆에서 봉덕이 나섰다.

"그러는 너희는 여기 왜 온 건데?"

"왜 오긴? 아무도 안 믿으니까 우리도 4층으로 갈 방법이 있나 보러 왔지."

이번엔 철민이 대답했다.

그사이 선화가 조용히 마스크를 내렸다. 두 사람의 말이 사실인지 진실을 가려낼 수 있는 기회였다. 인근 기체 분자의 넘새가 먼저 콧속에 들어왔다. 정수와 철민에게서는 방금 막 피운 담배 냄새가 났다. 그리고 곧 두 사람에게 맡은 냄새에서 비열함이 느껴졌다.

"그럼 어제 있었던 일을 설명해 줄 수 있어?"

봉덕의 요청에 정수가 탐탁지 않은 표정으로 어제 일을 시간 순으로 설명하기 시작했다.

둘은 시험이 끝나고 집에 가서 술을 마셨다. 부모님이 돌아오기 전에 집 밖으로 나왔고 별관 동아리실에서 좀 더 마시기 위해 학교로 돌아왔다. 학교 정문으로 들어와 완만한 오솔길을 걸어서 별관 3층까지 올라가는 데는 성공했다. 근데 3층에서 뭔가 기분 나쁜 느낌을 받았다. 암흑이었지만 어제는 창문을 통해 들어오는 달빛조차 없었다. 3층 전체가 너무 어두웠다. 그제야 뭔가 이상하다는 걸 깨닫고 휴대폰을 꺼내 촬영을 시작했다. 그다음 벌어진 일은 모두가 확인한 영상과 같았다.

정수의 설명을 가만히 듣고 있던 선화가 한 발짝 앞으로 나와 코를 벌름거렸다. 비열함 외에 다른 뭔가가 느껴졌다.

'두려움, 억울함.'

둘 중 한 명은 두려움을, 다른 한 명은 억울함이 느껴졌다. 그리고 두 사람이 한 말에는 거짓이 안 느껴졌다.

'그럼 별관 4층으로 순간이동을 했다는 것도 사실이란 말인

가?'

선화의 머릿속이 복잡해지기 시작했다.

그새 해가 기울었는지 복도에 조용히 어둠이 찾아왔다. 그 순간 복도 저 멀리 사람의 형체가 보였다. 동쪽 계단을 걸어 올라와 복도를 가로지르는 어둠, 아니 그림자는 점점 미끄러지듯 가까워졌다. 무엇보다 거대했다. 말로만 듣던 팔척 귀신이 있다면 저런 모습이겠다 싶었다.

'손에 든 건 또 뭐지?'

달그락 소리가 복도를 울렸다.

"아, 씨발! 어제 과학실에서 본 거야."

공포에 질린 정수와 철민은 뒤도 돌아보지 않고 계단을 뛰어 내려갔다. 선화의 등줄기를 따라 흐르는 식은땀이 온몸을 부르르 떨게 만들었다. 팔에는 오소소 소름이 돋았다.

주미가 선화 뒤에 몸을 숨기자, 주민도 주미처럼 선화 뒤에 숨었다.

"저게 뭐예요?"

"그, 글쎄. 사람인 것 같은데."

주미가 소곤거리는 목소리로 묻자 주민이 겁에 질린 목소리로 답했다. 상황이 심상치 않다는 걸 알아챈 봉덕이 선화의 팔을 잡고 자기 쪽으로 끌었다.

"일단 모두 내려가자."

네 사람은 봉덕을 따라 재빠르게 계단을 뛰어 내려와 별관을 빠져나왔다. 그러고는 아무 말 없이 108계단까지 단숨에 내려와 운동장을 가로질렀다.

교문에 겨우 도착해서야 마법이 풀린 듯 한숨을 돌릴 수 있었다. 비로소 거리를 지나는 사람들과 도로를 달리는 자동차가 눈에 보였다. 선화는 일상의 소음이 이토록 반가울 줄 몰랐다. 그때 침묵을 깬 사람은 주미였다.

"우리, 마라탕 먹으러 갈래요?"

이 상황에 마라탕을 찾는 주미도 참 대단했다. 주민이 고개를 끄덕이고는 한마디 보탰다.

"헉헉, 뭐 일단 좋아. 일보 전진을 위한 이보 후퇴다."

'이보 전진을 위한 일보 후퇴 아니었나?'

송암고 3대 미스터리를 밝히는 데 첫 번째 난관에 부딪힌 네 사람의 재정비 장소는 마라탕후가 되었다.

"오늘은 봉덕이 네가 좀 사라."

"뭐? 나 오늘 지갑 안 가져왔는데."

주민의 도발에 봉덕이 바로 반응했다.

"그런 고전적인 수법은 안 통해. 오늘은 나도 없어."

둘의 대화를 지켜보던 선화가 가방에서 카드를 한 장 꺼냈다. 엄마 카드였다.

엄마는 선화가 좋은 친구를 사귀길 바랐다. 전학 날 친구랑 맛있는 걸 사 먹으라며 가방에 넣어 주었지만 아직까지 용돈 외에 이 카드를 써 본 적은 없었다.

"저 엄카 있어요. 빨리 가요."

"헐, 대박! 그래도 돼?"

주미가 들뜬 목소리로 물었다.

"칭찬 받을 거예요."

"칭찬?"

"아, 어서 가자고요."

칭찬이란 말에 고개를 갸우뚱한 주민의 팔을 선화가 잡아끌었다. 그러고는 두 팔을 벌려 세 사람의 등을 밀었다.

어느새 주황색 가로등 불빛이 켜지고 어디선가 봄바람이 불어왔다. 마스크에 가려진 선화의 입에 어느새 미소가 지어졌다.

제8장
과학과 미신 사이

그날 밤 선화는 무서운 꿈을 꾸었다. 처음에는 서로 연관 없어 보이는 장면들이 뒤섞여 나오다가 점차 순서대로 이어지면서 하나의 영상처럼 보였다.

꿈은 이랬다. 섬뜩한 모습의 노파가 선화를 노려보았다. 검은자가 혼탁해 보이는 것이 사람의 눈처럼 안 보였다. 노파가 말할 때마다 얼굴에 팬 깊은 주름이 들썩였다.

"똥 귀신아, 물러가라!"

노파가 큰 소리로 외치면서 선화에게 팥과 콩을 몇 번이나 뿌렸다. 그러고는 초록색 나뭇잎을 잡고 선화의 몸을 후려쳤다. 엄마는 선화 옆에서 안쓰러운 표정으로 바라보고 있었다.

고통스러워서 울음을 터트린 선화를 아무도 도와주지 않았다.

눈을 떴을 때 온몸이 식은땀으로 젖어 있었다.

"요즘 무슨 걱정 있니?"

아침부터 밥알을 세는 선화에게 엄마가 물었다.

"그냥, 요즘 이상한 꿈을 꿔서. 무서운 꿈."

미역국에 밥을 말아 후루룩 한술 뜬 아빠가 말했다.

"개꿈이겠지."

개꿈이라 치부하고 싶어도 생각할수록 선명해지는 장면들은 언젠가 실제로 겪은 것처럼 소름을 돋게 만들었다. 엄마가 걱정스러운지 선화의 어깨를 잡고 부드럽게 주물렀다.

"요즘 안 하던 공부를 하더니 기가 허해진 건가?"

엄마의 말에 아빠의 입에서 밥알이 튀어 나왔다.

"아, 쏘리. 우리 딸이 공부한다는 소리에 그만."

딸이 공부한다는 소리에 밥알을 뿜는 아빠를 이해할 수 없다는 듯 선화가 아빠의 얼굴을 노려보았다. 안 그래도 나름 공부한 통합사회는 무려 70점이나 맞아서인지 선화의 눈에서 레이저가 쏘아졌다.

아빠가 분위기를 파악했는지 헤헤, 웃으면서 손바닥을 들어 보였다.

"미안, 미안."

선화가 화를 삭이고는 언젠가 물어보려고 했던 질문을 꺼냈다.

"엄마, 나 어렸을 적에 굿 같은 거 했었어?"

"픕,"

아빠의 입에서 다시 밥알이 튀어나왔다.

"아빠!"

"놀라서 그래. 선화야, 그게 기억나?"

놀란 아빠 옆에서 듣고 있던 엄마의 표정이 심상치 않았다.

'그럼 내가 꾼 꿈이 어렸을 때 일이었다고?'

선화는 엄마 아빠에게 밤새 꾼 꿈을 자세하게 설명했다.

"네가 여섯 살 때였나? 시골 할머니 댁에 갔을 때였을 거야. 글쎄, 네가 그 집 화장실에 빠졌지 뭐야."

엄마의 말끝을 아빠가 치고 들어왔다. 아빠는 자기 숟가락을 눈앞에 흔들며 말했다.

"지금은 할머니께서 돌아가셔서 없어졌지만 그땐 집 바깥의 재래식 화장실을 계속 쓰고 계셨지. 근데 그날 엄마 아빠가 다른 데 정신이 팔려서 네가 뭘 하고 다니는지 깜빡 놓치고 말았어. 넌 혼자 놀다가 화장실에 들어가는 바람에 봉변을 당한 거야. 다행히 우리가 가기 며칠 전에 똥차가 왔다 가서 네 울음소리에 바로 건져낼 수 있었지."

충격이었다. 여섯 살이라면 기억하고 있을 법한데도 선화는 전혀 몰랐던 일이었다. 머릿속이 제멋대로 상상을 하는 바람에 밥맛도 뚝 떨어졌다.

선화가 숟가락을 내려놓자 엄마가 선화의 등을 쓰다듬으면 말했다.

"그날 네 친할머니가 똥 귀신 붙을 거라면서 바로 무당한테 널 데려갔는데, 아마 그 기억이 꿈에 나타났던 게 아닐까?"

"그러고 보니 그 후로 넌 시도 때도 없이 킁킁거리면서 아무도 못 맡는 냄새까지 맡기 시작했지."

아빠의 말에 선화는 정신이 번쩍 들었다. 인간의 냄새를 너무 잘 맡는 바람에 따돌림 당했던 자신의 과거가 모두 그 일 때문이었다는 사실을 쉽게 믿을 수 없었다.

"엄마, 그때 그 무당이 나한테 무슨 주술 같은 걸 걸었던 거야?"

"다 미신이지 뭐. 똥 귀신이 어디 있니? 그날은 네가 많이 놀라서 울음을 그치지 않으니까 엄마 아빠도 정신이 하나도 없었어. 그래도 널 무당한테 데려간 뒤로 마음이 편해진 건 사실이었어."

선화의 삶이 뒤바뀐 날이 있다면 바로 그날이었다. 선화는 그 무당을 찾아야겠다고 생각했다. 원치 않은 냄새를 맡게 된 이유를 어쩌면 그는 알고 있을지도 모른다.

"나 거기 다시 가 볼래. 아빠 고향에 말이야."

"갑자기? 그럼 오랜만에 아빠랑 내려갔다 와 볼까?"

"거기 멀어?"

"전라북도 부안군 계화면. 차 타고 한 세 시간쯤 걸릴걸?"

선화는 조수석에 앉아 운전 중인 아빠에게 다짐을 받았다.

"아빠, 애들은 내 비밀 모르니까 괜히 이상한 소리 하면 절대
안 돼!"

"네가 친구를 데려오다니, 초등학교 때 이후 처음이잖아. 괜
찮은 애들이야? 허허, 내가 별 질문을 다 하네. 우리 선화가 이
미 냄새로 판독 끝냈을 텐데."

"지금 그것 때문에 가는 거라고."

아빠는 선화 말을 흘려듣고는 보도에 서 있는 애들을 가리
켰다.

"저 애들이야? 저기 셋."

주미, 주민, 봉덕이었다. 7년 전 선화의 친할머니가 돌아가신
후로 아빠는 그 동네에 한 번도 가지 않았다고 했다. 그래서 선

화가 꺼낸 얘기에 선뜻 함께 가 주겠다고 했지만 아빠와 단둘이 차 안에 있는 건 참지 못할 것 같았다.

처음엔 주미에게 이야기했다.

"주미야, 나 냄새에 민감한 거 알지? 그 해답을 찾고 싶어."

선화는 주미에게 꿈 이야기를 꺼내면서 같이 가 달라고 부탁했다.

"그럼! 당연히 같이 가야지."

그날 방과 후 주민 선배가 찾아왔다.

"선화 양, 그거 재밌겠는데? 나도 가면 안 될까? 미스터리 사건이라면 내가 빠질 수 없잖아."

선화가 주미를 바라보았다.

"아니, 주민 선배가 주말에 순간이동 미스터리를 추리해 보자고 해서, 내가 선화 너랑 어디 간다고 했거든……."

"선화 양, 우리 한 팀이잖아? 흐흐."

미간을 잔뜩 찌푸린 채 주미를 쳐다보던 선화를 보며 주민이 웃어 보였다.

"근데 왜 제가 선화 양이에요?"

"우린 팀이고 너흰 내게 각별한 후배니까 애칭을 붙여서 부르면 어떨까 해서. 선화 양, 주미 양 어때?"

선화는 아빠가 아이스크림콘처럼 생겨서 3대 미스터리 어쩌고 떠드는 주민을 보고 무슨 말을 할지 문득 궁금해졌다.

"선배, 저희 아빠가 운전한다고요. 불편하지 않아요?"

"오, 그래? 그럼 우리 너희 아빠 차 타고 가는 거야? 잘됐다."

선화는 도저히 말이 안 통하는 주민이 질렸다는 듯 한숨을 쉬고는 다시 말을 꺼냈다.

"선배 혼자 남자면 저희 아빠도 이상하게 생각할지도 몰라요. 그러니까 보, 봉덕 선배도 같이 가자고 해 보세요."

"봉덕이도 가고 싶어 하던데? 내가 아까 물어봤어."

"네? 뭐라고요?"

그렇게 네 사람의 미스터리 여행이 시작된 것이다.

＊

오랜만에 달리는 고속도로였다. 그러나 황사 때문에 누렇고 침침한 하늘은 전혀 상쾌해 보이지 않았다. 두 시간쯤 달렸을 때는 추적추적 비가 내리기 시작했다.

이정표에 '부안군'이라는 글씨를 따라 고속도로를 빠져나왔다. 그리고 30분쯤 더 달리자 내비게이션이 목적지에 도착했다고 알렸다.

아빠는 마을 입구에 서 있는 커다란 느티나무 아래 차를 세웠다. 트렁크에서 장우산 몇 개를 꺼내던 아빠가 선화에게 걱정스러운 말투로 물었다.

"너희끼리 괜찮겠어?"

출발할 때 선화는 아이들과 무당을 만나는 동안 오랜만에 고향 친구라도 만나라며 아빠를 떠밀었다. 주민과 봉덕이 함께한다면 적어도 위험에 처할 일은 없을 것 같았다. 무엇보다 친구들과 무언가를 해 본다는 게 선화의 가슴을 뛰게 만들었다. 아빠는 싫지만은 않은 듯 대답 대신 웃어 보였다.

선화가 멀찌감치 떨어진 아이들을 보고 아빠의 귓가에 작게 속삭였다.

"애들 일에 부모는 빠져 주는 거야."

"알았어. 어제 친구한테 물어봤더니 그 무당 아직 여기에 살고 있다더라. 저쪽 골목 끝집이야. 붉은색 깃발이 걸려 있으니까 금방 찾을 수 있을 거야."

아빠가 지갑에서 오만 원짜리 두 장을 꺼내 선화에게 건넸다.

"저런 데는 먼저 돈을 올려야 해. 이 정도면 적당할 거야. 끝나면 전화해."

아빠는 그렇게 차를 타고 사라졌다. 그때 주민이 다가와 물었다.

"근데 선화 양, 무슨 냄새가 난다는 거야? 여기 오면 뭐가 달라져?"

선화는 마스크를 살짝 내리고 코를 벌름거렸다. 라면 냄새가
났다. 살짝 비릿한 냄새는 달걀이었다.

"선배, 오늘 아침에 라면에 달걀 넣어 먹었죠?"

주민의 눈이 왕방울만 해졌다.

"헐, 그걸 어떻게……. 오, 너 개코구나. 그럼 봉덕이는? 얘는
뭐 먹었어?"

"시리얼이요."

"맞냐?"

봉덕이가 놀란 얼굴로 소매를 코에 갖다 대고는 킁킁, 냄새
를 맡았다.

"우와, 진짜네. 진짜 미스터리한 코를 가졌어."

주민은 선화의 마음도 모르고 감탄사를 연발했다.

'사람의 진실을 냄새로 맡을 수 있다고 하면 아주 뒤로 자빠
지겠네.'

주민과 달리 봉덕은 선화에게 차분히 말했다.

"선화야, 네 능력은 그냥 미스터리하기만 한 게 아닐지도 몰
라. 저번에 텔레비전에서 봤는데 어떤 사람이 연기감지기보다
담배 냄새를 먼저 맡고 불이 난 걸 알아챘대. 게다가 그 담배
종류까지 맞혔대."

"저, 전 그 정도는 아니라고요."

봉덕의 말에 선화는 왠지 창피해졌다.

"선화 양, 넌 송암고의 자랑이야. 지금이라도 늦지 않았으니 우리 블랙매직부에 들어와. 으악!"

그새를 못 참고 끼어든 주민의 등짝에 봉덕이 스매싱을 날리며 말했다.

"너네 부서 애들도 네 말 안 듣는다며! 쓸데없는 소리 집어넣고 얼른 가기나 해."

선화는 아빠가 알려 준 골목으로 앞장서 걸었다. 몇 채 없는 집이 나오고 그 끝에 논이 넓게 펼쳐져 있었다. 좀 더 걷다 보니 야트막한 산 아래 붉은 깃발 하나가 휘날리는 게 보였다.

네 사람은 곧 깃발이 꽂힌 집 앞에 도착했다. 집 대문은 반쯤 떨어져 나간 상태였고 마당에는 죽어서 메마른 가지만 남은 나무 한 그루가 서 있었다. 가지마다에는 오색 천들이 묶여 나부꼈다.

"오, 여기 정말 불길해. 저 나무 위에서 귀신들이 우리를 쳐다보고 있을 거야."

주민의 허풍에 주미가 겁을 먹고 떨리는 목소리를 냈다.

"오빠는 귀신도 봐요?"

"걱정 마. 내가 온 우주의 힘을 모아 너희를 지켜줄 테니."

"저번에 별관에서 선화 뒤에 숨었다가 제일 먼저 뛰어 내려 가지 않았어요?"

주민이 주미의 말이 안 들리는 척 귀를 막고는 먼저 마당에 발을 들여놓았다.

"저기요? 누구 안 계세요?"

그때 마루 너머 방문이 벌컥 열리며 한 노파의 얼굴이 보였 다. 하얀 소복 차림에 머리카락을 끌어 모아 비녀로 고정한 쪽 찐 머리를 하고 있었다. 쪼그라든 입술과 깊게 팬 주름을 보고 선화는 꿈에서 본 무당의 얼굴이 떠올랐다.

'저 사람이었어!'

"아잇, 깜짝이야!"

노파의 얼굴을 본 주민이 놀라서 펄쩍 뛰었다.

"생각보다 일찍 왔구나. 언제 오나 했는데."

심상치 않은 노파의 첫마디에 주민이 물었다.

"저희를 아세요? 저희가 올지 어떻게 아셨어요?"

"이놈아, 귀신 씌었으니 왔겠지. 네놈에 꼬인 귀신이 아주 강 력하구나."

주민이 뒤돌아보고는 침을 꼴깍 삼켰다. 그러자 봉덕이 선화 와 주미만 듣도록 작게 속삭였다.

"무당은 대부분 저런 식으로 두루뭉술하게 말하는 버릇이 있어. 여기까지 찾아온 사람에겐 분명 과학적으로 해결하지 못하는 문제가 있을 테니까 저렇게 먼저 던져 보는 거야."

선화도 봉덕의 말에 일리가 있다고 생각했다. 하지만 자신의 귀신같은 코 역시 과학적으로 해결할 수 없는 건 매한가지였다. 여기까지 왔으니 해결하고 가고 싶었다. 항상 마스크만 쓰고 살 수는 없었다.

무당이 들어오라며 손짓을 했다.

"들어가시죠."

이번엔 선화가 앞장섰다. 방 안은 향냄새가 가득 풍겼다. 전면에는 화려한 제사상과 함께 어른 팔뚝만 한 촛불이 켜져 있었고, 그 뒤로는 무시무시한 도깨비 그림이 그려져 있었다. 무당이 모시는 신이었다.

"그만 두리번거리고 어서 앉아!"

네 사람은 일렬로 앉아 무당을 마주보았다. 무당은 네 사람의 얼굴을 하나하나 부담스럽게 쳐다보았다.

선화가 아빠한테 받은 오만 원 지폐 두 장을 꺼내 탁자에 올렸다. 무당의 표정이 미묘하게 변했다. 선화는 이 방에 오래 있고 싶지 않아 마스크를 벗었다. 생각보다 훨씬 진한 향냄새가 가득 콧속으로 들어왔다.

"혹시 저 기억나세요? 10년 전에 화장실에 빠져서 여기 왔었다고 하던데."

"화장실……? 아아, 기억나지. 기억나. 강안마을 서산댁 손녀였나? 네가 이렇게 컸구나."

무당이 말하는 동안 선화의 코가 벌름거렸다. 강한 향냄새 사이로 고단함이 느껴졌다.

"그때 네게 붙은 똥 귀신을 쫓아냈었지."

"혹시 저한테 무슨 주술을 거셨어요?"

선화의 질문에 무당의 얼굴이 살짝 굳어졌다.

"주술은 무슨, 귀신 쫓는 굿을 한 번 하고 부적을 써 주었을 거야."

선화는 지금까지 부적을 지닌 적도, 본 적도 없었다.

"저 한 가지 여쭤볼 게 있는데요, 이 세상에는 좋은 귀신도 있어요?"

"있지, 있고말고. 여기 모시는 장군님도 좋은 분이란다."

"그럼 귀신 씐 사람은 귀신이 가진 능력을 쓸 수 있나요?"

"음……. 그럴 수도 있고, 아닐 수도 있고."

"코가 민감해서 모든 냄새를 맡을 수 있는 귀신이라면요?"

"글쎄다. 그런 귀신이 누군가에게 씐다면 그 사람도 그런 능력을 갖지 않을까?"

"그럼, 저도 귀신에 씐 것 같아요."

무당이 놀란 눈으로 선화를 쳐다봤다.

"어디 보자."

그러고는 눈을 감고 주름 가득한 입술을 달싹거리며 주문 같은 걸 외웠다. 잠시 후 혼탁해진 눈으로 선화를 똑바로 쳐다 보면서 말했다.

"잡귀가 하나 붙었네."

"떼어낼 수 있을까요?"

"그거야 쉽지. 이리 와 봐라."

선화가 무당 앞에 다가가 앉자 무당은 팥과 콩을 선화의 몸에 던지며 주문을 외웠다. 선화의 꿈과 똑같았다. 도깨비 장군에게 손을 모아 기도를 하고는 나뭇가지에 물을 묻혀 선화의 어깨를 여러 번 두드렸다.

정체불명의 의식은 몇 번 더 반복되었지만, 마음이 특별히 동요되지는 않았다. 게다가 냄새 맡는 능력에 변화가 생기거나 하는 일조차 없었다.

"됐다."

무당의 말에 선화가 주미 옆으로 돌아와 앉았다. 잠시 후 무당이 부채를 탁, 펴더니 위아래로 펄럭 흔들었다.

'이게 끝?'

선화는 허무했다. 자신에게 무시무시한 주술을 걸어 두었다고 생각한 무당을 실제 만나 보니 그냥 평범했다. 꿈에 등장한 것만 빼고.

"자, 너희들은 뭐 궁금한 거 없어?"

"저요."

주미가 기다렸다는 듯 손을 들고 앞으로 나가 무릎을 꿇었다.

"저는 왜 이렇게 운이 없는 걸까요?"

"어디 보자."

무당이 쌀 한 줌을 상 위에 탁 뿌리고는 주문을 외우기 시작했다. 그러고는 주미의 얼굴을 쳐다보며 말했다.

"행운과 불운은 한끝 차이야. 그걸 바꿀 수 있다면 불운도 행운이 될 수 있지."

무당은 노란색 종이 위에 물감인지 잉크인지 모를 물을 붓에 묻혀 부적을 쓰기 시작했다. 이 세상의 글씨처럼 보이지 않는 상형문자 같은 걸로 종이를 가득 채웠다. 그런 다음 부적을 잘 접어 금색 실로 잘 묶어 봉했다.

"이걸 가방에 넣고 다니면 너의 불운도 행운으로 방향을 틀 거야."

"헐, 정말요? 와, 고맙습니다!"

그 후로 주민이 황당한 소릴 해대긴 했지만 기대와 달리 신비한 일은 벌어지지 않았다. 미신을 믿지 않는 봉덕도 무당의 뻔한 소리에 조금 있던 흥미를 잃은 것 같았다.

무당은 상대방의 근심을 파악해서 적당한 말로 안심시키는 일에 능한 것뿐이었다. 엄마가 무당한테 다녀온 뒤로 마음이 편해졌다는 말이 어떤 의미인지 선화는 그제야 알 것 같았다.

오늘의 소득이라면 주미가 자신의 악운을 물리쳐 줄 거라고 굳게 믿고 있는 부적뿐이었다.

집으로 돌아오는 길에 주미와 주민은 신이 나 있었다. 휴게소에서 점심식사를 하고, 재미로 해 본 사탕 뽑기에서 우연인지, 아니면 정말로 부적의 힘인지 주미에게 기이한 일이 일어난 것이다.

오백 원을 넣고 버튼을 눌러서 나온 숫자에 따라 막대사탕이 하나 밀려서 올라오는데 주미가 할 때만 두 개씩 올라왔다. 이상하게 주민이 할 때는 정상적으로 한 개만 나왔다.

주미는 결국 최대 네 개를 얻을 수 있는 기계에서 여섯 개의 사탕을 얻었다. 신이 난 주미가 사탕을 흔들면서 소리쳤다.

"우와, 부적의 힘이 벌써 나타났어. 나는 더 이상 악운 주꾸미가 아니야!"

사탕을 쥐고 폴짝폴짝 뛰는 주미를 보고 주민도 덩달아 신이 나 뛰었다. 무당이 주민에게 우주의 힘을 모을 수 있는 기운을 타고 났다고 말했기 때문이었다.

"후후후, 정말 귀신같은 점괘구나. 다들 온 우주의 힘을 모은 우주민만 따라와!"

"오, 저도 따라갈래요!"

미신파가 된 주미와 주민의 주접을 지켜보던 봉덕이 헛기침을 하면서 말했다.

"흠흠. 운이야, 운."

역시 과학파였다.

봄비가 잔뜩 낀 황사를 닦아내서인지 아침과 달리 하늘이 맑게 드러났다.

"저기 무지개다. 우주의 힘이 우리를 축하해 주는 것 같아요."

"오, 주미 양! 그런 것 같구나."

주미가 휴대폰을 꺼내 무지개를 찍었다. 그러고는 바로 자기 SNS에 올리면서 '#행운주꾸미'라는 태그를 붙였다.

그사이 봉덕은 선화 옆에서 뭐라고 중얼거렸다.

"무지개는 빛의 분산으로 생겨. 비가 내린 직후 하늘의 물방울이 프리즘의 역할을 하지. 대신 무지개의 반대에 해가 있어야 해. 봐봐, 무지개와 해의 위치가 반대지? 그리고 무지개는 항상 원형으로만 생기는데 우리는 지상에 있다 보니 반원만 볼 수 있어."

선화는 봉덕 덕분에 전혀 궁금하지 않았던 사실을 알게 되어서 머리가 아파 왔다. 선화는 봉덕의 'TMI'를 견딜 수 없어서 봉덕의 등을 밀면서 주미와 주민 쪽으로 데려갔다.

"우리 기념사진 찍어요. 오늘을 기념해서."

선화는 아빠에게 휴대폰을 넘겼다. 선명히 보이는 무지개를 배경으로 네 사람이 활짝 웃는 모습이 사진으로 남았다.

제9장
달의 뒷면

"달은 참 미스터리해. 너희 혹시 달 착륙 음모설 들어 봤니?"

교지부 동아리실에서 주민이 침을 튀기며 말했다. 상대는 주미와 선화였지만 지근거리에 봉덕이 책을 보면서 귀를 열고 있었다.

"아폴로11호가 달에 처음 착륙했을 때 지구에 송출되었다고 알려진 영상이 사실은 어느 사막에서 미리 촬영된 영상이었다는 이야기가 퍼지기 시작하면서 사람들은 점점 의문을 갖기 시작했어. 1969년의 과학 기술과 지금의 과학 기술은 천지차이인데 왜 그 이후로 지금까지 달에 가지 못하는 걸까? 미국 말고 다른 나라에서는 왜 달에 사람을 보내지 않았을까? 이런 의문들이 쌓였지."

봉덕이 주민의 설명을 가만히 들으며 묘한 표정을 지었다.

"실제로는 달에 갈 기술이 없었던 거야. 당시 미국, 소련의 냉전시대로 접어들면서 두 나라는 자기네 과학 기술이 우수하다며 서로 자랑해야 하는 상황이었어. 그때 과학 기술은 바로 군사력으로 이어졌거든."

주민이 말을 마치자 봉덕이 가슴 앞에 팔짱을 끼고는 물었다.

"그래서 그 음모설이 사실이라는 거야? 그건 1970년대부터 퍼진, 말 그대로 음모설일 뿐이라고."

"아, 내가 말하고 싶은 건 지금부터야. 전교 1등 봉덕이에게 물어보자. 봉덕아, 달의 크기와 질량은?"

봉덕이 두꺼운 안경테를 쓱 올리면서 말했다.

"거기서 전교 1등이 왜 나오는지 모르겠지만, 달의 지름은 지구의 4분의 1, 질량은 지구의 80분의 1이야."

"역시 전교 1등다워."

주민의 반응이 약이 올랐는지 봉덕이 큼지막한 주먹을 주민의 얼굴 앞에 들이댔다. 그러자 주민이 깜짝 놀라 주제를 슬쩍 바꿨다.

"오, 오케이. 이런 어마어마한 크기의 달이 문제라는 거야. 혹시 봉덕 군은 달의 크기가 태양계 위성 중 몇 등인지 아는가?"

"정확히는 모르지만, 목성의 4대 위성과 맞먹는댔어."

봉덕의 대답이 마음에 들었는지 주민이 손뼉을 몇 번 쳤다.

"달의 반지름은 1700km에 달해. 지구의 이웃 행성인 화성은 두 개의 위성을 갖고 있는데, 불의 화신이라 불리는 포보스와 공포와 참패의 신이라 불리는 데이모스가 그것이야. 이 위성들의 반지름이 각각 12km, 8km밖에 되지 않는 걸 생각하면 달은 엄청 큰 거지."

"오빠, 저희 오늘 7교시까지 앉아 있었단 말이에요. 그래서 결론이 뭐예요? 빨리 알려 주세요."

"어허, 주미 양! 이건 달의 미스터리를 풀기 위해 반드시 알아야 할 내용이라고."

주민은 주미의 재촉에 굴하지 않고 이야기를 이어갔다. 이어진 설명은 대략 이런 내용이었다.

달의 크기를 생각하면 지구가 위성으로 붙잡아 두기 힘든 크기다. 지구보다 11배나 큰 목성도 겨우 4개의 위성만이 달과 크기가 비슷했고, 토성도 가장 큰 위성인 타이탄을 갖고 있을 뿐이다. 과학적으로 보면 달은 지구에 어울리지 않는 위성이라는 주장이었다.

"그리고 태양과 달의 크기는 같아. 시직경이 0.5도로 하필이면 거리와 크기의 비가 딱 맞아서 일식과 월식 때 서로를 정확히 가리지. 또 달은 왜 한쪽 면밖에 보이지 않을까? 그건 공전주기와 자전주기가 하필이면 딱 맞아 일어나는 우연 때문이지."

"그래서 뭘 말하고 싶은 거야?"

봉덕이 참지 못하고 말했다.

"그러니까 달은 인공적인 위성이라고 볼 수 있어. 달 뒷면에는 달을 만든 외계인이 존재할지도 몰라. 달 위에 착륙한 아폴로11호의 우주인은 외계인과 조우했으며 그때 더 이상 달을 침범하지 않겠다는 조약을 서로 맺은 거라고."

"그런 걸 왜 맺는데요?"

주미가 이해가 가지 않는다는 투로 물었다.

"지구를 관찰하는 초지적인 외계인이 달을 침범하려 한 지구인을 멸종시키려 했기 때문이야. 그래서 아폴로11호의 우주인들이 이제 다시는 달에 안 오겠다, 달에 착륙했다는 사실을 음모론을 만들어 없애 버리겠다고 약속한 거지."

주민이 하고 싶은 말을 다 했는지 후련하다는 듯 세 사람의 표정을 살폈다. 그러나 세 사람의 얼굴에는 왠지 물음표만 잔뜩 그려져 있는 것 같았다.

말없이 듣고만 있던 선화를 보고 주민이 물었다.

"선화 양은 질문 없나?"

"근데 그게 송암고 3대 미스터리와 무슨 관계죠?"

"음, 역시 핵심을 찌르는군. 난 미스터리한 힘을 믿어. 그러니까 뭐든지 과학만으로 해결할 수 없다는 걸 말하고 싶어. 너의 그 특별한 코도 그렇고."

선화는 주민의 말뜻은 이해되었지만 선뜻 인정할 수는 없었다. 대신 자연스럽게 세 사람의 성향을 파악할 수는 있었다.

주민과 주미는 본인이 납득만 한다면 미스터리한 현상이라도 믿는 편이었고, 봉덕은 오직 과학적인 사고에 충실했다.

그때 날카로운 목소리가 들렸다.

"넌 뭔데 맨날 남의 동아리실에 들어오는 거야?"

교지부 차장 류윤의 등장에 주미가 환하게 웃었다. 류윤이 주민을 보며 계속 비아냥댔다.

"너, 설마 교지부로 갈아탄 거 아니야?"

"그럴 리가. 이 몸은 블랙매직부의 수장이라고."

"근데 왜 여기서 노닥거리는 건데?"

"애들에게 미스터리한 달의 세계를 설파하고 있었지."

지지 않고 대답하는 주민이 답답한지 류윤이 봉덕을 불렀다.

"봉덕아, 네가 뭐라고 좀 해 봐."

"우린 교지에 실릴 송암고 3대 미스터리를 연구 중이었어."

생각지 못한 봉덕의 반응에 류윤이 어이없어하며 물었다.

"그럼 교지부끼리 하지, 쟤는 왜 끼는데?"

"올해가 이사장 동상이 피눈물을 흘린 지 10년째 되는 해야. 분명 조만간 그 일이 다시 일어날 가능성이 높아. 그때 교지에 취재한 기사를 싣기 위해서는 지금부터 관련 연구를 충분히 해 놔야 해. 교지부에서는 적극적으로 나서는 애들이 여기 선화와 주미밖에 없었어. 너도 좀 돕지 그래?"

봉덕은 그간 활동이 뜸했던 류윤을 압박하는 듯 얘기했다.

"나, 나도 별관의 순간이동 미스터리를 조사하고 있다고, 뭐."

"그럼 다행이고."

류윤이 머쓱하게 주미에게 말을 걸었다.

"오늘 내가 실험을 하나 하려고 하는데 주미 너도 같이 갈래?"

류윤의 제안에 주미가 두 손을 모으면서 벌떡 일어났다.

"네? 당연하죠. 무슨 실험인데요?"

"별관 순간이동 미스터리를 똑같이 재연해 볼 거야."

'그럼 밤에 주미를 데리고 별관에 다시 오겠다는 건가?'

옆에서 듣고 있던 선화의 표정이 굳어졌다. 선화는 류윤을 볼 때마다 그가 뭔가를 숨기고 있는 듯한 기분을 떨칠 수 없었다. 그의 냄새를 확인하고 싶었다.

마스크를 벗고 코를 벌름거리며 정신을 집중하자 향수 냄새와 함께 담배 냄새가 살짝 전해졌다. 그리고 이어서 콧속으로 류윤의 진짜 냄새가 들어왔다.

좋지 않았다. 평소에 주미를 바라보는 류윤의 눈빛이 초식동물을 노리는 늑대의 것과 닮았다고 생각한 적도 있었다.

이미 기분이 좋아진 주미를 막을 수는 없었다. 만약 자신의 판단이 틀리다면 그로 인한 비난을 감당하기 어려웠다. 주미한테 선화는 연애를 방해한 방해꾼이 될 것이다.

"그럼 가자, 주미야."

"지금요? 선화야, 오늘은 먼저 갈게."

류윤은 주미의 긍정적인 반응이 바뀔까 봐 바로 주미를 데리고 나가려고 했다.

"그, 그래. 연락해."

주미가 먼저 밖으로 나가자 주민이 사뭇 진지한 얼굴로 류윤의 팔을 잡았다.

"무슨 일 생기기만 해 봐."

"뭔 소리야. 순간이동의 비밀을 밝혀 올 테니까 두고 봐."

더는 할 말이 없는지 주민이 봉덕을 쳐다보았다. 주민과 눈이 마주친 봉덕은 잠시 고민하더니 이내 고개를 돌렸다.

주미와 류윤이 나가자 동아리실에는 순식간에 적막이 내려 앉은 것 같았다. 봉덕은 미뤄 둔 공부를 하려는지 수학 문제집 을 펼쳤다. 예전 교지를 넘겨 보던 주민이 탁, 하고 덮고는 아 무 말 없이 동아리실을 빠져 나갔다.

딱히 할 일이 없던 선화가 봉덕에게 말을 걸었다.

"선배, 별관 순간이동에 대한 기사는 몇 년도 교지에 있어 요?"

문제를 풀던 봉덕이 안경을 고쳐 쓰며 잠시 골몰했다.

"별관은 1997년부터 동아리실로 개조해 사용하기 시작했고, 4층 계단은 1999년에 처음 막았어. 음······. 아마 기사는 1999 년, 2005년, 2009년 교지에 실려 있을 거야."

봉덕이 가르쳐 준 대로 선화는 먼저 1999년도 교지를 꺼내 펼쳤다. 지금으로부터 23년이 지난 교지였지만 아무도 펼쳐 본 사람이 없었는지 새것 같았다.

순간이동 기사는 맨 앞에 대문짝만 하게 나와 있었다. 그 해 의 송암고 최대 이슈였던 것 같았다.

별관 4층의 비밀, 과연 사실일까?

송암고등학교 별관은 개교 때 지어진 건축물이다. 과거

에 안전진단 후 보강공사를 통해 리모델링을 했지만, 그 예스러움은 벗겨내기 힘들다. 지속적으로 학생 수가 증원되면서 본관이 지어지자, 학교는 2년 전부터 별관을 학생들의 동아리실로 사용하고 있다. 그러나 과학실, 음악실 등 특별실이 있었던 별관 4층은 공실로 방치되어 있으면서 학생들의 일탈 장소가 되었다. 이러한 문제가 발생하자 학교는 4층으로 통하는 모든 입구를 막아 학생 출입을 통제했다.

<중략>

첫 번째 희생자는 3학년 신모 군과 이모 양이었다. 당시 교제 중이던 두 사람은 어둠이 내린 뒤 오솔길을 통해 별관에 도착했다. 분명히 3층에 올라갔지만, 도착한 곳은 4층이었다. 그리고 그들이 만난 건 과학실 귀신이었다. 이곳에서 목을 매 자살했다던 학생이 자기 목을 들고 두 사람 앞에 나타났다고 한다.

학교는 두 사람의 증언을 토대로 4층 과학실로 올라갈 방법이 있는지 샅샅이 뒤졌지만, 결국 찾지 못했다. 이러한 소문과 조치는 오히려 학생들의 호기심을 자극시켰다. 이후에도 학생들은 몰래 술을 마시거나 담배를 피우는 등 비행을 저지르기 위한 목적으로 야간에 별관을 출입하다가 적발되는 사례가 증가했다.

1999년 10월

교지부 부장 엄성길

선화는 다음 2005년, 2009년 기사를 찾아보았다. 이번에는 별관 순간이동 사건이 사실인지 의심스럽다는 내용의 기사였다. 기사에 의하면, 별관에서 순간이동을 경험한 학생들의 공통점이라고 할 수 있는 것은 세 가지로 요약된다.

첫째, 학생들이 술에 취해 있었다는 것

둘째, 오솔길을 따라 별관에 들어왔다는 것

셋째, 과학실에서 귀신을 보았다는 것

"선배, 류윤 선배도 별관 순간이동 기사를 쓴 적 있어요?"

선화의 질문에 봉덕이 고개를 들어 답했다.

"그러니까 차장이 됐지."

"선배, 별관 순간이동의 세 가지 공통점이 있다는데, 혹시 그게 뭔지 아세요?"

"음……. 술, 귀신, 오솔길."

봉덕도 알고 있었다. 선화는 갑자기 주미가 걱정되었다. 류 윤은 분명 순간이동이 벌어진 상황 그대로 실험을 해 본다고 했다. 그러면 주미와 술을 마실 테고, 깊은 밤에 오솔길을 통해 별관에 다시 올 것이다. 아까 주민이 정색한 것도 바로 이 사실 을 알고 있어서였을 것이다.

"걱정 마. 류윤이 못 미더운 구석이 있어도 책임감은 있는 녀 석이거든."

봉덕은 선화의 표정을 읽었는지 선화를 안심시켰다.

그때 쨀랑, 소리가 들렸다. 동시에 동아리실 뒷문에 큰 그림 자가 비쳤다.

'깜짝이야.'

경비 할아버지였다. 그림자만으로도 충분히 위압적이었다.

"9시에 문 잠글 거다."

봉덕이 벽에 걸린 시계를 보고는 펼쳐져 있던 책들을 정리 했다.

"네, 벌써 시간이 이렇게 되었네요."

"조심히들 가거라."

경비 할아버지는 조용해진 복도를 걸으면서 동아리실마다

들러 남아 있는 아이들에게 별관 폐쇄 시간을 알렸다.

　동아리실을 먼저 나온 선화의 눈에 점점 멀어지는 경비 할아버지의 뒷모습이 어떤 기억을 불러일으켰다. 마침내 반대편 복도 끝에 도착한 경비 할아버지의 실루엣이 며칠 전 3층 복도에서 마주친 괴상한 그림자와 닮아 있었다.

　'그날, 경비 할아버지였어.'

　"선배, 경비 할아범은 왜 경비 할아범이에요?"

　"그게 무슨 소리야?"

　언젠가부터 누군가 경비 할아범이라고 부르기 시작한 게, 학생들 사이에서 굳어졌다고 했다.

　"근데 경비 할아범이 어떻게 하다 3대 미스터리에 들어간 거예요?"

　"아, 그거? 별것 아니야. 별관 순간이동이랑 피눈물 동상으로 2대 미스터리를 지어내기엔 뭔가 좀 부족해 보이잖아. 그래서 조용히 학교 곳곳을 어슬렁대는 경비 할아범의 정체를 밝히겠다며 누가 추가한 거지. 안 그래도 덩치도 크고 웃지도 않는 모습이 무섭게 생겼잖아."

　봉덕의 설명만으로는 경비 할아버지의 진짜 모습을 판단할 수 없었다. 선화는 다시 만났을 때 냄새를 맡아 보는 게 좋겠다고 생각했다.

"선배, 오늘은 오솔길로 내려가 볼래요?"

"그래."

이상했다. 봉덕은 선화가 오솔길로 내려가겠다는데 아무런 질문도 하지 않았다. 마치 선화가 충분히 궁금증을 풀 수 있도록 묵묵히 돕기로 한 것 같았다. 덕분에 선화는 괜히 든든했다.

오솔길은 송암산 등성이를 타고 돌아 내려간다. 즉 학교를 빙 돌아가야 해서 108계단보다 내려가는 데 시간이 더 걸릴 수밖에 없다. 틈틈이 가로등이 있긴 했지만 무성해진 숲 때문에 땅이 잘 보이지 않는 곳도 많았다.

봉덕이 휴대폰 플래시를 켜고 앞장섰다.

"나무들이 울창해서 달이 밝아도 꽤 어둡네요."

"그렇지. 별관에 대한 소문도 소문이지만, 일부러 여길 찾아오는 것도 쉽지는 않을 거야."

바로 그때였다.

사사삭.

소나무 숲 사이로 뭔가가 움직였다. 깜짝 놀란 선화가 본능적으로 봉덕의 재킷 끝을 잡고는 등 뒤로 숨었다.

"선배, 저 나무 뒤요."

봉덕도 정체 모를 것의 등장에 긴장했는지 떨림이 재킷을 타고 선화에게 전달되었다.

"누, 누구야!"

그러나 어떠한 움직임도 없었다.

"안 나오면 경찰에 신고한다!"

잠시 정적이 흘렀다. 그리고 잠시 후 나무 뒤에서 그림자 하나가 움직였다.

"나야."

주민이었다. 선화와 봉덕은 그제야 한숨을 푹 쉬며 안도했다. 주미가 걱정된 나머지 주민이 길목을 지키고 있다가 숨은 것이었다. 주민은 부끄러운지 옆머리를 긁적였다.

"저기, 비밀이다."

선화와 봉덕은 아무 말도 하지 않았지만 주민의 말뜻을 대번에 알았다.

선화가 마스크를 살짝 내렸다. 주민에게서 걱정의 냄새가 짙게 풍겼다. 그리고 사랑의 냄새 또한 살짝 피어올랐다.

"주민 선배, 주미도 자기 일은 알아서 할 나이라고요."

"그건 알지……. 너희는 먼저 가. 난 12시까지만 기다려 볼게. 다시 말하지만, 주미에게는 비밀로 해 줘."

초여름 날씨치고 바람이 선선했다. 선화의 마음에도 선선한 바람이 한 번 들어왔다 나갔다. 주미가 괜히 부러웠다. 자신을 지켜주고 싶어 하는 사람이 있다는 건 꽤 행복한 일일지도 모른다.

"선화야, 내가 교문까지 데려다 줄 테니 먼저 들어가. 난 주민이랑 같이 기다릴게."

'헐, 봉덕 선배까지?'

주민과는 다르지만 봉덕에게도 걱정의 냄새가 살짝 풍겼다. 늘 밝은 모습으로 빨간 입술을 조잘거리는 주미는 아기 새 같았다. 그런 아기 새를 어찌 안 좋아할 수 있을까?

"저 혼자 내려갈 수 있어요."

"아니야. 같이 가자."

선화의 거절에도 봉덕은 교문까지 따라 내려왔다. 선화가 인사를 하고 돌아서려는데 봉덕이 자기 뒷머리를 긁적이면서 어렵게 말을 꺼냈다.

"흠흠. 난 주민이가 걱정돼서 그래. 괜히 윤이랑 싸우고 그럴까 봐. 내가 말려야지."

"네, 알아요. 그럼 고생하세요."

선화는 인사를 꾸벅하고 그새 초록불로 바뀐 신호등을 보자마자 뛰어서 횡단보도를 건넜다. 터덜터덜 마라탕후와 아이스크림 가게를 지나 집으로 돌아왔다. 저녁을 먹고 방에 들어와 자동재생 되는 유튜브만 멍하게 보았다. 10시쯤 되자, 휴대폰 벨소리가 울렸다.

주미였다. 주미는 왠지 불안한 목소리로 지금 만나자는 말만 했다.

"엄마, 나 요 앞 놀이터 좀 갔다 올게."

급히 집을 나서던 선화는 마스크를 챙기지 않았다는 사실을 뒤늦게 알아챘다. 할 수 없이 마스크는 포기했다.

놀이터 구석 벤치에 주미가 앉아 있었다.

"선화야!"

"얘가, 얘가 사람을 걱정시키고."

주미에게서 삼겹살 냄새와 알코올 냄새가 느껴졌다. 주미가 피운 건 아니겠지만 미세한 담배 냄새까지 살짝 풍겼다. 주미가 복잡 미묘한 얼굴로 선화를 바라보았다.

"표정이 왜 그래? 삼겹살에 술까지 마신 것 같은데?"

"어? 역시 다 아는구나."

주미는 한동안 말이 없었다. 선화는 그냥 기다려 주기로 했다. 얼마의 시간이 지났을까, 주미가 입을 뗐다.

"오늘 너랑 있었다고 하면 안 될까? 학원에서 엄마한테 전화했나 봐."

"그래."

주미의 알코올 냄새와 함께 낯선 냄새가 선화의 콧속으로 들어왔다. 순수했던 주미의 냄새에 걱정과 불안의 냄새가 뒤섞여 있었다.

'도대체 주미에게 무슨 일이 있었던 걸까?'

주미가 몇 번 주저하더니 입을 뗐다.

"아까……. 윤 오빠랑 오빠 친구들이랑 넷이서 삼겹살 먹으러 갔어. 근데 생수병에 소주를 넣어 왔더라고. 그 삼겹살 집에서 주는 것과 똑같은 생수병을 구한 거지."

"한두 번이 아니었네. 그래서 재밌었어?"

"재미있긴……. 호기심에 몇 잔 받아 마셨더니 기분이 좋아지더라고."

그때 기분이 떠올랐는지 주미가 환하게 웃었다.

"근데 지금은 왜 이렇게 우울해하고 있어? 온 세상의 걱정과 불안을 다 가진 사람 같아."

"그러게. 밥을 다 먹고 나왔는데 오빠들이 아무 말도 안 하고 어디를 가는 거야. 그러더니 어두운 골목을 찾아 들어가서 아무렇지도 않게 담배를 꺼내 피우더라고."

"혹시 좋아하던 오빠가 담배 피워서 싫어진 거야?"

"글쎄, 그냥 고민돼. 윤 오빠는 자기들이 어른과 다름없대. 그래서 술 마시고 담배 피우는 것도 괜찮다는 거야. 그러면서 나한테 피우던 담배를 건네더라고. 어차피 어른 돼서 할 거라면 지금 미리 해 보는 게 좋대. 내가 머뭇거리면서 우린 미자라서 이런 짓을 하면 안 된다고 한마디 했더니, 나 같은 애들 때문에 어른들이 자신들을 통제할 수 있는 거라고 하더라."

명분 없는 비행을 개똥철학으로 포장한 그들이 선화는 한심했다.

'지금이라도 술과 담배를 끊으려고 발버둥치는 어른들이 얼마나 많은데.'

"우리 아빠 말이야. 담배 끊는다고 엄마랑 내 앞에서 다짐한 게 몇 번째인 줄 몰라. 담배가 몸에 안 좋다는 걸 알면서도 그걸 쉽게 그만 두지 못하더라고."

"우리 아빠도 엄마한테 들켜서 항상 혼나."

주미가 선화의 말에 맞장구를 쳤다.

"주미야, 우리가 아무 데서나 술 마시고 담배 피우는 어른을 보고 멋있다고 하지는 않잖아. 난 네가 수업 시간에 한 번도 안 졸고, 선생님 말씀을 하나도 놓치지 않겠다는 태도로 수업을 들을 때 정말 멋지다고 생각했어. 학생이 어른 말을 무시하고 류윤 선배처럼 막나가는 거 말고."

선화의 얘기에 주미가 환하게 웃었다. 그러고는 주먹을 불끈 쥐었다.

"정말? 아, 중간고사 첫날에 생리만 터지지 않았어도 열심히 한 만큼 성적 나왔을 텐데. 시험 때만 되면 꼭 그래."

"잊었어? 사탕 말이야. 휴게소에서! 이제 행운 주꾸미잖아."

선화의 지적에 주미의 입꼬리가 주욱 찢어졌다. 선화는 주미에게 오늘 무슨 일이 더 있었는지 궁금했다.

"그래서 류윤 선배랑은 어떻게 되는 거야?"

"같이 있던 오빠들 중에 오늘 집이 비는 오빠네가 있는데 거기서 더 놀다 가라는 거야."

"그래서 뭐라고 했어?"

"순간이동 비밀 조사하러 안 갈 거냐고."

"그랬더니?"

"나 보고 재미없는 애래. 내가 조금 좋아지려고 했는데 실망이라고."

"그래서?"

"그래서 이렇게 너한테 상담 받고 있잖아."

'아, 상담이었구나.'

선화는 지금 대화가 주미 입장에서 상담이었다는 사실을 그제야 알아챘다. 주미는 자신의 비밀을 선화에게만 내보인 것이었다. 선화는 왠지 주미와 더 가까워진 것 같은 기분이 들었다.

"주미야, 있잖아……. 뭐 하나 말해 줄까?"

"응? 뭔데?"

"사실 내 코의 능력은 개코 그 이상이야."

주미는 선화의 갑작스러운 고백을 좀처럼 이해하지 못한 듯 눈동자를 위로 굴려 생각에 잠겼다.

　"개코 이상이면, 음……. 고양이 코? 히히."

　"아니, 그런 얘기가 아니고. 난 사실 인간의 냄새를 맡을 수 있어."

　"땀 냄새? 채취? 그런 거?"

　"아니, 그러니까 난 냄새로 그 사람이 악한지, 착한지, 정직한지, 야비한지, 지금 사랑하고 있는지, 공포에 떨고 있는지 알 수 있어."

　"에이, 거짓말……. 그럼 난 어떤 사람인데?"

　"넌……. 순수해."

　"호호호, 내가 좀 순수하긴 하지."

　이 엄청난 비밀을 알고도 대수롭지 않게 생각하는 주미는 순수한 게 분명했다.

　"닭발가락 마라탕 사건 때, 주민 선배 말을 믿은 것도 그 선배한테서 정직한 냄새가 나서 그랬던 거야."

　"오, 역시 그랬던 거구나."

　"마스크를 잘 안 벗는 이유도 그렇고. 그래서 말인데……. 류윤 선배한테서는 좋지 않은 냄새가 나."

　주미는 선화가 거짓말을 한다고는 생각하지 않았다. 다만 좋아하는 사람에게 실망한 자신이 조금 창피했다.

"류윤 오빠? 휴……. 우리 같은 미자가 술 마시고 담배 피우는데 좋은 냄새가 날 리 없지."

주미에게 나던 걱정과 불안의 냄새가 다시 줄기 시작했다. 류윤에 대한 생각을 냉정히 정리하고 있는 것 같았다.

잠시 후 주미가 꽉 쥔 주먹을 다른 손바닥에 팡팡 쳐댔다.

"이제 송암고 3대 미스터리에만 집중할 거야. 이 신선한 주꾸미 명콤비가 마라탕 사건을 해결한 것처럼 별관 미스터리도 같이 해결해 보자고."

"신선한 주꾸미? 너 담임 쌤이 그렇게 부를 때마다 싫어했잖아."

"자꾸 듣다 보니 나도 모르게 입에 붙더라고."

주미가 머쓱해하며 대답했다. 선화의 머릿속에는 자꾸 신선한 주꾸미를 따라다니는 세모와 네모가 떠올랐다.

"앗!"

선화는 그제야 주민과 봉덕이 생각났다. 시계를 보니 11시가 거의 다 되어 가고 있었다.

"지금 주민 선배랑 봉덕 선배가 학교 오솔길에서 기다리고 있어!"

"뭐? 누굴?"

선화의 머릿속에 주민이 비밀을 지켜 달라며 보낸 간절한 눈빛이 떠올랐다.

"아니, 기다린다기보다……. 둘이서 순간이동 미스터리를 추적하고 있다고."

선화는 얼른 휴대폰을 꺼내 주미와 함께 있다는 톡을 봉덕에게 보냈다.

"치, 우리 빼고 자기들끼리 하는 거야? 이건 선화, 네 코를 무시한 격이라고. 내일 내가 확실히 말해 둘게."

"자, 잠깐. 일단 선배들에게는, 아니 누구에게라도 내 코 얘기는 비밀로 좀……."

깜짝 놀란 선화의 부탁에 주미가 아쉬운 듯한 눈빛을 보였다. 하지만 어쩔 수 없었다. 세상 모든 사람이 주미처럼 순수한 건 아니었다. 선화가 새끼손가락을 내밀었다.

"약속해 줘."

주미도 새끼손가락을 걸어 알겠다는 대답을 대신했다. 도장도 찍고, 복사도 하고, 아무튼 할 수 있는 약속은 모두 했다.

봉덕

알았어. 다행이네. 우린 철수할게.

그때 봉덕에게서 톡이 왔다. 설마 했는데 아직도 기다리고 있었던 것이다. 선화는 시계를 보고는 먼저 일어서며 말했다.

"얼른 들어가자. 늦었어."

놀이터를 벗어나 헤어지려는데 주미가 콧구멍에 검지와 중지를 넣는 시늉을 하며 선화에게 물었다.

"선화야, 봉덕 오빠랑, 주민 오빠는 어때?"

두 사람한테 무슨 냄새가 나는지 묻는 것이었다. 선화는 대답 대신 엄지를 올려 보였다. 그러자 주미는 웃으면서 고개를 끄덕이고는 돌아섰다.

하늘에는 보름달이 크고 높이 떠 있었다. 선화는 주민이 침을 튀기며 말한 달 음모론이 생각났다.

"진짜 저 뒤에 외계인이 살고 있을까?"

달의 뒷면을 볼 수 없으니 알 수도 없다.

"어쩐지 달과 별관은 닮았군. 진짜 뒷모습을 볼 수 없으니 말이야."

그렇게 생각하니 별관의 진짜 뒷모습이 궁금해졌다. 송암산에 둘러싸인 별관 뒤로는 철조망이 둘러 처져 있다.

어쩌면 순간이동에 대한 힌트는 별관 바깥에 있을지도 모른다.

제10장
신선한 주꾸미 출동

"별관 뒤를 보고 싶다고? 그게 순간이동이랑 무슨 상관이 있는데?"

언제나처럼 주민이 봉덕, 선화, 주미 앞에서 말했다.

"주민 선배 말대로 달의 뒷면을 봐야 외계인이 진짜 거기 있는지 알 수 있죠."

주민은 선화의 말에 자기도 모르게 고개를 끄덕였다.

"그 말에는 동의하지만……. 그럼 등산을 좀 빡세게 해야 할 텐데. 봉덕아, 어쩌지?"

봉덕이 굳은 얼굴로 입을 열었다.

"별관 건물 뒤로 내려오려면 반대편으로 산을 타고 올라야 하는데 경사가 만만치 않아. 무엇보다 등산로라 할 만한 길이 없어서 힘들 거야."

봉덕의 설명을 듣고 주미가 벌떡 일어났다.

"그런 걸 두려워하면 3대 미스터리고 뭐고 그냥 다 그만 두죠!"

주미의 폭탄선언에 봉덕과 주민이 서로의 얼굴을 빤히 쳐다 보았다.

"아니, 우린 괜찮은데 너희가 걱정돼서 그렇지."

당황한 봉덕의 말에 주민이 격하게 고개를 끄덕이며 맞장구를 쳤다.

"맞아, 맞아. 넘어져서 다치면 어쩌려고."

그때 선화가 자리에서 일어났다. 그러고는 1999년 교지를 꺼내 와 책상 위에 펼쳤다. 거기엔 별관 순간이동을 다룬 최초 기사가 있었다. 선화가 기사의 맨 아래쪽을 검지를 펴 가리켰다.

"이거예요."

주민이 선화의 검지 끝의 글씨를 읽었다.

"교지부 부장 엄성길. 이게 왜?"

"두 분은 산에 올라가세요. 주미와 전 이분을 찾아볼게요."

봉덕이 선화의 의도를 알아챈 듯 손가락을 튕겨 소리를 냈다.

"좋은 생각이야. 당시 이 사건을 최초로 교지에 실은 선배님이라면 뭔가 알고 있는 게 있을 거야."

"근데 당시 열여덟이라고 치면, 지금은 거의 마흔은 되셨을 텐데 어디서 찾지?"

주민이 걱정스러운 목소리로 말했다.

"그건 주미가 찾을 거예요."

선화가 주미를 쳐다보자 주미가 일부러 눈을 크게 떴다. 안경알 속 눈동자가 유난히 크게 보였다.

"너의 SNS 검색 실력을 보여 줘."

"송암고 졸업생들 위주로 파 보면 시간이 걸려도 찾을 수 있을 거야."

주미가 자신 있는 목소리로 말하면서, 휴대폰 화면에 댄 손가락을 분주하게 움직였다. 그러더니 고개를 번쩍 들었다.

"금방 찾을 수 있겠는데? 이름이 특이해서 스무 명밖에 안 나와."

주미의 말에 선화가 큰 목소리로 말했다.

"좋아! 그럼 내일 쉬는 날이니까 아침부터 우리 나눠서 움직여요. 두 분이 별관 뒤쪽을 알아봐 주시면, 저희는 엄성길 선배를 만나 볼게요."

"알았어, 선화 양."

주민이 대답하면서 옆에 있는 봉덕에게 물었다.

"근데 봉덕아, 너 혼자 가면 안 되냐? 이쪽이 더 재미있을 것 같은데."

그러자 봉덕의 얼굴이 붉어지고 눈도 무섭게 변했다. 아무 말 없는 봉덕에게 위협을 느꼈는지 주민이 말을 돌리듯 선화에게 물었다.

"선화 양, 별관 뒤에 도착하면 뭘 해야 하지?"

"사진을 찍어 주세요. 별관 뒤쪽이 어떻게 되어 있는지, 어떤 식으로 진입이 가능한지 알아볼 수 있는 사진이요."

"알았어. 그렇게 해 볼게. 근데 선화 양, 오늘은 마스크 안 써?"

언젠가부터 선화는 넷이 있을 때 마스크를 쓰지 않았다. 넷만 있는 곳에서는 불쾌한 냄새를 맡을 일이 없었기 때문이었다. 세 사람은 그만큼 선화가 믿는 사람들이었다.

선화는 부끄러워서 아무 말이나 생각나는 대로 뱉었다.

"선배가 잘 씻으면 이렇게 안 써도 돼요."

"픕."

옆에서 바람 새는 소리가 났다. 무뚝뚝한 봉덕의 웃음소리였다.

"김봉덕, 너 지금 나 비웃은 거냐?"

"딱 봐도 농담인데 왜 과민 반응이냐?"

봉덕의 대응에 할 말이 없는지 주민은 분한 표정을 지었다. 그사이 주미가 선화의 어깨에 팔을 두르며 말했다.

"우리 선화 양은 코가 매우 예민하니까 오빠들이 잘 씻어 주셔야 해요."

그날 저녁 주미는 SNS에서 엄성길로 검색되는 단서를 죄다 뒤졌다.

1999년 교지부 부장 엄성길을 찾는 데는 그리 오래 걸리지 않았다. 그는 어느 신문사의 기자가 되어 있었다. 교지부 부장 경력다운 직업이었다.

메시지를 보내 바로 다음 날 점심시간에 잠시 만나기로 했다. 교지부 후배라는 인사말에 성길은 기꺼이 시간을 내주었다.

다음 날, 주민과 봉덕이 송암산을 오르는 동안 선화와 주미는 대학로의 한 프랜차이즈 카페에서 성길을 만났다. 그는 넓적한 얼굴에 더운 날씨에도 얇은 비니를 쓰고 있었다. 흔히 생각하는 기자의 모습과는 거리가 있어 보였다.

"교지부 후배들이 찾아오다니 감회가 새롭군요."

성길과 마주 앉은 선화와 주미가 고개를 숙여 꾸벅 인사했다. 그리고 주미가 먼저 활짝 웃으며 물었다.

"안녕하세요. 선배님? 기자님? 뭐라고 불러야 하죠?"

주미의 질문이 재미있는지 성길이 치아를 보이며 웃었다.

"우리 다 송암고 아닌가요? 선배가 맞겠네요."

"네, 선배님. 그리고 저희도 교지부니까 말 편하게 하셔도 돼요."

"아, 그럴까?"

성길은 노트북 가방을 뒤져 나온 명함을 꺼내 선화와 주미 앞에 한 장씩 올렸다. 명함에는 'ㅇㅇ일보 사회부 엄성길'이라고 쓰여 있었다.

"아, 덥다. 저기, 이것 좀 벗을게."

더운 날씨에도 비니를 쓰고 있는 이유를 알 것 같았다. 머리카락이 빠졌는지 이마가 상당히 밀려 올라간 상태였다. 그러자 선화도 마스크를 벗었다. 성길이 어떤 사람인지 알고 싶었다.

성길에게서는 진한 땀 냄새가 먼저 풍겼다. 점심을 급히 때웠는지 컵라면 냄새도 났다. 선화가 코를 더 벌름거렸다. 이어서 전해진 여러 냄새 가운데 정의로움이 가장 진했다. 비로소 선화는 안심했다.

"시원한 거라도 마시면서 할까?"

두 사람은 성길의 제안을 마다하지 않았다. 주미는 아이스민

트초코, 선화는 키위스무디를 골랐다.

성길이 주문을 위해 자리를 비우자 주미가 선화에게 물었다.

"어때?"

성길이 어떤 사람인지 묻는 것이었다.

"정의감이 있어. 교지부 부장 특징인가 봐."

"다행이다. 아, 그리고 너 마스크를 내려서 냄새 맡을 때 있잖아. 코를 좀 가려야 할 것 같아. 코를 벌름거릴 때 콧구멍이 꼭 강아지 같아. 큭큭."

주미는 무의식에서 나온 선화의 행동이 웃기다면서도 친구가 웃음거리가 되지 않도록 임시방편을 제안한 것이다. 선화는 콧등을 긁는 척 코를 벌름거려 보았다.

"이렇게?"

"오, 아주 좋아."

주미가 가방에서 수첩과 볼펜을 꺼냈다.

"히히. 우리 신의 코 탐정단의 첫 조사인데 잘 기록해 놔야지."

선화는 '신의 코'가 썩 마음에 들지 않았다.

"신의 코라고 하면 코가 너무 부각되어서 이상해 보이잖아."

"그래? 그럼 원래대로 신선한 주꾸미 탐정?"

선화가 뭐라고 대답할 틈도 없이 성길이 주문한 음료를 들고 돌아왔다. 성길은 자리에 앉자마자 아이스아메리카노를 한 모금 빨고는 두 사람에게 물었다.

"아, 이제 살 것 같네. 그래서 내게 물어본다는 게 뭐였지?"

선화가 키위스무디를 한 모금 마시고는 1999년 교지 기사의 복사본을 테이블 위에 펼쳤다. 성길은 반가운 마음이 들었는지 자신의 기사를 읽어 내려갔다. 20여 년 전 추억이 떠오르는지 성길의 눈이 반짝거렸다.

"기억나네. 별관 순간이동……. 지금 너희가 이걸 조사 중이라고?"

"네, 선배님께서 쓰신 기사 이후로 2005년, 2009년, 그리고 올해 순간이동이 있었어요."

선화는 성길에게 순간이동이 발생했을 때의 공통점을 간단히 설명했다. 성길은 2005년, 2009년 기사를 마저 읽으면서 혼잣말을 했다.

"순간이동이 진짜로 일어났다고? 말도 안 돼."

성길의 혼잣말을 듣고 선화가 의아해하며 물었다.

"선배님께서 쓰신 기사잖아요. 그럼 그땐 순간이동이 실제로 없었던 거예요?"

선화의 물음에 성길은 부끄러운 듯 얼굴을 붉혔다.

"20년도 더 지난 일이야. 당시 학교에서 우리 교지부에 의뢰를 했어."

"누가 이런 기사를 의뢰해요?"

"구용범 이사장."

성길의 입에서 익숙한 이름이 튀어나왔다.

"구용범 이사장이요? 그 피눈물 흐르는 이사장 동상의 그 구용범이요?"

"맞아."

"그때까지 이사장이었나 봐요."

"얼마 안 있어 퇴임했다는 소리를 들었어."

"당시 그분 연세는 얼마쯤 되셨을까요?"

"글쎄, 모르겠어. 그때도 할아버지처럼 두루마기에 흰 수염을 달고 있었으니 나이는 꽤 많았을 거야."

주미는 장기를 발휘해서 성길이 하는 말을 빠짐없이 기록했다.

"어느 날 이사장이 날 이사장실로 불렀어. 그런 적은 처음이라 잔뜩 긴장한 채 이사장실에 들어갔지. 그때 내가 만난 이사장의 위압감은 대단했어. 하긴 학교를 세운 분이니 오죽했을까. 이사장은 대뜸 나한테 이렇게 묻더군. '자네, 나와 함께 학생들을 밝은 곳으로 이끌지 않겠나?'라고."

성길은 옛 생각에 목이 타는지 아메리카노를 한 모금 마셨다.

"당시 학생들 사이에서 별관은 일탈 장소로 소문 나 있었어. 그만큼 많은 학생들이 그곳을 찾았다는 거야. 그 시절에는 동네 슈퍼에서 술이든 담배든 살 수 있었거든. 근데 마음 놓고 놀 수 있는 곳은 마땅히 없었던 거지."

"동아리실만 있는 별관이 일탈 장소가 됐군요."

"맞아. 나중에 학교에서 4층을 폐쇄했지만 애들은 별관에 숨어들었어. 무인경비 시스템 같은 것도 없었으니 현관문에 잠긴 자물쇠를 따거나, 열린 창문을 통해 들어갔지. 어떤 녀석들은 송암산을 타고 내려와 별관 뒤로 들어갔어. 이 사실을 알게 된 이사장은 별관 미스터리를 퍼트려서 아이들에게 공포심을 심으려 했던 거야."

선화는 성길의 기사를 다시 바라보다가 따지듯 물었다..

"이게 다 초대 이사장이 만든 가짜 기사라고요?"

"그때 교지부 부장이었던 내 이름을 빌려 대문짝만 한 기사를 썼다고 생각했지. 당시 우리 학교 교지는 꽤 인기가 있었어. 지금처럼 SNS가 없던 시절이니 교지가 발행되기만을 기다리는 애들도 많았거든. 그러다 보니 내 기사는 입에서 입으로 삽시간에 퍼져 나갔고, 심지어 별관에서 귀신을 목격했다는 애들도 생겨났어. 결국 이사장의 바람대로 한동안 별관에는 무단 침입하는 애들이 사라졌지."

하지만 얼마 전 선화가 순간이동을 영상으로 남긴 애들의
냄새를 맡았을 때 그들의 경험담은 진실이었다. 주미가 휴대폰
을 들고 4층 순간이동 영상을 보여 주었다.

"선배님, 이렇게 영상까지 찍은 애들도 있어요."

영상을 가만히 보던 성길이 조심스럽게 말했다.

"카메라가 흔들리고 너무 어두워서 여기가 진짜 별관인지
확인할 수 없구나. 그리고 요즘은 얼마든지 조작할 수도 있고."

"하지만 그건 선화가 냄새로……."

선화가 주미의 허벅지를 급히 찌르자, 주미가 당황한 듯 손
으로 입을 틀어막았다.

"선배님, 만약에요. 이 기사처럼, 그리고 이 영상처럼 학생들
이 실제로 순간이동을 경험했다면 어떤 가능성이 있을까요?"

성길은 가슴 앞에 팔짱을 끼고는 잠시 생각에 잠겼다. 그러
고는 입을 열었다.

"그 일을 겪은 애들이 그날 술을 마셨다고 했잖니?"

"네, 그랬죠."

"그럼 누군가 별관 3층을 4층처럼 꾸며 놓지 않았을까?"

그러고 보니 층만 다르고 모든 교실이 똑같이 생긴 학교에
서 팻말 하나만 바꿔 걸어도 어두운 밤이라면 쉽게 분간하기
어려웠다.

학생들이 오솔길을 지나 별관 3층에 올라왔을 때 동아리실 팻말 대신 과학실 팻말을 걸어 두고, 과학실 안에 누군가 귀신처럼 서 있는 상황이라면 나름 말이 되었다.

심지어 어두운 밤 술 취한 아이들이 귀신을 목격한 순간 이성을 잃은 상태라면 그곳을 4층이라고 착각할 수 있다.

"듣고 보니 그럴 가능성도 있어 보여요. 그렇다면 누가 그런 짓을 한 걸까요?"

"1999년이라면……. 이사장이겠지?"

성길에게 가짜 기사를 의뢰한 이사장이라면 충분히 할 수 있는 짓이다. 하지만 그 이후에 벌어진 일들은 누구의 소행인지 알기 어려웠다.

"그럼 지금은요?"

"하하하. 너희 되게 진지하구나. 생각해 보면 쉬워. 보통 사립학교는 이사장의 자녀나 친척들이 자리를 이어 받는 게 이상한 일이 아니야. 지금 학교에 남아 있는 누군가가 구용범 이사장의 뜻을 이어 받았을지도 모르겠구나."

꽤 그럴듯했다. 예상대로 선화와 주미는 성길에게 많은 정보를 얻을 수 있었다. 선화는 점점 송암고 3대 미스터리 중 하나에 근접하고 있는 기분이 들었다.

"감사합니다, 선배님. 정말 많은 도움이 되었어요. 저희 교지

나오면 꼭 보내 드릴게요!"

"그래, 나도 오랜만에 즐거웠어. 교지부 파이팅!"

그때 주민에게서 톡이 왔다.

주민
대박, 발견함. 학교에서 보자!

선화와 주미는 종이 울리자마자 급히 동아리실로 향했다. 웬일로 동아리실에는 아무도 없었다. 20분쯤 기다리자 봉덕과 주민이 함께 들어왔다. 주민은 뭐가 그리 좋은지 하얀 이를 활짝 드러내며 웃었다.

"선화 양, 주미 양! 달의 뒷면에 외계인이 지은 건축물이 있었더라고."

"오! 뭔가 발견하셨군요! 신선한 주꾸미 탐정도 굉장한 걸 찾아냈다고요."

주미가 주먹을 불끈 쥐며 주민의 자랑에 응수했다.

"신선한 주꾸미 탐정이 뭐야?"

"우리 탐정단 이름이에요. 신선화의 신선한, 구주미의 주꾸미를 합쳐서 신선한 주꾸미."

딱히 자랑스러울 게 없는 부분에서 유난히 자랑스러워하는 주미가 선화를 창피하게 만들었다. 오언백 선생님의 놀림감이라는 걸 본인 스스로 인정하는 꼴이었다.

"오, 멋있는데?"

주민의 반응은 진심이었다.

'제발 그런 거에 동의하지 말라고요.'

주민은 잠시 곰곰이 생각하는 듯하더니 봉덕 쪽으로 돌아보며 물었다.

"우리도 하나 만들까? 우주인 뽕덕 어때? 큭큭큭."

"쓸데없는 소리 그만하고, 서로 조사한 내용 공유해 보자."

선화는 주민에게 가차 없는 봉덕이 있어서 다행이라고 생각했다.

봉덕이 노트북을 책상 위에 올렸다. 잠시 미세한 모터 소리가 나더니 화면이 켜졌다.

"선화 말대로 송암산을 올라서 별관 뒤쪽으로 내려갈 수 있었어."

"선화 양, 정말 힘들었다네."

봉덕이 마우스를 움직여 파일을 클릭하자 별관 사진들이 화면에 떴다. 첫 번째 사진을 더블클릭하자 전체화면으로 바뀌었다. 별관의 뒷모습은 현관 쪽과 크게 다를 바 없어 보였다. 담쟁이가 건물을 뒤덮고 있었고, 동아리실 창문들이 줄지어 있었다. 기다란 복도를 중심으로, 양쪽으로 동아리실이 배치되어 있기 때문이다. 동아리별로 송암산 뷰와 운동장 뷰로 창문 방향이 나뉠 뿐이었다.

"헉!"

선화의 눈에 뭔가가 띄었다. 별관 뒤쪽에 출입구가 하나 더 있었다. 선화가 손가락으로 출입구로 보이는 문을 가리켰다.

"여기요, 여기 문이 하나 있어요!"

"오, 맞아. 비밀의 출입구가 하나 있었어."

주민이가 흡족해하며 손가락을 딱, 하고 튕겼다.

"방금 오면서 저 출입구와 이어진 계단을 찾아봤지. 그랬더니 뭘 발견했는지 알아?"

"뜸 좀 들이지 말고 말해요!"

주미가 답답하다는 듯 재촉하자 주민이 입을 열었다.

"기계실이 있었어. 그리고 '학생 절대 출입 금지'라는 팻말이 붙어 있었지. 근데 말이야. 거긴 진짜 기계실이 아니었어."

"그럼 뒷문에서 이어지는 계단을 기계실 문으로 숨긴 거네요? 그래서 학생 출입을 막아둔 거고요."

선화의 추리에 주민이 놀란 표정으로 말을 이어 나갔다.

"우리 선화 양, 똑똑한데? 자, 이 사진에는 또 다른 비밀이 하나 더 있어. 어서 찾아봐."

선화는 비밀의 출입구로 들어가 계단을 타고 올라가는 상상을 해 보았다. 웬일인지 별관 내부가 선명히 그려졌다.

잠시 후 머릿속에 충격이 일었다. 뭔가가 이상했다. 별관의 최상층이 3층이었다. 별관은 송암산의 급한 경사면을 깎고 그 위에 지었다. 정면에서 볼 때는 4층이 되지만, 뒤에서 보면 계단식으로 지어진 바람에 정면의 2층이 1층이 되고, 3층이 2층이 되면서 자연적으로 4층은 3층으로 보였다.

선화는 이제야 알 것 같다는 안도감과 함께 왜 이걸 몰랐을까 싶은 허탈함에 이마를 짚고 고개를 젖혔다. 별관 뒤의 비밀 출입구로 들어간다면 세 개 층을 오르더라도 4층에 도달할 수 있었다. 어두운 밤에 낯선 출입구를 통해 들어간 녀석들이라면, 게다가 술에 취한 상태라면 충분히 착각할 만했다.

"선화 양, 뭔가 알아냈구나!"

주민이 이마를 짚고 있는 선화를 보고 신이 난 듯 말했다.

"별관의 계단식 구조 때문이에요. 별관 뒤로 들어가면 4층이 3층이 되기 때문이죠."

"오호, 정답!"

"우리 진실에 거의 접근한 것 같아요. 여기에 주미랑 제가 엄성길 선배님을 만나서 들은 얘기까지 더하면 순간이동 미스터리가 어떻게 생긴 건지 알 수 있을 거예요. 주미야, 준비됐지?"

확신 가득한 선화의 말을 주미가 자연스럽게 이어 받았다.

"옛썰!"

주미는 성길과의 만남 때 줄곧 기록했던 수첩을 꺼냈다. 그러고는 주민과 봉덕에게 그날 들은 내용을 순서대로 설명하기 시작했다. 시종 장난스러웠던 주민도 이번에는 진지하게 경청했다.

그사이 선화는 마우스를 움직여 다른 사진을 살펴보았다. 그때 3층 창문에서 그러니까 정면에서 보면 4층 창문에서 사람 얼굴 형태가 보였다.

사진을 확대했다. 확대, 다시 확대, 한 번 더 확대된 사진은 흐릿해 보여도 분명 사람의 얼굴이었다.

'별관 귀신?'

선화는 설사 그것이 귀신이라 해도 무섭지 않았다. 이제 별관에서 발견한 건 모두 단서로 보기 시작했기 때문이다. 구용범 이사장의 뜻을 이어 받은 사람이 누구일까 생각했다.

선화는 그를 그냥 '그림자'라고 부르기로 했다. 머릿속에서 단서 조각들이 마구 짝을 맞추었다. 수업 때와 달리 뇌가 열심히 돌아가는 것처럼 느껴졌다.

선화가 세 사람의 이목을 집중시켰다.

"자, 이거 보셨어요? 여기 별관 창문에 선배님들을 바라보고 있는 얼굴이요."

"꺄악!"

노트북 앞으로 몰려든 세 사람의 머리가 동시에 튀어 올랐다. 주미는 비명을 지르면서 자기 눈을 가렸고 주민은 순식간에 몇 발자국 뒤로 물러나 있었다. 그나마 봉덕이 놀라지 않은 척 눈만 끔벅였다.

"별관 귀신이 진짜 있었다니……. 그럼 순간이동은 정말 귀신의 장난이란 거야?"

주민의 흥분한 목소리가 시끄럽다는 듯 봉덕이 두 사람을 진정시켰다.

"조용하고, 선화의 말을 들어 보자."

그러자 선화가 기다렸다는 듯 다시 설명했다.

"귀신이 아니에요. 초대 이사장의 생전 뜻을 이어 받은 사람이죠. 마치 그림자처럼 말이에요."

귀신이 아니라는 선화의 말에 주미와 주민이 안도하듯 한숨을 쉬었다.

"1999년 교지부 부장 엄성길 선배의 말에 의하면 당시 학생들의 무분별한 일탈을 막기 위해 구용범 초대 이사장이 이런 미스터리한 사건을 벌이고 소문을 냈다고 해요. 선배 말로는 지금은 이사장의 뜻을 이어받은 누군가가 그때와 같이 학생들의 일탈을 막는 것 같대요. 사립학교 특성상 이사장의 가족 중 하나일 가능성이 가장 높대요."

"네 말대로라면 이게 귀신이 아니고 우리 학교의 누군가라는 거지?"

봉덕이 선화에게 묻자, 선화가 고개를 끄덕이며 대답했다.

"맞아요. 별관에 침입한 선배님들을 관찰하고 있던 것 같아요."

"좋아. 이사장의 그림자가 몰래 숨어든 학생들을 따라 들어와서 과학실 귀신 흉내로 놀래킨 거지. 술 취한 녀석들은 3층에 올라왔다고 생각했지만 별관 뒤 출입문으로 들어가면 2층부터 시작된다는 걸 몰랐던 거고."

"그게 맞는 것 같아요."

선화는 봉덕의 추리에 맞장구를 쳤다.

"근데 그래도 이해되지 않는 게 있어. 별관 뒤쪽으로 둘러친 철조망을 어떻게 넘어 온 거냐는 거지."

봉덕이 의문점을 말하자 선화가 예상했다는 듯 자리에서 일어났다.

"일단 일어나시죠. 오솔길에 해답이 있을 거예요."

네 사람은 별관을 나와 오솔길을 내려갔다. 울창한 나무 때문인지 낮인데도 어두컴컴했다. 오솔길을 3분의 2 정도 내려가자 '야생 동물 조심' 팻말이 나왔다. 늘 보던 팻말이었는데 선화가 멈춰 서서 팻말 근처를 조사해 보자고 말했다. 그러자 주민이 다가가 팻말을 쑥 뽑아 들었다.

"어? 이거 왜 이렇게 쉽게 뽑히지?"

바로 그때 봉덕이 뭔가를 발견하고 소리쳤다.

"여기! 나뭇가지 쌓여 있는 데 뒤로 작은 길이 하나 있어."

"여기예요. 저 주민 선배가 뽑은 팻말을 원래 오솔길에 박아 두고 나뭇가지를 쌓아 원래 진입로를 막아 둔 거예요. 마치 깜깜한 밤에 술 취한 학생들을 다른 길로 유도하는 것처럼 말이에요."

선화가 확신에 찬 목소리로 말했다. 봉덕이 앞장섰다.

"가 보자."

세 사람은 쌓인 나뭇가지를 헤치면서 새로 발견한 길을 찾은 봉덕의 뒤를 따랐다. 길이 나 있는 방향을 보니 별관 쪽으로 이어진 것 같았다. 조금 걸어 오르자 별관이 보였고 길은 별관을 에둘러 경사진 송암산까지 이어졌다.

선화는 이 길을 따라가면 분명 별관 뒤로 빠질 수 있을 거라고 확신했다. 역시 얼마 안 가 발 아래로 철조망이 보였다. 산

길을 따라 오르다 보니 어느새 철조망을 넘어 산중턱까지 가 닿은 것이었다. 깜깜한 밤이라면 이런 철조망이 잘 보일 리 없었다.

조금 더 가자 별관 뒤쪽으로 빠지는 샛길이 하나 나 있었고 그 길은 비밀의 출입문로 이어져 있었다.

"빙고!"

"문이 열려 있을까요?"

주민의 외침에 주미가 겁먹었는지 선화에게 팔짱을 꼈다.

"걱정 마. 귀신 같은 건 없어. 그냥 누군가 꾸며 놓은 트릭일 뿐이야."

봉덕이 주미를 안심시키고는 문고리를 잡아당겼다. 네 사람은 문이 열리자 바로 보이는 계단을 천천히 올랐다. 발길이 끊긴 곳답게 먼지 냄새가 확 풍겼다.

별관은 예상대로였다. 세 개 층을 올랐을 뿐인데 4층 복도가 나왔고 과학실과 음악실 팻말도 보였다. 정말 4층이었다.

"우와! 해냈다. 정말 별관 4층에 올라올 수 있었어."

방금 전까지 겁먹고 있던 주미가 과학실을 배경으로 셀카를 찍었다.

"주미야, SNS에는 아직 올리면 안 돼, 알지?"

선화의 경고에 주미는 알았다는 듯 휴대폰을 집어넣었다.

봉덕이 미닫이문을 열고 과학실 안으로 들어갔다. 무거워 보이고 오래된 실험용 책상 위에는 커다란 상자 하나가 있었다. 먼지 쌓인 실험 도구들과 달리 상자 위에는 먼지가 하나도 없었다. 마치 방금 전까지 누군가 있었던 것처럼 보였다.

봉덕이 상자 뚜껑을 열어 보았다. 상자 안에는 1980년대에나 입었을 법한 옛날 교복 몇 벌이 잘 개어져 있었고, 그 위에 편지봉투 하나가 있었다.

"편지인가 봐."

봉덕이 편지를 꺼내 읽어 내려갔다.

먼저 별관 순간이동 미스터리의 진실을 밝히기 위해 이곳까지 찾아온 너희에게 박수를 보낸다. 나는 송암고를 만든 초대 이사장 구용범이다.

내가 학교를 만든 이유는…….

〈중략〉

학생의 본분은 공부라고 생각하지만, 꼭 공부만 해야 한다는 건 아니다. 하지만 해야 할 행동과 하지 말아야 할 행동은 구별해야 한다. 순간이동의 비밀을 알아낸 너희에게 이렇게 호소한다. 별관을 둘러싼 비밀을 공개하는 것보다 원래대로 학생들의 일탈을 막도록 그냥 두는 것이 어떠한가? 그것이 송암고를 위한 일일 수 있다.

누구보다 송암고를 사랑하는 사람이 남긴다.

참, 교복은 선물이다.

"뭔가 허탈하구만."

주민이 교복 모자를 머리에 써 보며 말했다.

"엥? 그럼 우리가 기껏 밝힌 이 미스터리는 SNS에 올리면 안 되는 거야?"

주미가 못내 아쉬워하며 묻자 봉덕이 편지를 다시 접으며 말했다.

"이 편지를 쓴 사람의 간청을 들어줄지 말지는 여기서 선택해야겠지? 어떡할까? 우리 비밀 투표로 결정할까?"

봉덕이 말에 주미가 수첩 종이를 네 장 찢어서 한 장씩 나누어 줬다.

"각자 종이에 공개하고 싶으면 'ㅇ'를, 그림자의 바람대로 공개 안 하고 싶으면 '×'를 그리면 돼."

봉덕의 설명을 듣고 네 사람은 각자 종이에 표시한 뒤 차례
대로 종이를 접어 책상 위에 올렸다.

"봉덕 오빠, 동률이 나오면 어떡하죠?"

"그때는 다시 토론해서 결정해야지. 그럼 열어 본다."

봉덕이 접힌 종이 하나를 폈다. 커다랗게 '×'가 그려져 있었
다. 다음 종이도 '×', 나머지 모두 '×'였다.

모두 순간이동의 진실을 공개하지 말자는 데 동의했다. 더
이상 토론이 필요하지 않았다. 네 사람은 SNS에 이 사실을 공
개해 주목을 받기보다, 학생들의 비행을 막는 게 더 낫다고 판
단했다.

서로의 마음이 전해졌는지 네 사람은 괜히 삐져나오는 웃음
을 참지 못하고 한동안 깔깔 웃고 말았다.

"그럼 우리 이대로 돌아가? 저 옛날 교복 입고 사진이나 찍
을까?"

"주민 오빠, 좋은 생각!"

주민의 제안에 주미가 신이 난 듯 상자에는 교복을 꺼냈다.
마치 이 네 사람이 올 걸 알고 있었다는 듯 남자용 두 벌과 여
자용 두 벌이 들어 있었다. 사이즈도 넉넉히 잘 맞았다.

주미가 휴대폰을 상자에 기대 세운 뒤 타이머를 조작했다.

"웃으세요, 치즈~."

주미가 뛰어들면서 외치자 얼마 안 가 번쩍, 하며 휴대폰 플래시가 터졌다. 이제 존재하지 않는 과학실에서 사진을 찍는 기분이 묘했다.

"자, 우리 이제 돌아가서 오랜만에 마라탕 먹을까?"

"오, 얼른 가요!"

주민의 제안이 주미의 기분을 최고조로 만들었다.

네 사람은 교복을 벗어 상자 안에 개어 놓았다. 그림자는 선물이라고 했지만, 만약 다른 아이들이 자신들처럼 진실에 도달해 이곳을 찾아 올 경우를 대비하자는 봉덕의 의견에 동의한 것이다.

다만 한 가지 풀리지 않은 의문이 선화의 머릿속에서 떠다녔다.

'이사장의 그림자는 과연 누구란 거지? 이사장의 가족인 선생님 중 한 명일까? 아니면 이사장의 손자가 우리 학교 학생일 수도 있는 걸까?'

제11장
갑자기 출생의 비밀?

"오! 선화 양, 주미 양, 나 좀 도와줘."

동아리실로 들어오는 주민이 외쳤다. 이제 아예 교지부 선배로 보일 지경이었다. 주미가 해맑게 웃으며 대답했다.

"뭔데요?"

주민이 가방을 열고 사혈 침, 란셋, 일회용 소독 솜 등을 꺼냈다.

"요즘 생명과학에서 혈액형 검사를 배우고 있는데 수행평가가 뭔지 알아?"

주민이 꺼낸 사혈 침과 소독 솜을 보고 주미도 위험을 감지했는지 떨리는 목소리로 물었다.

"설마 혈액형 검사 아니죠?"

"생명 쌤이 반드시 직접 혈액형 검사를 해 보고, 그 사람에게 응집 원리를 설명하라고 하셨거든."

옆에서 듣고 있던 봉덕이 헛기침을 하면서 말했다.

"흠흠, 그럼 너희 반 애들한테 하면 되잖아."

"봉덕이 너 피 뽑는 거 무서워하지?"

주민의 도발에 봉덕은 아무렇지 않은 척했지만 흔들리는 동공을 감출 수는 없었다.

"봉덕 선배, 슈퍼맨도 약점이 있는 법이에요."

"누가 두렵다고 그래?"

봉덕은 선화가 자신을 놀린다고 생각했는지 팔을 쭉 뻗어 주민 앞에 내밀었다. 그러나 곧 봉덕의 얼굴빛이 점점 붉어지더니 검게 변했다.

"네 피를 뽑아볼 수 있다면 얼마나 좋겠냐? 근데 이건 혈액형 검사 시 응집 반응을 보고 그 원리를 충분히 설명해 줘야 한다고. 이과반 애들끼리는 같은 수행이라 당연히 안 되고, 생명 쌤이 1학년은 괜찮다고 하셨거든."

주민의 말에 봉덕의 얼굴색이 원래대로 돌아왔다.

"아니, 간만에 한 번 도와주려고 했더니. 할 수 없지, 허허."

봉덕이 멋쩍게 웃으며 말했다. 그러자 주미가 기회를 놓치지 않겠다는 듯 급히 나섰다.

"아니요, 도와주세요. 피는 봉덕 오빠한테 뽑고 쌤한테는 저희 피라고 하면 되잖아요."

예상치 못한 주미의 대응에 봉덕이 고개를 절레절레 흔들었다.

"아니, 아니야. 그건 수행평가의 취지에 어긋나. 절대 안 돼! 절대!"

"봉덕아, 어지간히 싫은가 보다?"

"난 그저 규칙을 지키는 것뿐이라고."

그러자 주미가 사혈 침을 들어 보이며 말했다.

"치, 됐어요. 제가 할게요."

주미의 말에 주민과 봉덕의 표정이 서로 짜기라도 한 듯 밝아졌다.

"쌤이 영상도 찍어 오라고 하셔서 어차피 봉덕이 너는 안 돼. 그러니까 긴장 풀어."

주민의 말에 봉덕이 작게 한숨을 내쉬었다. 그 모습을 지켜보던 선화가 봉덕에게 말했다.

"선배, 전 남의 피 보는 것도 무서워요. 그러니까 여기 두 사람이 알아서 하라고 하고 저랑 교지에서 미스터리 단서를 찾아보실래요?"

"할 수 없지. 3대 미스터리를 마저 해결하는 게 우선이니."

선화와 봉덕이 자리를 피하려는 순간 주민이 외쳤다.

"잠깐!"

깜짝 놀라 뒤를 돌아본 선화와 봉덕을 보고 주민이 활짝 웃었다. 그러고는 검지와 중지를 펴 브이자를 만들어 보였다.

"선화 양, 미안하지만 수행평가 대상은 두 명이라네. 그리고 영상을 찍으려면 봉덕이 너도 필요해."

당황한 선화가 봉덕의 등을 살짝 밀었다. 어떻게 좀 해 보라는 뜻이었다.

"매, 맨입으로?"

'아, 그게 아니잖아요.'

완강히 거부할 것만 같았던 봉덕이 의외의 반응을 보이자 선화는 좌절했다. 주민은 봉덕의 대답을 예상했다는 듯 주미를 바라보고는 의미심장한 표정을 지었다.

"마라탕 쏘겠음."

"헐, 진짜요? 고기 추가해도 돼요?"

'마라탕' 소리에 주미의 눈이 두 배로 커졌다.

"예스! 오늘 먹고 싶은 거 다 시켜."

주민은 주미에게 말하면서 유난히 뾰족해 보이는 턱으로 선화를 가리켰다. 선화를 어서 설득해 보라는 신호였다. 그러자 주미가 쪼르르 다가와 선화에게 팔짱을 꼈다.

"선화야, 눈 딱 감고 한 번만 해 보자. 금방 끝날 거야."

더 이상 자기편이 없다고 생각한 선화가 한숨을 푹 쉬고는 아무 말 없이 의자에 털썩 앉았다.

그렇게 선화와 주미는 주민의 희생양이 되었다. 아니, 어쩌면 마라탕의 희생양일 수도 있었다.

주민은 수업 시간에 배운 대로 란셋을 볼펜처럼 생긴 사혈침 끝에 꽂고는 보호 캡을 떼어 냈다. 그러자 날카로운 바늘이 모습을 드러냈다.

"음, 소독부터 해야지."

일회용 알코올 솜으로 주미의 검지 끝을 소독하고는 사혈침을 댄 뒤 버튼을 눌렀다.

"앗! 따가워."

주미의 검지에서 빨간 피가 동그랗게 맺혔다. 주민은 망울진 피를 슬라이드글라스 두 곳에 찍고는 파란색 용액과 노란색 용액을 한 방울씩 떨어뜨렸다.

잠시 피의 응집 반응을 지켜보던 주민이 흡족한 얼굴로 웃어 보였다.

"주미 양, 나랑 같은 O형이구나."

"오! 맞아요."

"역시 나처럼 활발한 성격이라 O형일 줄 알았어."

갑자기 두 사람이 하이파이브를 하자, 선화가 고개를 갸우뚱했다. 저렇게 좋아할 일인가 싶었던 것이다.

"자, 그럼 선화 양의 혈액형을 알아볼까?"

선화는 AB형이었지만, 애초에 혈액형별로 사람의 성격을 구분하는 걸 믿지 않았다.

주민이 알코올 솜으로 선화의 검지를 소독했다. 그런 뒤 사혈 침을 대고 버튼을 누르자 손가락 끝부터 따끔함이 바로 전해졌다. 주미 때와 마찬가지로 주민이 슬라이드글라스에 두 곳에 핏방울을 찍고는 파란색과 노란색 용액을 떨어뜨렸다. 그러자 피가 엉기는 모습이 선명히 보였다.

"오, 선화 양은 AB형이네. 역시 '츤츤' 대는 게 츤데레스러웠다니까."

무뚝뚝해 보이는 선화를 츤데레라고 확신하는 걸 보니 주민은 이미 혈액형 신봉자가 다 된 것 같았다.

그때 주미가 선화의 어깨에 손을 올렸다.

"오, 역시 차가워 보이지만 누구보다 남의 곤경을 그냥 지나치지 못하는 사람이 맞았어."

사실 선화가 그렇게 보이는 건 냄새로 먼저 사람을 파악하고 굳이 불필요한 행동을 하지 않았기 때문이었다.

선화는 딱히 할 말이 없었다. 어차피 주민과 주미의 단합에 자신의 목소리가 들릴 리 없다는 걸 알았다.

그때 주민이 휴대폰으로 영상을 찍고 있던 봉덕을 쳐다봤다.

"봉덕이는 혈액형이 뭘까? 내가 보기에는 소심한 A형 같은데?"

"말도 안 되는 성격 타령 그만해."

봉덕의 얼굴이 다시 붉게 변했다. 누가 봐도 봉덕의 반응은 주민이 신봉해 마지않는 혈액형별 성격 구분법상의 A형이었다.

봉덕이 잠시 눈을 감고 크게 숨을 한 번 내뱉더니 작심한 듯 말했다.

"혈액형은 말이야. 적혈구 표면에 A 항원이 있느냐, B 항원이 있느냐의 차이일 뿐이라고. 이 작은 항원이 모든 사람의 성격을 결정한다는 건 말도 안 돼. 그리고 전 세계에서 혈액형별 성격 유형을 믿는 사람들은 일본과 우리나라 사람들뿐이라고."

그러나 안타깝게도 넷 중 가장 과학적 인간이라 할 수 있는 봉덕의 일갈은 주민과 주미에게 A형의 모습 그 자체로 비칠 뿐이었다.

"오빠, 그냥 재미로 한 거예요. 우리 다 오빠가 얼마나 성실하고 책임감 있는 사람인지는 다 알고 있어요."

"그러니까 말이야. 역시 전교 1등다워."

주미와 주민이 한풀 꺾인 목소리로 봉덕을 달랬지만 봉덕이 다시 발끈했다.

"거기서 전교 1등이 왜 나와?"

"우리가 몰랐던 과학 지식을 이렇게 친절히 알려 주잖아."

주민의 말에 봉덕은 더 이상 말이 안 통할 거라는 걸 확신한 듯 말을 돌렸다.

"이제 수행 끝났냐?"

"아니, 마지막으로 원리를 설명해야지. 그럼 지금부터 혈액형과 유전의 상관관계를 설명할게."

주민이 연습장의 빈 페이지를 찾아 펼쳤다. 그러고는 선생님이라도 된 것처럼 목소리를 가다듬었다.

"흠흠, 아아. 유전에 대해서는 중3 과학 시간에 배웠을 겁니다. 매우 간단하니 잠깐 설명해 드리죠. 혈액형을 결정하는 유전자는 A, B, O로 세 가지입니다. 이 중에서 아버지, 어머니로부터 유전자를 받으므로 혈액형 유전자는 쌍으로, 즉 A, B, O 중에서 두 개를 가지게 됩니다. 조합을 따져 보면 AA, BB, OO, AB, AO, BO. 이렇게 여섯 가지죠. 이때 유전자의 우열관계를 생각해야 하는데요, 수식으로 그린다면 다음과 같습니다."

'이걸 중3 때 배운다고?'

이미 중학교 때 공부에 손을 놓았던 선화에겐 생소할 수밖에 없는 이야기였다. 주민이 연습장에 알파벳과 기호를 썼다.

$$A = B > O$$

"AA, BB, OO는 각각 A형, B형, O형이 됩니다. 그럼 나머지
는 어떤 혈액형이 될까요?"

주미가 유치해 보이는 주민의 선생님 놀이를 받아 주었다.

"A와 B 유전자는 O 유전자에게 우성입니다. 쉽게 말해 이긴
다고 생각하면 되기 때문에 AO인 사람은 A형이 되고, BO인
사람은 B형이 됩니다. 물론 AB는 서로 이기지 못하므로 AB형
이 됩니다. 맞죠? 주민 쌤?"

"오호, 정답. 성격이 시원시원한 게 자네 혹시 O형 아닌가?"

"히히히, 정답이요."

"어? 선화 양은 모르는 눈치인데?"

"네네, 저는 공부와 담 쌓은 지 오래돼서요."

선화가 주민의 도발에 비아냥대듯 답했다.

"좋아. 선화 양을 위해 더 쉽게 말해 볼게요."

주민은 연습장 위에 다시 기호와 화살표를 그렸다.

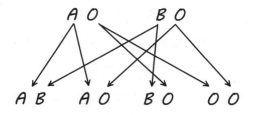

"자, 여러분! A형 아버지와 B형 어머니 사이에서 태어난 자식의 혈액형은 뭐가 될까요? 유전이라 함은 부모를 닮아 가는 거라서 A형, B형만 나온다고 생각하기 쉽습니다. 하지만 사실 모든 혈액형이 나올 수 있습니다. A형 아버지가 AO 유전자를 갖고 있다면 둘 중 하나를 무작위로 줄 수 있기 때문에 O 유전자도 줄 수 있어요. 이런 식으로 따져 보면 자식의 혈액형을 간단히 알 수 있습니다. 선화 양, 자네 부모님의 혈액형이 어떻게 되지?"

"아버지가 AB형, 어머니가 O형이에요."

주민은 연습장에 기호와 화살표를 새로 그렸다.

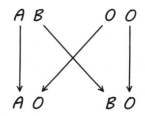

"꽤 재미있는 조합이에요. 선화 양 아버지가 AB형, 어머니가 O형이라면, 이 공식에 의해 A형과 B형 자식만 나올 수 있죠. 이 경우 부모랑 다른 혈액형을 갖게 되는 겁니다."

차분히 설명을 듣고 있던 선화의 머릿속에서 갑자기 폭풍이 일었다. 주민의 설명대로라면 AB형인 선화가 부모님 사이에서 태어날 수 없기 때문이었다.

'말도 안 돼. 아침 드라마에나 나올 법한 일이 내게 생긴다고?'

선화는 그야말로 멘붕이었다. 선화가 잔뜩 굳은 얼굴로 주민에게 물었다.

"다, 다른 경우는 없어요?"

"혈액형은 유전을 확인할 수 있는 가장 간단한 방법인데……."

주민이 답하는 도중 말을 멈추었다. 선화와 선화 부모님의 혈액형이 뭔가 잘못되었다는 걸 깨달았기 때문이었다. 선화의 눈치를 보며 주민이 입을 뗐다.

"음……. 부모님께서 본인 혈액형을 잘못 알고 있을 수도 있어. 옛날 혈액형 검사에서 종종 틀린 경우가 나온다고 저번에 생명 쌤이 그랬거든. 다시 검사해 보시면 아마 두 분 중 한 분은 다르게 나올 거야."

머릿속 충격이 심장으로 내려왔는지 선화의 가슴이 두방망이질했다.

"선배, 오늘 혈액형 검사 키트 빌려주시면 안 돼요?"

당장 집으로 뛰어 갈 기세였다. 주미가 선화를 진정시켰다.

"선화야, 진정해."

"너라면 진정할 수 있겠니?"

생각과 달리 말이 까칠하게 나왔다. 주미는 평소처럼 허둥대는 바람에 일을 그르치는 선화가 걱정되어 꺼낸 말이지만 지금 선화에겐 어떤 말도 좋게 들리지 않았다.

"저 먼저 가 볼게요."

서둘러 동아리실을 떠나는 선화를 아무도 잡을 수 없었다.

집까지는 걸어서 15분이 걸렸지만, 집에 도착해 보니 동아리실을 나온 뒤로 한 시간이 지나 있었다. 혼자 동네를 걸으며 한 많은 생각들이 선화의 발걸음을 저절로 옮기게 만들었다.

아빠와 엄마는 정직한 사람이다. 세상의 때가 조금 묻어 있긴 하지만 선화의 코로 충분히 알 수 있다. 하지만 엄마, 아빠 사이에서 나올 수 없는 선화의 혈액형은 점점 안 좋은 쪽으로 생각의 퍼즐을 맞추게 만들었다.

선화는 왜 자기 코만 신기한 능력을 가졌는지 이제야 그 이유를 알 것도 같았다. 자꾸 비관적인 생각이 쌓였다.

이를 뒤엎을 수 있는 경우는 단 한 하나뿐이었다. 부모님이 자신의 혈액형을 잘못 알고 있는 경우다. 고심 끝에 선화는 판도라의 상자를 열어 보기로 결심했다.

선화가 집에 도착했을 때 엄마, 아빠는 저녁을 먹고 있었다.

"어머, 벌써 왔어? 오늘 저녁 먹고 온다고 하지 않았니?"

"밥은 됐어. 이따가 수행평가 좀 도와줘."

선화는 제발 주민의 말대로 둘 중 하나라도 자기 혈액형을 잘못 알고 있길 바랐다. 잠시 후 식사를 마친 엄마와 아빠가 거실 소파에 앉았다.

"뭐, 그런 수행평가가 있어?"

아빠가 선화에게 의심스러운 말투로 물었다.

"아빠, AB형이지?"

"응, 엄마는 O형이고. 넌 AB형이니까 아빠를 더 닮았어. 큭큭큭."

아빠도 공부와 담을 쌓은 지 오래된 것 같았다. 선화는 말없이 알코올 솜을 꺼내 아빠의 검지를 소독했다. 그러고는 주민이 한 대로 피를 내서 슬라이드글라스에 두 방울을 옮긴 다음 용액을 떨구었다. 잠시 후 응집 반응이 일어났다. 아빠는 AB형이 맞았다.

"AB형 맞아. 다음 엄마."

엄마의 혈액에서는 응집 반응이 일어나지 않았다. O형이 맞았다. 엄마와 아빠 누구도 자신의 혈액형을 잘못 알고 있지 않았다.

'그럼 난 누구지? 누가 날 낳은 거지?'

선화의 머릿속은 혼돈 그 자체였다.

"아빠, 엄마! 나 어디서 주워 온 거 아니지?"

"아, 다리 밑에서 주워 왔지. 엄마 다리 밑."

아빠는 선화의 진지한 표정을 보고도 장난을 쳤다.

"아, 장난하지 말고! 엄마, 나 엄마 딸 맞아?"

"무슨 소리야? 당연히 엄마가 열 달을 배 아파서 낳은 딸인 걸?"

그때 선화의 코가 벌름거렸다. 엄마와 아빠에게서 진실의 냄새가 풍겼다. 엄마가 선화의 코를 보고는 심각한 표정으로 물었다.

"선화야. 도대체 무슨 소리를 들은 거야?"

"몰라. 됐어."

선화는 혈액형 검사 키트를 챙겨서 방으로 들어왔다. 한때 자신의 코를 저주했지만 이제 좀 익숙해졌다고 생각했다. 그러나 오늘처럼 알고 싶지 않은 진실을 굳이 알게 된 이 상황이 선화의 마음을 흔들어 놓았다.

오늘 선화의 엄마와 아빠는 진실을 말했다. 거짓의 냄새는 전혀 없었다.

'설마 나한테 다른 아빠가 있는 거야?'

상상하기도 싫었다. 선화는 머리를 좌우로 흔들었다. 엄마는 절대 그럴 사람이 아니었다. 선화는 도저히 집에 있을 수 없었다. 바람이라도 쐬고 싶었다.

늦은 밤 밖에 나가려는 선화를 보고 엄마가 물었다.

"어디 가? 지금 9시야."

"친구 좀 만나고 올게."

선화는 엄마를 보지도 않고 서둘러 현관문을 열고 나왔다. 엄마 얼굴을 마주 볼 용기가 나지 않았다. 닫히는 현관문 틈으로 엄마의 어떤 말이 들렸지만, 뭐라고 하는지 알 수 없었다.

잠시 후 도착한 엘리베이터를 타고 내려와 아파트 밖으로 나갔다. 초여름이었지만 날이 흐려서인지 축축한 느낌이 들었다. 선화는 아파트 단지를 혼자 어슬렁거렸다.

아무도 없는 놀이터 그네에 앉았다. 휴대폰을 꺼내 주미의 번호를 찾았지만 통화 버튼을 누르지는 못했다. 지금쯤이면 학원에 있을 시간이었다. 무엇보다 일부러 만나 달라고 말하기에는 자존심이 상했다.

선화는 혼자가 된 기분이 들었다. 중학교 때 따돌림을 당하자, 엄마는 끝까지 선화 편이라고 말해 줬다. 우레탄 바닥에 물방울이 퐁퐁 떨어졌다. 바닥이 젖고 있는 것 같았다.

"어? 비는 오지 않는데? 아, 내 눈물이구나……."

그네에서 일어났다. 볼을 타고 팔뚝에 떨어진 눈물을 닦고는 발이 닿는 곳으로 걸었다.

그렇게 정신없이 걷다가 도착한 곳은 학교였다.

"갈 곳이 여기밖에 없다니……."

운동장 우측으로 본관이 보였고 정면 송암산 숲 사이로 별관 건물이 힐끗 보였다. 평소라면 무서웠겠지만, 오늘은 아무것도 두렵지 않았다.

그때 엄마한테 전화가 왔다. 선화는 짜증스럽게 통화 거절 버튼을 만졌다.

10시가 넘었다. 오솔길에 올라섰다. 마스크를 내리고 크게 숨을 쉬었다. 짙은 소나무 냄새가 콧속으로 들어왔다. 솔낙엽이 발효되고 있는지 냄새도 축축했다.

선화는 자연의 냄새가 좋았다. 쓰레기가 타는 냄새는 지독해도 모닥불 냄새는 좋은 것처럼 말이다. 그렇게 자연의 냄새를 맡으니 머리가 차츰 맑아지고 우울한 기분이 조금씩 풀렸다.

선화는 별관 앞에 도착했다. 여전히 담쟁이가 둘러싼 별관은 처음에 느꼈던 을씨년스러움이 사라지고 없었다. 순간이동의 비밀을 알게 된 상황에서 더 이상 무서울 게 없었기 때문이다. 오히려 별관이야말로 친환경 건물일지도 모른다는 생각을 했다.

혹시나 했지만 역시나 현관문은 잠겨 있었다. 선화는 딱히 미련을 두지 않고 돌아가기로 했다. 대신 이번엔 108계단으로 내려가기로 했다. 계단 꼭대기에서 내려다보는 전망이 의외로 좋았다.

계단에 잠깐 앉았다. 눈앞에 펼쳐진 넓은 운동장, 그 뒤로 빼곡한 신도시 특유의 아파트 단지가 마음을 차분히 가라앉혔다.

이런저런 생각들이 아직 머릿속에 남았지만, 이런 식으로 혼자 보내는 시간이 나쁘지만은 않았다. 비관적인 생각은 거두고 긍정적으로 생각해 보기로 했다.

"그렇다면 난 시험관을 통해 태어난 걸까?"

선화는 이것이 가장 합리적인 결론이라는 생각이 들었다. 하지만 그렇다는 건 아빠가 정자를 생산하는 데 문제가 있었다는 얘기도 됐다. 갑자기 아빠가 불쌍해졌다.

선화가 일어나 계단을 내려가기 시작했다. 중간쯤 내려왔을 때, 이사장 동상이 보였다. 어두운 밤에도 동상의 형태는 또렷이 보였다.

두려움 없는 밤이었다. 선화는 방향을 틀어 계단 옆길로 발을 내디뎠다. 급경사 지역이라 한 걸음 한 걸음 조심조심 걸었다. 그렇게 조심해서 걷다 보니 어느새 동상 앞에 도착했다.

청동상은 큰 육면체 대리석 위에 서 있었다. 이사장은 두루마기 자락을 휘날리면서 검지를 곧게 펴 하늘을 가리키고 있었다.

"열심히 공부해서 더 높은 곳으로 비상하란 뜻인가요?"

동상이 대답할 리 없었다. 햇빛을 충분히 받지 못해서인지 대리석 틈새에는 이끼가 피고 동상에는 녹이 슬어 있었다.

"그럼 안녕히 계세요."

선화가 꾸벅 인사하고 가려는데 계단을 서둘러 오르는 발소리가 들렸다. 뚜벅뚜벅, 거침없이 올라오는 소리가 점차 빨라졌다.

'어떡하지? 이 밤에 도대체 누구야?'

선화가 당황하는 사이에도 소리는 점차 가까워졌다. 몸을 숨긴다면 마주치지 않을 수 있었다. 하지만 지금 이 시각에 별관으로 향하는 사람이 누구인지는 알고 싶었다.

동상 뒤에 숨어서 지켜보기로 했다. 그러나 급한 마음에 체중을 실은 한 발이 대리석 모서리 끝을 잘못 밟는 바람에 선화의 발목이 뒤틀렸다.

"꺅!"

선화는 외마디 비명과 함께 엉덩방아를 찧었다. 살짝 경사진 곳이라 넘어진 몸이 그대로 한 바퀴 굴렀다. 당장 움직일 수가 없었다. 방금 내지른 소리 때문에 발소리의 주인공은 선화의 존재를 알아챘을 것이다.

아니나 다를까 계단 쪽에서 목소리가 들렸다.

"거, 거기 누구야?"

익숙한 목소리였다. 봉덕이었다.

선화는 일단 몸을 일으키려 했지만 고꾸라진 상태로 나무와 나무 사이에 껴 있어서 쉽지 않았다.

"선배, 여기예요. 저 좀 도와주세요."

선화의 목소리를 알아들었는지, 봉덕이 뛰어왔다.

"신선화? 괜찮아? 다친 거야?"

"지금 움직일 수가 없어요. 좀 구해 주세요."

"잠깐만."

봉덕이 급히 선화 쪽으로 내려와 선화의 옷을 붙잡았다. 봉덕은 이미 땀을 삐질 흘리고 있었다.

"선화야, 손 좀."

봉덕이 내민 손을 선화가 붙잡자, 봉덕은 힘을 주어 선화의 몸을 나무 사이에서 빼냈다.

"고맙습니다. 선배 아니었으면 저 진짜 큰일 날 뻔했어요."

선화가 옷을 털면서 고마움을 전하자 봉덕이 뜻밖의 얘기를 전했다.

"바보야, 넌 '시스-AB형'이야."

뜬금없는 혈액형 얘기에 선화가 어리둥절한 얼굴로 봉덕을 바라보았다.

"그러니까 네 혈액형이 시스-AB형이라고. 너희 부모님 사이에서도 네가 태어날 수 있어. 지난번 우리 같이 너희 아버지 고향 갔었잖아. 전라도 지역에서는 만 명 중 3.5명 꼴로 시스-AB형이라는 혈액형이 나온대."

"와, 정말요? 그래서 시스-AB형인가 뭔가는 뭔데요?"

선화는 봉덕의 얘기를 다 알아들을 수는 없었지만 적어도 부모님이 자길 주어 온 건 아니라는 것쯤은 알 수 있었다.

"시스-AB형은 AB형의 부모 중 어느 한쪽으로부터만 AB형 혈액 유전자를 받는 특이한 혈액형이래. 그래서 드물긴 하지만 너희 가족과 같은 유전 현상이 나타날 수도 있대. 좀 전에 주미한테 전화가 와서 내가 급히 찾아온 거야. 너희 엄마 전화를 받았나 봐. 네 휴대폰 꺼져 있다면서."

엄마는 친구를 만난다며 나가서 휴대폰을 꺼 놓은 선화가 걱정돼 주미에게 전화했고, 주미는 낮에 한 혈액형 검사 결과 때문일 거라고 추측했던 것이다.

"아, 그렇구나. 근데 선배는 제가 여기 올 거라는 거 어떻게 알았어요?"

"그냥 왠지 네가 별관으로 갔을 것 같았어."

선화는 봉덕의 집이 빨리 걸어도 30분은 족히 걸린다는 사
실을 알고 있었다. 그래서 쉽게 납득이 가지 않은 봉덕의 해명
에 고개를 갸우뚱했지만, 자길 위해 한걸음에 달려온 선배가
있다는 사실에 괜히 눈 밑이 찌릿했다. 아니나 다를까 선화의
눈물샘에서 눈물을 만들어 내기 시작했다.

부모님에 대한 오해도 풀었고, 이렇게 자신을 걱정해 주는
친구들이 있었다. 기쁨과 안도가 합쳐져 눈물이 되었다. 분명
눈을 한번 깜빡이면 눈물이 쏟아질 것 같았다. 하지만 왠지 봉
덕 앞에서 우는 모습을 보여 주고 싶지 않았다.

"여, 여기서 이럴 게 아니라 일단 내려가요, 우리."

"그래. 걸을 수 있지?"

"네."

봉덕이 선화의 손을 끌어당겨서 경사면을 올랐다. 그러나 선
화가 한 발 내딛자 발목에서 통증이 올라왔다. 선화가 그 자리에
주저앉고 말았다. 눈에 가득 쌓였던 눈물이 동시에 쏟아졌다.

'에라 모르겠다.'

선화는 무릎 사이에 고개를 파묻고는 몸을 들썩이면서 울음
을 터트렸다. 예상치 못한 상황에 당황한 봉덕이 물었다.

"왜, 왜 그래? 다리 많이 아파?"

"엉엉, 넘어지면서, 엉엉, 발목을, 엉엉, 다쳤나 봐요, 엉엉."

봉덕은 선화의 울음에 어찌할 바를 몰라 했다.

"어, 어떡하지? 그래. 119."

봉덕이 휴대폰을 꺼냈다. 바로 그 순간 선화의 머릿속에서는 올해 나올 교지 1면이 그려졌다. 자신이 119 구급대에게 구조되는 장면이었다.

선화는 얼른 눈물을 삼켰다.

"선배, 괜찮아요. 계단까지만 가면 걸을 수 있을 거예요."

"그럼……. 업힐래?"

"길이 험한데 괜찮으세요?"

선화의 물음에 봉덕이 이마에 흐르는 땀을 닦고는 한쪽 팔을 구부려 단단한 근육을 보였다.

"이럴 때 써야지 언제 쓰겠어."

"품, 웃기지 마세요."

생각지 못한 봉덕의 말에 선화의 눈물은 쏙 들어갔다. 봉덕이 두꺼운 팔로 선화를 일으켜 세우고는 한쪽 무릎을 꿇고 앉았다. 그러고는 업히라며 등을 보였다. 운동선수처럼 넓은 어깨가 선화의 눈에 들어왔다.

"좀 부끄러운데요?"

"왜? 몸무게가 좀 나가니? 웬만한 무게는 거뜬하다고."

선화가 부끄러운 건 꼭 몸무게 때문만은 아니었다. 지금까지 아빠 말고 다른 남자의 등에 업혀 본 적이 없어서였다.

선화의 얼굴이 화끈 달아올랐다. 기다리는 봉덕이 뒤돌면 자기 마음을 들킬 것 같아 서둘러 대꾸했다.

"따, 땀 냄새 때문에요."

"지금 그런 걸 따질 때냐? 얼른 업혀."

선화는 할 수 없이 봉덕의 등에 업혔다. 봉덕에게서 땀 냄새가 좀 났지만, 거북하지는 않았다. 오히려 자연의 냄새처럼 좋았다. 그리고 정직한 인간의 냄새, 걱정의 냄새가 차례로 풍겼다. 봉덕은 선화를 생각보다 훨씬 걱정하고 있었다.

"선배, 일단 동상 앞에 평평한 곳으로 가요."

"그래."

봉덕은 선화를 업고 경사면을 다시 올라 동상 앞까지 이동했다. 바로 그때 누군가 계단으로 오르는 발소리가 들렸다.

"선배, 누가 와요."

"애들일 거야. 아까 네 목소리 들었을 때 일단 톡을 보내 놨거든. 애들도 근처에서 널 찾고 있었어."

봉덕의 말대로 주민과 주미의 목소리가 점점 가까이 들렸다.

"헉헉, 선화 양! 거기 있어? 아까 괜한 짓을 해서 미안해."

주민이 선화를 보자마자 사과를 했다.

"선화야, 죽지 마. 분명 뭔가 잘못된 걸 거야."

'죽는다니? 내가?'

선화는 봉덕에게 물었다.

"두 사람은 시스-AB형에 대해 모르는 거예요?"

"아, 나도 급히 찾아보고 뛰어온 거라서……."

봉덕이 난감해하며 대답하는 사이 주미가 선화의 얼굴을 보더니 눈물을 쏟았다.

"엉엉, 선화야, 내가 얼마나 걱정했는데. 엉엉."

주미가 선화를 얼싸안고 펑펑 울고 선화는 주미의 등을 쓰다듬었다.

"그딴 걸로 내가 왜 죽냐?"

선화의 말에 주미가 콧물을 훌쩍 삼키며 말했다.

"난 네가 이사장 동상 있는 데서 발견되었다길래……."

그때 무심코 동상을 쳐다본 주미의 입에서 날카로운 비명이 터져 나왔다.

"꺄!"

"왜, 왜 그래?"

"도, 동상이 피눈물을……."

녹슨 청동상의 눈에서 분명히 붉은 액체가 흘러나오고 있었다.

"오 마이 갓! 드디어 터졌다. 송암고 3대 미스터리 중 하나인
이사장 동상의 피눈물 말이야."

주민이 한껏 신이 난 목소리로 외쳤다.

"쓸데없는 소리 그만 해. 무서워하잖아."

"괜찮아, 얘들아. 우리한테는 봉덕이가 있잖아."

봉덕은 주민의 말을 무시하듯 휴대폰을 꺼내 동상의 사진과
영상을 차례로 찍었다. 주민도 자기 휴대폰으로 사진을 찍으며
말했다.

"분명히 귀신의 장난이야. 지금 몇 시지?"

주민의 물음에 주미가 휴대폰을 꺼내 보고 말했다.

"헐, 12시가 거의 다 돼 가요."

"원래 날이 바뀌는 12시에 귀신이 많이 목격되곤 하지."

"진짜요? 무서워요. 저희 빨리 나가면 안 돼요?"

겁먹은 주미의 반응에 주민이 씨익 웃었다. 그러자 봉덕이
솥뚜껑만 한 손바닥으로 주민의 등에 스매싱을 날렸다.

퍽, 하는 소리가 크게 울렸다.

"으악! 왜 그래?"

"호들갑 떨지 좀 마. 그리고 혈액형 유전 과정도 잘 조사해서
알려 줬어야지. 선화가 시스-AB형이면 지금 부모님과 아무런

문제가 없는 거였어."

주민이 선화를 보고 두 손을 모아 사과했다.

"그런 게 있었어? 미안, 선화 양."

"그게 왜 선배 잘못이에요. 괜찮아요."

"역시 선화 양은 누구와 달리 너그러워."

봉덕이 손을 다시 들자 주민이 재빨리 사과했다.

"아, 미안. 농담, 농담."

"아무튼 선화가 다쳤으니 오늘은 이만 내려가자. 일단 찍어 두었으니까 피눈물 현상도 늘 그렇듯 과학적으로 설명할 수 있을 거야."

"그래. 내일부터 제대로 비밀을 파헤쳐 보자고."

봉덕의 제안에 주민이 고개를 끄덕이며 답했다.

그때였다. 불빛이 비쳤다. 플래시 빛이 얼마나 강한지 눈이 부셔 누구인지 볼 수 없었다. 선화가 손으로 빛을 가려 보았지만 거대한 형체만 보일 뿐이었다.

"누, 누구세요?"

봉덕의 외침에 플래시 불빛이 바닥으로 향했다. 계단에는 거대한 체구 하나가 서 있었다.

"너희는 왜 이 시간에 여기 있는 거냐?"

경비 할아버지였다. 한밤중이라 경비실까지 떠드는 소리가 들렸던 것이다.

"아, 죄송해요. 약간의 사고가 있었어요."

"어서들 나오거라."

경비 할아버지는 주민의 설명은 듣는 체하지도 않고 아이들이 계단 쪽으로 안전히 넘어올 수 있도록 발치에 플래시 불빛을 비췄다.

깜깜한 밤에 가까이서 본 경비 할아버지의 얼굴은 더 매서웠다. 깊은 주름과 부릅뜬 눈, 하얀 콧수염만으론 마치 자연인 같았지만, 큰 키와 꼿꼿하게 펴진 상체는 나이 이상의 위압감을 주기에 충분했다.

선화의 코가 벌름거렸다. 은은하고 오래된 책 냄새가 먼저 풍겼다. 그리고 이어서 경비 할아버지만의 냄새가 났다.

'고독⋯⋯. 그리고 외골수.'

선화의 머릿속에 홀로 산을 헤매는 호랑이 한 마리가 그려졌다. 선화는 경비 할아버지와 눈을 오래 마주칠 수 없었다. 깊은 눈동자는 정말 호랑이처럼 상대에게 두려움을 심어 주었다.

봉덕이 대표로 고개를 숙여 인사했다.

"그럼, 안녕히 계세요."

"김봉덕, 우주민, 신선화, 구주미. 오늘은 그냥 넘어가지만, 다음에 또 이러면 담임선생님께 말씀 드릴 거다."

"네, 조심하겠습니다."

"그리고……. 김봉덕? 지금 이렇게 놀고 있을 때가 아닐 텐데."

"네?"

'언제부터 경비 할아버지가 학생들한테 신경 썼지?'

선화는 뭔가 꺼림칙한 느낌이 들었다.

경비 할아버지는 봉덕의 반응은 보지도 않고 휙, 몸을 돌려 108계단을 올라갔다. 그제야 네 사람은 안도의 한숨을 내쉬고는 계단을 마저 내려왔다.

주민이 다 내려온 계단을 한 번 돌아보며 말했다.

"경비 할아범은 역시 3대 미스터리에 넣을 만해."

"왜요?"

주미가 궁금한 것 못 차겠다는 듯 물었다.

"우리 이름을 모두 알고 있잖아."

"오! 그러고 보니 그러네요. 이름을 어떻게 알았을까요? 그리고 봉덕 오빠한테 지금 놀 때가 아니라고 한 것도 왠지 전교 1등인 걸 알고 그런 말을 한 것 같았어요."

"그러니까 미스터리지. 혹시 봉덕이 너 경비 할아범이랑 친척 아니냐?"

"또 쓸데없는 소리."

봉덕이 다시 정색하며 말했다. 하지만 선화는 경비 할아버지에게 느껴지는 미스터리한 면을 좀처럼 모른 척하기 어려웠다. 아주 작은 소리도 몇 배나 크게 들리는 한밤중 산속에서 경비 할아버지의 발소리가 들리지 않았던 것도 이상했다.

"몸집이 저리 큰데 왜 아무 발소리도 안 들렸을까요? 마치 호랑이 같아요."

"오! 선화 양, 날카로운 지적이야. 이제 경비 할아범의 진실도 풀어 보자고. 송암고 역사상 3대 미스터리를 모두 푼 최초의 학생이 되는 거야."

주민의 말에 주미가 팔짝팔짝 뛰며 좋아했다.

"오예! 우리 그럼 팀 이름 하나 만들어야 하는 것 아니에요?"

"주미 양, 어쩜 나랑 이리 생각이 같을까? '우주민과 아이들' 어때?"

주미가 주민의 팔을 살짝 때렸다.

"차라리 '구주미와 아이들'이 좋겠어요."

"하하하, 그것도 좋은데?"

두 사람이 티격태격하며 앞장서는 동안 선화는 다친 발을 디딜 때마다 느껴지는 통증에 얼굴을 찌푸렸다. 그러자 봉덕이 다가와 선화를 부축했다.

"괜찮아?"

"네, 괜찮아요."

선화는 앞서가는 주민과 주미가 혹시 돌아볼까 봐 얼른 팔을 뺐다. 봉덕도 눈치를 챘는지 바로 손을 뗐다.

"걷기 힘들면 말해."

"괜찮아요. 그리고 오늘 고마웠어요."

"우린 선배지만 네 친구이기도 하니까 힘든 일 있으면 편하게 말해도 돼."

"네, 고맙습니다."

그때 앞에 걷던 주미가 돌아보며 손을 흔들었다.

"선화야, 집까지 갈 수 있겠어?"

봉덕이 선화 대신 대답했다.

"내가 데려다줄 테니까 먼저 가."

봉덕은 집으로 가는 동안 선화의 느린 걸음에 보조를 맞췄다.

제12장
이제 우리는 봉우신주!

"벌써 6월이다. 그렇다는 건 기말고사가 한 달 앞으로 다가 왔다는 얘기지."

오늘따라 오언백 선생님의 종례가 길어졌다.

"주꾸미! 선생님 말 안 듣고 뭐해?"

"쌤, 실제로 주꾸미는 귀가 없대요."

"푸하하! 주꾸미, 센스 좋은데?"

"쌤, 그리고 기말고사는 7월 중순이니까 한 달 반이나 남았 다고요."

"그만큼 긴장하라는 거지. 요즘 너희들 가만 보면 무슨 나사 빠진 로봇 같아."

오언백 선생님은 종례시간 내내 기말고사 대비를 미리미리 하라는 잔소리로 채웠다.

비로소 기나긴 종례가 끝나자 주미가 서둘러 일어섰다.

"선화야, 빨리 가자."

주미는 송암고 페이지에 올라온 글이 신경 쓰였다.

송암고 3대 미스터리 또다시 발동

올해 송암고에는 또 무슨 일이 닥칠 것인가? 송암고 3대 미스터리 중 하나인 별관 순간이동 현상에 이어 이사장 동상이 피눈물을 흘렸다. 나 블랙매직부 부장 우주민은 그 영상을 공개한다. 어떠한 조작도 없음을 가슴에 손을 얹고 맹세한다. 함께 목격한 학생들이 있지만, 본인들이 원치 않아 밝히지는 않는다.

↳ 우주인 새끼, 또 주작이네 👍12

  ↳ 가짜 눈에는 가짜만 보이는 법 👍14

↳ 동상이 피눈물 흘리는 이유를 직접 밝혀라. 그래야 믿을 수 있다. 👍15

  ↳ 기다려라. 우주민과 아이들이 꼭 미스터리를 풀 거야. 👍11

주민이 피눈물 흘리는 동상 영상을 올린 것이다. 영상을 본 학생들의 제보를 기다려야 한다는 입장이었다.

"아, 정말······. 우주민과 아이들이 뭐야. 가서 따져야겠어."

선화는 주미와 달리 자신의 이름이 거론되지 않아서 다행이라고 생각했다.

"봉덕 선배나 나는 굳이 나서고 싶지 않으니까 그냥 둘이서 '주꾸미 외계인'은 어때?"

"야, 신선화! 너까지 놀리기야?"

선화의 농담 반 진담 반 의견을 주미가 듣는 둥 마는 둥하며 서둘러 별관으로 향했다.

108계단을 오르는 와중에 본 이사장 동상 앞에는 몇몇 아이들이 모여 있었다. 영상을 보고 찾아온 아이들이었다.

"우리가 먼저 미스터리의 진실을 밝혀내야 해. 빨리 가자."

아이들이 동상 미스터리에 관심을 갖게 되자 주미의 마음이 급해졌다. 갑자기 승부욕이 생겼는지 선화를 재촉했다.

교지부 동아리실에서는 주민이 과거 교지들을 살펴보고 있었다.

"오빠, 우주민과 아이들이 뭐예요? 우리가 왜 아이들이에요?"

따지는 주미에게 주민이 하얀 이를 드러내며 웃었다.

"크크크, 쏘리. 갑자기 딱 떠오르는 이름이 없어서 말이야."

"신선한 주꾸미로 하자니까요."

"그건 너희 둘만 나타내잖아."

선화는 동아리실에 봉덕이 보이지 않는 게 이상했다. 봉덕은 늘 이 시간에 혼자 나와 공부했었다.

"봉덕 선배는요?"

선화가 주민에 물었다.

"봉덕이는 오늘 학교 대표로 한국수학올림피아드에 참가하러 갔어."

한국수학올림피아드는 대한민국에서 수학을 가장 잘하는 고등학생을 뽑는 대회다.

'봉덕 선배, 전교 1등이라는 소리만 들었지. 보통이 아니었구나.'

주미가 그새 호들갑을 떨었다.

"와우, 봉덕 오빠 멋있다. 한국수학올림피아드라니……. 나한테는 꿈이야."

그러자 주민이 입술을 삐죽 내밀며 말했다.

"특이한 놈이야. 문과 주제에 수학은 또 왜 그렇게 잘하는 거야?"

"공부 잘하면 좋죠. 저는 아무리 공부해도 평생 1등은 못해 볼 거예요. 부러워요."

주미가 봉덕을 부러워하자 주민이 교지 세 권을 들고 와 책상에 탁, 하고 내려놨다.

"나도 과학전람회 준비하고 있다고."

"미스터리 신봉자께서 과학전람회라니, 영 어울리지 않는데요? 봉덕 오빠처럼 문과지만 수학까지 잘하는 것처럼요. 히히."

"그 공부쟁이는 알아서 하라고 하고, 우린 당장 동상 미스터리의 진실을 풀어야 한다고."

자존심이 살짝 상했는지 주민이 교지를 넘기면서 미리 표시해 놓은 쪽을 펼쳤다. 이사장 동상 미스터리에 대한 기사들이었다.

"이 세 권은 1992년, 2002년, 2012년 교지야. 공통적으로 동상의 피눈물 기사가 실렸어."

동상이 얼마 전에 피눈물을 흘림으로써 10년마다 같은 일이 일어난다는 가설은 이어진 셈이다.

'근데 1961년에 개교했는데 왜 1992년 이전의 교지에서는 이사장 동상에 대한 기사가 없을까?'

"주민 선배, 1992년 전에는 관련 기사가 없었나요?"

선화가 막 떠오른 궁금증을 바로 물었다.

"그건 동상이 처음 세워진 게 1991년이기 때문이야. 학교에서 개교 30주년 기념으로 이사장 동상을 만들었대."

"그럼 동상이 만들어지고 바로 다음 해부터 이런 일이 벌어진 거네요?"

"그래. 근데 어디서부터 조사를 시작해야 할지 갈피를 못 잡겠어."

주민이 고민하자 주미가 손가락으로 기사의 한 부분을 찍으며 말했다.

"지난번처럼 이 기사를 쓴 선배들을 찾아가 보면 안 될까요?"

"그게 지금으로선 최선이겠지?"

주민이 동의하자 주미가 주먹 쥔 손을 하늘로 번쩍 올렸다.

"그럼 신선한 주꾸미 출동!"

주미의 돌발행동에 주민이 두 손으로 엑스자를 그렸다.

"주미 양, 이번엔 나랑 가 보는 건 어때?"

"그럼 선화는요?"

"선화 양은 봉덕이랑 가면 되지."

"선화야, 넌 어떻게 생각해?"

주민의 예상치 못한 제안에 선화는 가슴이 콩닥거렸다. 봉덕과 둘이 뭔가를 한다고 생각하니, 괜히 마음이 들킬까 봐 쉬이 대답할 수 없었다.

"그, 글쎄."

"주미 양, 우린 조사 나간 김에 서울에서 제일 맛있는 마라탕도 먹어 보는 건 어때? 얼마 전에 마라탕 맛집 지도를 찾아냈거든. 푸하하!

"헐, 대박! 정말요?"

"홍대 앞 공화관 마라탕은 중국 소림사 주방 출신 요리사가 만든대. 2년 연속 대통령상을 받은 맛집 중의 맛집이야."

"쓉, 얘기만 들어도 침이 고여요."

선화는 두 사람의 호들갑을 뒤로하고 봉덕과 뭘 할지 고민했지만 딱히 떠오르지 않았다.

그날 이후 며칠 동안 봉덕이 보이지 않았다. 1차 대회 통과 후 한국수학올림피아드에서 일주일 동안 진행하는 통신학교에 입소했다는 얘기를 뒤늦게 들었다.

그렇게 한 주가 지났다. 선화는 머리가 아파서 보건실에 다녀오던 중 봉덕의 뒷모습을 발견했다. 반가운 마음에 선화는 머리 아픈 것도 잊은 채 봉덕 쪽으로 달려갔다. 봉덕은 대머리 남자와 나란히 계단을 내려가고 있었다.

'어? 저 사람은……'

걸음을 멈춘 선화가 마스크를 내리고 둘을 따라 계단을 내려갔다.

'음……. 이 정직한 냄새는 봉덕 선배 냄새고, 야비하고 비열한 냄새는……. 그래, 교감선생님이야. 근데 둘이 어디 가는 거지?'

선화는 갑자기 둘을 미행하는 것처럼 조용히 따라갔다. 아래층으로 내려가서 두 사람이 들어간 곳은 복도 끝 교장실이었다. 수업 중이라 유독 조용한 복도를 살금살금 걸어 교장실 문 앞에 도착했다.

교장실 안에서 목소리가 들리는 것 같았다. 선화는 교장실 문에 귀를 바짝 갖다 댔다. 누군가 엿듣는 걸로 비난한다 해도 어쩔 수 없었다. 선화는 교장실 안 상황이 너무 궁금했다.

교장실 안에서는 '수고했다.', '2차 대회에서 반드시 좋은 성적을 거둘 거다.', '학교의 명예가 너에게 걸렸다.'와 같은 덕담들이 오갔다. 이후로도 한국수학올림피아드에 대한 이야기가 이어졌다.

딱히 특별한 이야기가 안 들리자 선화는 그제야 발걸음을 옮기려고 했다. 바로 그때 교감선생님의 목소리가 들렸다.

"그런데 김봉덕 학생, 요즘에 이상한 아이들이랑 어울린다고 하던데."

'헉!'

이상한 아이들이라면 뻔했다. 선화는 문 앞에서 멀어졌던 귀를 다시 바짝 당겨 갔다 댔다.

"이상한 아이들이 아니에요. 누구보다 착한 아이들입니다."

봉덕의 목소리가 순간 얼어붙은 선화의 마음을 녹였다.

'봉덕 선배, 파이팅!'

"그 우주인인가 하는 놈은 요상한 동아리 부장이라며? 맨날 이상한 사건만 찾아다닌다던데. 그리고 1학년에 신선화인가 그 녀석은 우리 학교로 전학 오기 전부터 문제가 있었다지?"

교감선생님의 야비한 눈빛이 느껴졌다. 선화는 자기도 모르게 주먹을 불끈 쥐었다.

"봉덕 학생, 신선화는 귀신 들린 적이 있다는군. 전 학교에서도 그게 문제가 되었던 거고."

"거, 교감선생님, 학생한테 못하는 소리가 없으시네요."

교장선생님이 교감선생님을 그만하라는 듯 나무랐다.

"아니요. 교장선생님. 말은 바로 해야지요. 우리 학교의 건학 이념이 무엇입니까? 민족중흥의 요람 아닙니까? 이렇게 학교생활이며, 성적이며 모두 우수한 김봉덕 같은 학생을 바르게 키우는 게 우리 송암고가 할 일입니다."

"그런 이념은 지금과 맞지 않는 것 같네요. 시대가 바뀌었습니다."

"그럼 그런 교장선생님의 생각을 이사회에서 직접 말씀해 보시죠?"

교감선생님의 말에 교장선생님은 대답을 하지 못했다.

"못 하시겠죠? 솔직히 말만 이사회지, 사실상 이사장님의 결정 아닙니까. 흠……. 봉덕 학생, 넌 그런 애들이랑 어울리지 말고 수학에 전념해야 한다. 반드시 한국에서 우승한 다음, 국제수학올림피아드까지 나가서 학교 명예를 드높여야 한다."

'봉덕 선배, 제발 대답하지 말아요. 공부 못한다고 친구가 못 되는 건 아니잖아요.'

그렇게 선화는 마음속으로 응원할 수밖에 없었다. 그때 콧속으로 한번 맡아 본 적 있는 냄새가 들어왔다. 누군가 선화 뒤에 서 있었다.

'앗, 이 냄새는…….'

선화가 뒤돌자 경비 할아버지가 서 있었다. 거대한 체구가 너무 가까워서 선화는 너무 놀라 아무 소리도 내지 못했다.

"신선화, 여기서 뭐하는 게냐?"

"저, 그게요…….'"

경비 할아버지가 언제부터 자신을 지켜보고 있었는지 알 길이 없었다. 선화의 머릿속엔 당장 둘러댈 변명조차 떠오르지 않았다. 선화는 긴 복도를 뛰어 계단을 두 칸씩 올랐다.

겨우 교실로 들어왔지만 멘붕이었다. 게다가 결정적인 순간에 나타난 경비 할아버지 때문에 봉덕의 대답을 미처 듣지 못한 게 아쉬웠다. 무엇보다 교감선생님의 말이 선화를 부글부글 끓게 만들었다.

'교육자가 되어서 학생에게 귀신 들렸다는 소릴 아무렇지도 않게 하다니. 남은 머리카락도 싹 다 까져 버려라.'

선화는 속으로 교감선생님을 비난했지만 그래도 마음이 풀리지 않았다. 그리고 왠지 이제는 봉덕을 마주할 용기가 나지 않았다. 봉덕이 공부하는 데 자신이 전혀 도움이 되지 않는 것 같았다. 수업만 끝나면 당연하듯 출근 도장을 찍었던 동아리실에도 도저히 발이 떨어지지 않았다.

선화는 주미에게 일이 있다면서 먼저 집으로 돌아왔다. 아무것도 하기 싫었다. 저녁도 먹는 둥 마는 둥 하고는 씻고 바로 침대 이불 속으로 들어갔다.

그때 띠링, 하고 휴대폰 알림 소리가 났다. 선화는 이불을 걷어차면서 스프링처럼 몸을 튕기듯 일어났다. 그러고는 책상 위에 던져 놓은 휴대폰을 확인했다.

스팸 광고였다.

"아, 짜증나."

다시 이불 속으로 들어가 봉덕에게 연락이 오기를 마음속으로 기도했다. 그 후로도 몇 번의 알림 소리가 울렸지만 선화가 기다리던 소식은 아니었다. 짜증이 폭발한 선화가 휴대폰 전원을 껐다. 그러고는 이불을 뒤집어 쓴 상태로 잠들어 버렸다.

다음 날 학교에 가자 교실이 술렁거렸다. 아이들이 삼삼오오 모여 휴대폰으로 뭔가를 보고 있었다. 뒷문을 열고 주미가 들어왔다. 방금 막 도착한 선화를 보자 주미의 눈이 왕방울처럼 커졌다.

"선화야, 우리 망했어. 어떤 애들이 이사장 동상 미스터리 먼저 밝혀낸 거 있지. 어제 너 휴대폰 꺼 놨더라?"

선화는 까무룩 잠이 들어 늦잠까지 자 버렸다. 지각할까 봐 서둘러 등교하는 바람에 송암고 페이지는 들어가 보지도 못했다.

선화는 얼른 송암고 페이지에 들어갔다.

초대 이사장 동상이 피눈물 흘린 이유는 학생 본분 강조

얼마 전 송암고 3대 미스터리 중 하나인 이사장 동상에 피눈물이 흐르는 사건이 발생했다. 나 최강민과 전재원은 그 이유를 찾아냈다. 알다시피 이사장 동상은 송암산 기슭 숲속에 숨겨져 있다. 동상이 서 있는 대리석에는 이끼가 끼고 동상은 녹이 슬었다. 깨끗이 관리되길 원했던 이사장의 염원이 피눈물로 나타나지 않았을까, 생각했다. 그래서 우리는 동상을 깨끗이 닦고 주변을 청소했다.

이끼를 모두 닦아내자 대리석에는 다음과 같은 문구가 나타났다. 초대 이사장님은 송암고 학생들이 열심히 공부하기를 바랐다. 그리고 그 소망이 적힌 문구를 알아봐 주길 원했던 것이다.

> 민족중흥의 요람 송암고
> 배움은 어두운 사회를 밝히는 등불이 될 것이다.
> 송암 학생들이여 공부에 매진하라.
> 학식은 우리 겨레의 소금이 될 것이다.
> 송암인들이여 지식을 습득하라.
>
> 초대 이사장 송암 구용법

ㄴ 오~ 설득력 있다. 피눈물을 닦고 청소하다 보면 이끼가 껴서 안 보였던 문구를 발견할 거라 여긴 거야. 👍22

　ㄴ 나도 이 의견에 동감. 근데 그럼 그냥 공부 열심히 하라는 말? 시시한데. 👍18

ㄴ 이런 말도 안 되는 미신은 믿을 수 없어. 👍20

　ㄴ 뭐 엄청난 신빙성이 있는 건 아니지만, 이것보다 설득력 있는 의견 없으면 이게 대세론이 될 듯. 👍15

선화와 함께 게시글을 확인한 주미가 물었다.

"선화야, 이거 어떻게 생각해?"

"글쎄. 대단한 발견이긴 한데 이것만으로는 확 납득이 가지 않아."

주민은 선수를 빼앗겼다며 아쉬워할 것이고, 봉덕이 이 글을 봤다면 피눈물을 어떻게 흘리게 만들었을지 그 원리를 찾으려 할 것이다.

'근데 봉덕 선배는 어제 동아리실에 왔을까?'

선화는 다시 봉덕의 행방이 궁금해졌다.

"어제 동아리실에 다 모였어?"

"어제? 그럼. 다들 네가 없다고 얼마나 아쉬워했는데."

"봉덕 선배도?"

"너 안 왔느냐고 묻더라. 일이 있어서 먼저 갔다고 하니까 계속 수학 문제만 풀더라고. 이제 2차 대회만 남았대. 봉덕 오빠 진짜 멋있는 것 같아. 수학올림피아드라니……."

"수학이라면 너도 문제집이 새까맣게 변할 때까지 풀잖아."

"난 시험 때마다 항상 실수해서 하나씩 틀리는걸. 수학올림피아드 나가려면 학교 시험에서 하나도 틀려선 안 된다고."

'하나 틀린다고? 그럼 1등급인데……'

봉덕만큼은 아니지만 주미도 공부를 잘하는 아이였다.

"주미야, 있잖아. 나 하나만 물어볼게. 솔직하게 말해 줘."

수학 문제집을 꺼내 펼치던 주미가 선화를 보며 물었다.

"갑자기? 뭔데?"

"공부 잘하는 애들은 못하는 애들이랑 어울리기 싫어해?"

"치, 그게 무슨 소리야. 그건 인간이 덜 된 거지. 공부가 벼슬도 아니고. 난 절대로 안 그래."

선화는 마스크를 살짝 내려서 숨을 깊게 들이마셨다. 주미가 금세 눈치를 챘다.

"너 지금 내 말이 거짓말인지 냄새 맡아 본 거지?"

"아, 아니야."

"그래? 네가 냄새 맡더라도 난 진심이니까 상관없어. 그리고 주민 오빠도 전교 상위권이지만 우리 앞에서 공부 얘기 안 하잖아."

'헉! 이건 또 무슨 날벼락 같은 소리야?'

주미의 말에 선화는 낙담할 수밖에 없었다. 왠지 자신만 공부 잘하는 애들 사이에 낀 것 같은 기분이 들었다. 시무룩해진 선화를 보고 주미가 선화의 어깨를 다독이며 물었다.

"너 이 자식, 봉덕 오빠가 그리 좋으냐?"

"무, 무슨 소리야? 나도 너희들한테 부끄럽지 않은 친구가 되고 싶었을 뿐이야."

"풉, 네, 얼굴에 다 쓰여 있거든."

선화는 마침 열려 있는 주미의 파우치에서 손거울을 꺼내 자기 얼굴을 비쳐 보았다. 얼굴이 조금 붉은 것 말고는 뭐가 쓰여 있는지 알 수 없었다.

그 모습에 주미가 피식 웃더니 수학 문제를 풀기 시작했다. 이렇게 된 이상 선화는 오늘부터라도 공부에 집중해 보기로 마음먹었다.

1교시는 국어였다. 국어라면 수학보다 나았다. 선화는 평소와 달리 졸음을 이겨 내며 선생님의 말씀을 놓치지 않았다. 평소라면 수업 시작과 동시에 엎드렸겠지만, 봉덕을 생각하면 금세 잠이 달아났다.

선화는 오늘 모든 수업에서 단 한 번도 졸지 않았다. 마지막 수업이 끝나자 선화가 기지개를 크게 폈다.

"우와, 진짜 힘들었다. 하루 종일 수업만 들었을 뿐인데 엄청 피곤하네."

"이게 K-고딩의 숙명인 걸 어쩌니? 그나저나 오늘은 동아리실 갈 거지? 이따 봉덕 오빠한테 미스터리 조사 핑계로 주말에 만나자고 해 봐."

주미의 말에 선화의 얼굴이 붉어졌다.

"에이, 무슨……."

선화는 그렇게 말하면서도 내일이 토요일이라는 점, 수학올림피아드 때문에 봉덕과 따로 만날 수 없다는 점을 머릿속으로 떠올렸다.

종례가 끝나고 선화와 주미는 함께 별관으로 향했다. 별관에 도착해 복도를 지나는 동안 선화는 괜히 가슴이 떨렸다. 주미가 앞장서서 동아리실 문을 열고 들어갔다.

"저희 왔어요!"

주민이 주미를 보고 손을 흔들어 인사했다.

"오, 선화 양은 하루 안 봤다고 오래 못 본 것 같네."

평소처럼 문제집을 들여다보던 봉덕도 선화에게 고개를 살짝 끄덕여 인사했다.

"야, 봉덕아. 다 모였으니까 이제 회의하자. 최강민, 전재원이 페이지에 올린 내용을 우리가 받아들이고 인정해야 할지, 아니면 반박할 만한 근거를 찾아서 새로운 내용을 올릴지 결정해야 해."

주민의 말이 끝나자 봉덕이 두꺼운 수학 문제집을 탁 덮었다. 네 사람이 일사분란하게 의자를 가져와 둘러앉았다.

"자, 지금부터 우주민과 아이들의 회의를 시작한다."

"오빠!"

회의 시작을 선언한 주민에게 주미가 소리를 질렀다.

"아아, 농담! 분위기 좀 띄워 보려고. 그럼 시작할까? 봉덕 군, 어떻게 생각하는가?"

봉덕은 양 어깨를 으쓱 올리며 입을 열었다.

"내가 그런 말도 안 되는 미신을 믿지 않을 거라는 것쯤은 모두 알잖아."

"그래도 별관 순간이동 때 우리가 밝혀낸 구용범 이사장의 메시지와 걔네들이 동상에서 찾아낸 내용는 딱히 다르지 않잖아."

"잊지 마. 별관 순간이동은 귀신이나 미신 따위가 아니었어. 이제 우리가 해야 할 일은 동상이 어떤 원리에 의해 피눈물을 흘렸는지를 찾아내는 거야."

주민과 달리 봉덕은 이성적이고 객관적이었다. 선화는 역시 봉덕이 믿음직하다고 생각했다.

"알았어. 그럼 봉덕 군의 의견에 따라 조사를 시작해 보자."

"근데 갑자기 왜 날 그렇게 부르는데? 무슨 지역명 같잖아."

주미가 봉덕의 얘기가 재미있는지 손뼉을 한 번 치며 끼어들었다.

"진짜 우리나라에 봉덕 군이라는 데 있는 거 아니에요?"

"구주미, 너 우주인이랑 붙어 다니더니 물든 거야?"

봉덕이 주미에게 정색하며 말했다. 그러는 사이 선화는 봉덕 군과 함께 면과 리까지 줄줄이 생각났다. 아빠의 고향인 전라 북도 부안군 계화면처럼, 두 선배를 봉덕 군 우주면이라 부른 다면 어떨까 하는 생각에 자꾸만 웃음이 일었다.

선화는 웃음이 터져 나오려는 순간 재빨리 허벅지를 꼬집었 다. 하지만 엎친 데 덮친 격으로 자꾸 오언백 선생님의 썰렁한 농담이 떠올랐다.

'큰일났다. 제발 웃음아, 들어가라.'

하지만 머릿속에서는 이미 둥둥 떠다니던 단어들이 서로 떼 어졌다 붙었다를 반복했다.

'아, 쌤까지? 안 돼!'

선화는 생각을 멈춰 보려 했지만 도저히 그럴 수 없었다. 결 구 머릿속에 문구 하나가 크게 떠올랐다.

'봉덕 군 우주면의 신선한 주꾸미가 오십 원!'

그 순간 억누르고 있던 선화의 웃음이 폭발하고 말았다.

"푸하하하! 아, 아니. 큭큭큭큭. 죄송, 진짜 죄송해요."

"깜짝이야. 왜 그래?"

주미의 물음에 선화는 손을 좌우로 흔들면서 필사적으로 웃 음을 참아 보았지만 쉽지 않았다.

"아니, 아무것도 아니야. 푸하하하!"

"봉덕 군이 그렇게 웃겨?"

주민의 물음에 고개를 든 선화가 주민과 눈이 마주쳤다. 아이스크림콘보다 우주면이 몇 배는 나을 것 같았다.

"주민 선배, 기분 나쁘게 듣지 마세요. 봉덕 선배가 봉덕 군이라면 주민 선배는 우주면 어때요? 푸하하하!"

"뭐, 뭐라고? 이게 웃겨?"

"그럼 우리 넷을 합쳐 봐요. 봉덕 군 우주면의 신선한 주꾸미! 푸하하하!"

배를 잡고 웃는 선화와 달리 주민은 웃지 않았다. 무슨 말인지 모르는 게 분명했다. 하지만 잠시 생각하더니 흡족한 표정을 지어 보였다.

"오! 괜찮은데? 나쁘지 않아. 그럼 우리 팀의 이름을 봉덕 군 우주면의 신선한 주꾸미로 하는 거 어때? 일명 봉우신주!"

"선배, 농담이라고요. 그렇게 받아들이시면 어떡해요."

"아니야. 봉우신주, 무슨 암호 같기도 하고 좋은데? 봉덕 군, 자네 생각은 어떤가?"

"난 우주민과 아이들만 아니면 돼."

봉덕의 대답에 주미가 물개 박수를 치며 웃었다.

"와우, 그럼 이제 우리 팀 이름은 봉우신주예요!"

선화는 실컷 웃었더니 우울한 기분이 싹 풀리는 것 같았다. 그동안 낮은 자존감 때문에 괜히 자책하고 가슴앓이 했던 것도 조금 누그러졌다.

주민이 분위기를 재정비하려는 듯 목소리를 한 번 가다듬고
는 화제를 전환했다.

"흠흠, 지난번에 얘기한 대로 내일 토요일에 나랑 주미는 교
지부 선배님들을 만나러 갈 거야."

주미가 신이 나서 이어 말했다.

"엄성길 기자님도 다시 만나려고요. 2012년 교지에 기사를
쓴 선배님과도 연락이 됐어요. 그리고 대통령상을 두 번이나
받았다는 맛집에 가서 마라탕도 먹고요. 히히."

"근데 봉덕 군은 수학올림피아드 준비해야 하지 않아?"

주민의 말에 봉덕과 선화의 눈이 마주쳤다. 선화는 봉덕을
방해하고 싶지 않았다. 앞으로 송암고를 빛낼 봉덕의 앞길을
막을 생각은 없었다.

"괜찮아요, 봉덕 선배. 어차피 일부러 시간을 내야 할 정도로
새로운 건 없잖아요."

봉덕은 주먹을 입으로 가져가 헛기침했다.

"어험, 왜 없어? 우린 이사장 동상을 만든 이원전 조각가를
만날 거야. 선화랑 나랑 한 팀인 거지?"

"네?"

생각지도 못한 봉덕의 대답에 선화가 당황하며 되물었다.

"난 그 동상에 어떤 장치가 설치되어 있을 거라고 생각해. 그럼 시간을 거슬러 동상이 처음 만들어진 때부터 조사하면 되지 않을까 싶어."

주미가 봉덕의 설명을 듣고는 호들갑을 떨었다.

"와우, 베리 굿 아이디어. 두 분이서 다녀오시면 될 것 같아요! 잘됐다, 선화야."

선화는 갑자기 생긴 봉덕과의 일정에 얼떨떨했다. 잠시 후 봉덕이 자기 가방을 뒤지더니 샤프 두 개를 꺼내 주민과 주미에게 건넸다.

"선물이다."

딱 봐도 고급 샤프였다. 거기에는 '제36회 한국수학올림피아드'라고 새겨져 있었다.

"헐, 대박! 고마워요. 오빠. 이거 한국수학올림피아드 참가자만 가질 수 있는 샤프 맞죠? 와, 이걸로 수학 문제 풀면 하나도 안 틀릴 것 같아요."

"봉덕 군, 겨우 샤프라니."

"싫으면 내놔."

봉덕이 샤프를 다시 가로채려 하자, 주민이 샤프를 몸 뒤로 숨겼다.

"누가 싫대? 이번 기말고사 잘 보라는 응원이라 생각하지."

어느덧 선화는 자기 차례를 기다리고 있었다.

'설마 봉덕 선배가 공부할 리 없는 너한테 줄 샤프는 없다면서 건너뛰는 건 아니겠지?'

한편으로는 불안한 마음이 싹트기 시작했다.

바로 그때 봉덕이 큼지막한 주먹을 선화 앞에 내밀더니 천천히 주먹을 폈다. 봉덕의 손바닥 위에는 작은 금빛 펜던트 하나가 반짝이고 있었다. 모양은 원형 고리 안에 'Σ'자가 들어가 있는 형태였다.

"캠프에서 1등 하니까 주더라. 이건 네 선물이야."

그 모습을 보고 있던 주민이 비꼬듯 말했다.

"이거 금이지? 웬일로 샤프를 다 챙겨 준다 했어. 이렇게 사람 차별한다 이거지?"

"그럼 도로 내놓을래?"

봉덕의 말에 주민이 입술을 삐죽 내밀었다. 주미가 부러운 눈빛으로 펜던트를 보며 말했다.

"오, 선화는 좋겠다. 봉덕 오빠, 로맨티스트였네요."

선화는 처음 느껴보는 감정을 어떻게 표현해야 할지 난감했다. 감동을 받는다는 게 이런 기분인지 몰랐다. 봉덕은 아무나 받을 수 없는 기념품을 선화에게 선뜻 주려 했다. 선화는 마음만 받는 게 좋겠다고 생각했다.

"이건 선배한테도 정말 소중한 건데 제가 어떻게 받겠어요."

"내 기념품은 따로 있어. 이건 네가 가져도 돼."

그러면서 봉덕은 '한국수학올림피아드'라고 적힌 황금 열쇠를 꺼내 보였다.

주민이 휘둥그레진 눈으로 달려들었다.

"이건 내 거야! 내 선물이라고."

봉덕이 두꺼운 어깨로 주민을 가볍게 밀치고는 여유롭게 황금 열쇠를 도로 가방에 넣었다.

"이건 너한테 주고 싶어. 가운데 그려진 시그마는 계속 더한다는 뜻이야. 네게 행운이 계속 더해졌으면 좋겠어."

"어서 받아."

선화보다 주미가 더 감동한 것 같았다. 선화에게 빨리 받으라며 재촉했다.

"할 수 없군. 봉덕 군, 나도 이번만큼은 박수를 쳐 주지."

주민은 마치 자신이 양보한 것처럼 말하며 박수 치는 시늉을 했다. 그제야 선화가 봉덕에게서 펜던트를 받아 들고는 목걸이 줄을 풀어 목에 걸어 보았다.

그 순간 선화의 눈물샘이 찌르르 울렸다.

'지금 울면 안 된다. 신선화, 웃긴 걸 생각하자.'

"아, 여기서 문제! 봉덕 군 우주면의 신선한 주꾸미는 얼마일까요?"

"뭐야? 갑자기?"

뜬금없는 선화의 문제에 세 사람은 어안이 벙벙했다.

그때 선화의 얼굴에 눈물이 또르르 흘러내렸다. 귀신 들렸다
며 놀림 당한 자길 이해하고, 공부를 못해도 단 한 번도 차별하
거나 무시하지 않은 세 사람의 얼굴을 보고 있자니 더는 눈물
을 참을 수 없었다.

"선화야, 지금 우는 거야?"

주미가 깜짝 놀라 물었다.

"정답은 오십 원……. 너무 웃겨서 눈물이 나네."

분명 웃고 있는데 눈물이 났다. 하지만 선화는 슬프지 않았
다. 기쁨의 눈물이었기 때문이다.

봉덕은 가방에서 휴지를 꺼내 말없이 선화에게 건넸고, 주미
는 선화를 조용히 안아 주었다.

"근데 선화 양, 왜 오십 원인 거야?"

주민이 자칫 무거워질 수 있는 분위기를 한마디로 깨 버렸
다. 의도한 질문은 아닐 거라고 선화는 확신했다.

제13장
이사장 동상의 비밀

토요일 아침 일찍 봉덕과 만난 선화는 1호선을 타고 동인천 역으로 향했다. 단 둘이 가만히 앉아 가는 게 어색하긴 했지만 봉덕이 틈틈이 공부하는 사이에 유튜브를 본 덕분에 못 견딜 정도는 아니었다.

동인천역에 도착해서 철로를 따라 조금 걷자 배다리헌책방 거리가 나왔다. 2층짜리 건물들이 누가 더 낡았는지 대결하는 것처럼 길가에 나열되어 있었다. 전봇대마다 복잡하게 얽힌 전 깃줄과 가로수들도 한데 어울려 있었다. 오래된 책방 밖에 쌓아 놓은 헌책은 누렇게 변색되어 있었지만 의외로 정겨운 기분이 들었다.

봉덕이 주변을 둘러보며 감탄했다.

"여기는 구도심인 우리 동네보다 더 오래되어 보이네."

동인천 지역은 개화기 문화가 발달한 곳이지만, 그만큼 보존이 잘 되어 있다 보니 오래되어 보이는 게 당연했다.

선화는 마스크를 살짝 벗고 오래된 종이 냄새를 맡았다. 싫지 않은 냄새였다.

"선화야, 저쪽인가 보다."

골목 안으로 들어서자 옛 모습을 그대로 간직한 가게들이 즐비했다. 본 의상실은 옷 만드는 곳이고, 용화반점은 중국집, 동인천 막걸리는 술을 만드는 곳이었다. 그러다 입구에 커다란 뿔이 달린 사슴 청동상이 눈에 띄었다.

드디어 목적지에 도착한 것이다.

"원전 조형. 여기야."

봉덕은 교지의 동상 제막식 기사에서 동상을 제작한 이원전 조각가를 찾아냈다. 선화는 왠지 긴장이 되었다. 봉덕이 앞장서서 미닫이문을 열고 들어갔다.

"실례합니다."

가게 안에는 금속과 목재, 먼지 냄새가 어우러져 퀴퀴한 냄새가 한꺼번에 풍겼지만 기분이 나쁘지는 않았다. 오히려 정겨운 느낌이 들었다. 선반 위에는 누런 청동 조각상들이 진열되어 있었는데, 대부분 사람의 흉상이었다.

"선배, 저기요."

벽 한쪽에 이원전 조각가의 경력이 빼곡이 적힌 액자가 걸려 있었다.

"1940년생이네요. 그럼 지금 몇 살인 거죠?"

선화가 액자를 유심히 들여다보며 물었다.

"음……. 올해 83세가 됐을까?"

잠시 후 가게 안쪽에서 젊은 남자가 나왔다.

"학생이네? 여긴 어떻게 왔니?"

"아, 안녕하세요. 저희는 송암고등학교 다니는 학생인데요, 이원전 선생님을 뵈러 왔어요."

봉덕이 똑 부러지게 용무를 말했다.

"할아버지를?"

"아, 손자분이시구나. 네, 저희 학교에 초대 이사장님의 동상이 있는데 그걸 이원전 선생님께서 만드셨다는 기사를 찾았거든요. 저희는 교지부인데 그 내용을 취재해서 기사로 쓰고 싶어서 찾아왔습니다."

"아, 그래? 할아버지는 지금 주물 공장에 계셔."

"주물 공장은 어디에 있는 건가요?"

"여기 뒤쪽이야. 따라올래?"

남자의 안내를 받아 작은 문 몇 개를 지나자 천장이 엄청 높은 건물이 나왔다. 분명 작고 오래된 가게로 들어왔는데 금세 이렇게 큰 공간으로 넘어온 게 신기했다.

무엇보다 동상을 만드는 공장답게 엄청 더웠다. 각종 쇳물 냄새가 마스크를 뚫고 선화의 콧속으로 들어왔다.

"이놈들아. 속도를 맞춰 가면서 부어야지. 그래야 쇳물이 골고루 들어간다고 내가 몇 번이나 말했냐!"

공장 한쪽에서는 누군가 고함을 쳤다.

"할아버지, 손님 왔어요."

검정 두루마기를 입고 쩌렁쩌렁한 목소리로 소리치던 사람이 바로 이원전 조각가였다.

선화와 봉덕 앞에 다가온 원전의 기세는 대단했다. 사극에서 보던 길고 흰 수염으로 나이를 가늠할 수 있었지만 평생 고된 일을 해서인지 정정해 보였다.

"동상 의뢰하려고?"

"아, 아니요. 저희는 송암고등학교 학생인데 조각가 선생님께서 만드신 동상에 대해 궁금한 점이 있어서 찾아왔어요."

봉덕을 바라보는 원전의 얼굴에는 표정이 없어서 더 무서웠다. 치켜 올라간 눈썹과 날카로운 눈에서는 오랜 예술가의 혼이 뿜어져 나오듯 반짝였다.

"여긴 시끄러우니 저리로 가자."

다시 가게 안으로 돌아오자 원전은 입고 있던 두루마기를 벗었다. 하얀 삼베옷이 잘 어울렸다.

"원형아, 시원한 것 좀 내어 오거라."

원전의 지시에 처음 둘을 맞이했던 남자가 시원한 보리차를 가져왔다. 원전은 시원하게 한 모금 마시고는 후 수염에 묻은 물방울을 닦아냈다.

"그래, 어떤 작품에 대해 알고 싶은 게냐?"

"송암고 초대 이사장님이었던 구용범 이사장님의 동상을 선생님께서 제작하셨다고 들었어요."

봉덕이 기다렸다는 듯 대답했다.

"허허허, 옛날 일이군. 구용범이는 젊어서부터 대단한 교육자였다. 어렸을 적부터 같은 고향에서 나고 자라 내가 잘 알지. 집안 재산으로 학교를 세우기 위해 엄청난 노력을 했단다."

원전이 말하는 동안 선화가 마스크를 벗어 보리차를 마시는 척 코를 가리고 냄새를 맡았다. 원전에게서 쇠 냄새가 많이 났다. 선화의 코가 다시 움직였다.

'외골수, 신념.'

평생 조각만 해 온 예술가다운 인간성이었다.

"선생님, 그럼 이사장님 동상이 10년에 한 번 피눈물을 흘린다는 소문을 혹시 들어 보셨나요?"

봉덕이 단도직입적으로 묻자, 원전은 강한 눈빛으로 바라보더니 다시 크게 웃음을 터트렸다.

"허허허, 이놈들아. 동상이 피눈물을 어떻게 흘려?"

'어? 이건 뭐지?'

원전의 냄새가 변했다. 평생 신념과 정직을 위해 살아온 사람이 거짓말을 하니 냄새가 바뀌고 있는 것이다. 원전은 그동안 동상에서 벌어진 일을 알고 있었다.

선화가 재빨리 휴대폰을 꺼내 송암고 페이지의 영상을 재생했다.

"선생님, 이거요. 정말 동상이 피눈물을 흘리고 있잖아요."

영상이 재생되는 동안 원전의 낯빛이 점점 어두워졌다. 봉덕이 조금 다른 질문을 던졌다.

"그럼 선생님께서 저 동상을 만드실 때, 혹시 따로 주문을 받은 건 없었나요?"

그동안 선화는 원전을 향해 코를 벌름거렸다. 원전의 마음이 심하게 흔들리는 게 느껴졌다. 선화에게 마음을 들킨 걸 눈치챘는지 원전이 갑자기 크게 웃고는 선화를 보며 말했다.

"하하하, 내가 졌다. 너는 참 대단한 눈빛을 가졌구나. 네 눈을 바라보고 있자니 거짓말이 모두 들통나는 것 같구나."

진실을 알아내는 건 선화의 눈이 아니라 코라는 걸 원전은 알 리 없었다. 어쨌거나 선화의 의도대로 흘러가는 것 같았다.

"당시 이사장이 혹시 누군가 찾아오더라도 절대로 말해 주지 말라고 했었는데 말이지⋯⋯."

봉덕은 기회를 놓치지 않았다.

"제발 말해 주세요. 원하신다면 기사로 내지는 않겠습니다."

"하긴 이제 비밀을 밝힐 때도 됐지. 21세기에 피눈물 흘리는 동상이라니⋯⋯. 허허허."

원전은 물을 한 모금 들이키고는 말을 이었다.

"구용범이가 어느 날 내게 특별한 동상을 제작해 달라고 의뢰했다. 말 그대로 눈물 흘리는 동상을 만들고 싶다면서 동상 눈에 미세한 구멍을 낼 수 없냐고. 실을 사용해서 정교하게 작업했음에도 몇 번이나 실패하고 말았지. 쇳물을 부어 만드는 작업 특성상 아주 작은 구멍이 하나라도 있다면 제대로 된 동상을 만들 수 없단다. 그래서 동상을 다 만든 후에 다른 방법으로 구멍을 냈지."

"그런 동상을 만들려고 한 이유는 뭘까요?"

봉덕이 물었다.

"학생들의 공부 의지를 살리기 위해서였단다. 오직 학생들의 공부만이 이 나라가 가난을 벗어나는 길이라고 생각한 모양이야. 1980년대와 1990년대 우리나라는 엄청난 발전을 했다. 1988년 서울올림픽 이후 학생들의 학습 의지가 현저히 약해진 것을 보고 자극을 줘야겠다고 하더군."

특정 시기마다 이사장 동상이 눈물을 흘린다는 소문이 퍼지고 관련 기사가 교지에 실리면, 불안에 떤 학생들이 공부에 매진할 거라는 생각이었다. 별관 순간이동 현상과 비슷한 맥락이었다.

봉덕은 미처 풀지 못한 궁금한 점을 계속 물었다.

"선생님, 그럼 동상에서 피눈물을 흐르게 하는 원리가 뭘까요?"

"동상의 뒷목에 아주 작은 구멍이 있단다. 그 구멍에 주사기로 물을 공급할 수 있어. 이사장은 학생들이 동상 앞에 모이면 압력을 발생시켜 미리 채워둔 물을 밀어 올릴 수 있는 장치를 고안해 냈어. 몇 명이 동상 앞에 섰을 때만 장치가 작동하지."

그제야 비밀이 풀렸다. 누군가, 그러니까 선화가 그림자라고 부르기로 했던 인물이 동상에 피눈물용 액체를 주입했고, 하필 그날 네 사람이 동상 앞에 서자 무게를 감지한 장치가 작동된 것이었다. 모든 아귀가 딱딱 맞았다.

"선생님, 고맙습니다. 정말 많은 도움이 되었어요."

"젊은 친구들, 이사장의 염원은 진심이었으니 학교에서는 공부 열심히 하게나."

봉덕의 인사에 원전이 기특한 눈빛과 함께 덕담을 건넸다. 꽤 만족스러운 대화였다.

선화와 봉덕은 밖으로 나와 근처 카페를 찾아 들어갔다. 안 그래도 더운 날씨에 주물 공장에까지 들어갔다 나오니 땀이 저절로 났다.

봉덕이 옛날 팥빙수 하나를 주문했다. 노란 놋그릇에 팥이 듬뿍 올라간 빙수가 나왔다. 선화가 먼저 빙수를 한입 떠먹으면서 더위를 쫓아냈다.

"선배, 저희 드디어 두 번째 미스터리도 풀었네요."

선화의 말에 봉덕이 놋쇠 숟가락으로 팥빙수 그릇을 톡톡 쳤다.

"왜요? 무슨 문제라도 있어요?"

"네가 말한 그림자. 그게 누군지 알아내야지. 피눈물을 넣은 사람 말이야."

"맞네요. 이사장의 그림자는 진짜 누굴까요? 학교 관계자겠죠? 설마 선배는 아니죠? 히히."

"농담 좀 할 줄 아네? 맨날 마스크 쓰고 다녀서 이상한 애라고만 생각했었는데."

선화의 농담으로 둘 사이의 어색한 분위기가 조금씩 녹기

시작했다. 이 와중에도 선화의 코는 봉덕의 말이 진실이라고
알려 줬다.

"저 원래 엄청 밝은 아이였는걸요?"

"그래? 의외인걸?"

봉덕은 선화와 눈을 마주치지 않고 괜히 숟가락으로 빙수
를 휘휘 저으며 말했다. 그러고는 뭔가 생각났다는 듯 이어 말
했다.

"오늘은 이만하고, 봉우신주 다 모이면 그때 확실히 얘기해
볼까?"

"어? 선배도 봉우신주가 마음에 드는 거예요?"

"막 좋지도 않고 싫지도 않아."

"그럼 좋다는 거네. 큭큭."

선화는 봉덕과 자신이 하나의 이름으로 이어진 것 같아서
왠지 기분이 좋았다. 그렇게 두 사람이 봉우신주를 위해 남겨
둔 이야기는 다음 주 교지부 동아리실로 이어졌다.

월요일 수업을 마치고 봉우신주는 모두 동아리실에 다시 모
였다. 모이자마자 봉덕은 주민을 보며 주먹을 불끈 쥐었다.

"우주면 씨, 이번에도 과학이 승리하게 됐습니다."

"봉덕 군, 무슨 일이야? 왜 이렇게 흥분해 있어?"

봉덕은 기다렸다는 듯 토요일에 있었던 일을 주민과 주미에게 설명했다. 설명이 다 끝나자 주민은 자신의 곱슬머리를 양손으로 쥐어뜯으며 혼잣말을 했다.

"으악, 이 세상 모든 것을 과학으로 설명할 수 있다니. 정말 재미없어."

"그럼 너희가 조사한 것도 말해 봐."

혼자서 한참 말한 봉덕이 잔뜩 힘을 준 상체에 힘을 빼며 들을 준비를 했다.

"우리는 공화관 마라탕이 정말 맛있다는 사실을 알았다네."

주민이 말하면서 주미와 하이파이브를 하자 봉덕이 발끈했다.

"야, 너희들 실컷 먹기만 한 거냐?"

"오빠, 진짜 역대급 마라탕이었다고요."

주미의 말에 봉덕이 고개를 절레절레 흔들었다.

"봉덕 군, 너무 실망 말게. 선배님들과의 대화에서 중요한 단서를 찾진 못했지만, 엄성길 기자님께서 구용범 이사장을 찾는 데 흔쾌히 도움을 주겠다고 했거든."

주민의 말을 듣고 봉덕은 더욱 세차게 고개를 흔들었다.

"야, 초대 이사장인데 아직 살아 있겠냐? 그냥 어제 조각가 선생님한테 물어볼 걸 그랬네."

"뭐, 아직 생사가 확인된 건 아니잖아. 기자님이 어떻든 찾아 주시겠지."

"이사장이 살아 있다면 우리가 굳이 그림자를 찾을 필요도 없지."

봉덕이 답답하다는 듯 말했다. 바로 그때 휴대폰을 보고 있던 주미가 소리를 질렀다.

"앗! 별관을 폐쇄한대요. 이것 때문에 송암고 페이지가 난리 났어요."

충격이었다. 별관을 폐쇄한다는 말은 곧 모든 동아리실을 폐쇄한다는 말과 같았다. 학교 홈페이지에 올라와 있는 공지는 다음과 같았다.

별관을 다음과 같은 이유로 폐쇄합니다.

첫째, 동아리실로 활용하고 있는 별관은 본관과 떨어져 외진 곳에 있는 관계로 관리가 소홀한 틈을 타 학생들의 일탈이 종종 일어나고 있음. (동아리실에서의 흡연, 음주)

둘째, 동아리 활동을 핑계로 학생들의 무분별한 이성교
제를 일삼고 있음.

　　셋째, 일부 동아리실에서 공부하는 학생들의 민원이 많음.

　　이와 같은 이유로 별관을 폐쇄합니다. 다음 주 월요일
부터 출입을 금지하오니 그전까지 학생들은 자신의 물건
을 옮기시길 바랍니다.
　　이후 무단 침입 시 지시 불이행으로 징계가 내려지니
이를 유념하시기 바랍니다.

송암고등학교 이사회

　　송암고 페이지에서는 해당 공지를 두고 열띤 토론이 벌어지
고 있었다. 학생들 사이에서도 의견이 첨예하게 대립되는 중이
었다.

　　폐쇄 반대 측은 학생 자치와 창의적 활동을 위해 동아리실
이 반드시 있어야 한다고 주장했고, 폐쇄 찬성 측은 담배 냄새
때문에 괴롭다거나 학생들의 무분별한 애정 행각이 불쾌감을

유발한다고 주장했다.

몇몇 댓글에서는 친구 없는 애들이 괜히 시샘해서 민원을 넣었다느니, 학교를 교도소로 만들 생각이라느니, 하는 극단적인 발언까지 나왔다.

결국 이 안건은 학생회로 넘어갔다. 학생회장 이미솔은 학생 대표단을 꾸려 학교 측과 대화를 시도하기로 했다. 다행히 양측의 만남은 이루어졌다. 그러나 학생 대표단 중 한 명이 회의장에서 녹음한 파일 원본을 송암고 페이지에 올리면서 논쟁에 더욱 불을 지폈다.

별관 폐쇄 전 마지막 금요일에 봉우신주가 동아리실에 모였다. 학생 대표단이 올린 녹음본을 같이 듣기 위해서였다.

"그럼 틀어요."

주미가 휴대폰의 볼륨을 키우고 녹음본을 재생하자 동아리실에 누군가의 목소리가 울려 퍼졌다.

"저는 학생회장 이미솔입니다. 교장선생님, 학생은 학교의 일원입니다. 이렇게 학생들의 의견을 묻지도 않고, 일방적으로 별관을 폐쇄하는 건 불합리합니다."

날카로운 목소리가 이어서 들렸다. 교감선생님이었다.

"어허, 학생회장! 넌 송암고를 위해 일하는 사람이야. 그렇게 말하면 안 되지. 오히려 학생들을 설득해야 하는 거야."

교감선생님의 말을 끊은 건 교장선생님이었다.

"교감선생님, 가만히 좀 계세요. 난 회장 의견에 동의하네. 그래, 학생들의 의견은 어떤가? 폐쇄를 찬성하는 쪽이 좀 더 많다고 들었는데."

"그건 그저 SNS상의 여론일 뿐이라서요……."

학생회장의 기세가 꺾이자 다시 교감선생님이 나섰다.

"학생들 절반 이상이라면, 선생님들과 같은 생각을 가지고 있다는 말이잖아. 동아리실이 워낙 외지에 있다 보니 심야에 몰래 들어가 담배도 피우고 술도 마시는 것 아닌가. 그리고 쌍쌍이 연애하는 걸 무슨 자랑이라고 떠벌리고 다니는지 몰라. 하라는 공부는 안 하고 말이야. 우리 학교에서 제대로 공부하는 학생은 그래, 전교 1등 김봉덕뿐인데 이 녀석도 요즘 무슨 바람이 들었는지 이상한 짓거리를 하고 다닌다더군. 이게 다 학교 망신이야."

교감선생님의 실명 언급에 봉덕이 주먹을 불끈 쥐었다. 그때 낯선 남자애 목소리가 등장했다.

"저는 부회장 김상태입니다. 교감선생님, 말씀하신 부분은 개인의 문제일 뿐입니다. 그리고 SNS상에서는 목소리 큰 사람의 주장에 더 힘이 실리기 쉽습니다. 저는 학생들의 의견을 모두 수렴할 수 있는 찬반 투표라도 해야 한다고 생각합니다."

부회장의 말이 끝나기가 무섭게 교감선생님이 강하게 말을 내뱉었다.

"너희는 미성년자야. 아르바이트를 해도 부모 동의서가 있어야 한다고. 그 말인즉 학생들만의 투표로 결정되는 건 아무것도 없다는 말이야."

"그럼 어디서 누가 결정하나요?"

"당연히 학교 이사회에서 결정하지."

잠시 조용한 순간이 이어지다 교장선생님의 목소리가 들렸다.

"교감선생님, 학생들을 너무 윽박지르지 마세요. 자구책이 있는지 의견이라도 한번 들어 보자고요. 학생회장, 이사회가 거론한 문제들을 해결할 방안은 있나요?"

교장선생님의 질문에 이미솔이 답했다.

"학생들의 비행 문제는 학생회에서 자체 캠페인을 준비할 예정이고요, 당번제를 운영해서 학생들이 자발적으로 순찰을 돌 생각입니다. 만약 적발된 학생이 속한 동아리실은 폐쇄한다는 조건도 달고요."

"음, 꽤 현실적인 방안이네요."

교장선생님의 반응 뒤로 교감선생님의 날카로운 목소리가 들렸다.

"그럼 이성 교제 문제는 어떻게 할 건가?"

"그건 엄연히 개인적인 문제라고 생각해요. 학교에서 학생들의 연애나 친구와의 교류까지 막을 수 있다는 생각은 매우 구시대적인 발상입니다."

"결과적으로 연애하느라 공부에 집중 못하고, 다른 학생한테까지 피해를 입히고 있지 않은가?"

교감선생님의 지적에 이미솔이 대답하지 못하자 김상태가 나섰다.

"교감선생님, 여기 이런 기사가 있네요. 해군사관학교 생도가 연애를 했다는 이유로 징계를 받은 것을 두고 인권위원회는 이렇게 말했어요. 군인의 이성 교제를 금지하는 건 현대 자유민주주의 국가에서 용인할 수 있는 범위를 넘어섰다. 이는 행복추구권, 사생활 비밀 및 자유 등을 중대하게 침해했다고 볼 수 있다. 그제야 육사, 공사, 해사 생도들의 이성 교제가 가능하게 되었대요."

"너희는 미성년자야."

"그럼 이러한 실태가 뉴스에 나온다면 어떻게 될까요?"

"지금 날 협박하는 거냐?"

교감선생님과 김상태가 팽팽하게 맞서자 교장선생님이 끼어들었다.

"모두 조용히 하세요. 얘들아, 이사회에서 결정한 사항은 나도 어떻게 할 방법이 없단다. 다만, 이제 곧 기말고사 기간이니 각자 선생님 말씀에 따르면서, 이사회에서 문제 삼은 모습이 다시 나오지 않도록 노력하는 모습을 보여 줬으면 좋겠다. 그럼 내가 책임지고 이사장님에게 너희 의견을 전달하마."

녹음본은 거기서 끝이 났다.

"그럼 이제 저희가 뭘 하면 될까요?"

주미의 물음에 봉덕과 주민은 어두운 표정을 짓기만 할 뿐 아무 말도 하지 않았다. 지금 들은 내용이 사실이라면, 동아리 실에 이렇게 모일 수 있는 것도 사실상 오늘이 마지막이었다.

"봉덕아, 너 다음 주에 2차 대회 나가지?"

2차 대회에서 봉덕의 최종 성적이 결정된다. 봉덕이 고개를 끄덕이자 주민이 말했다.

"나도 과학전람회 참가해."

주미가 놀라며 목소리를 높여 물었다.

"네? 장난인 줄 알았는데, 그거 진짜였어요?"

"어허, 날 뭘로 보는 거야?"

그때 봉덕이 짝, 하고 박수를 한 번 쳤다.

"자, 어차피 다음 주면 별관이 폐쇄 돼. 시험도 코앞이니 일단 각자 일에 집중하자. 교장선생님도 그렇게 말씀하셨으니 말이야."

봉덕의 의견에 토를 다는 사람은 없었다. 지금으로선 학생으로서 할 수 있는 게 없는 게 사실이었다.

새로운 한 주가 시작되면서 주미는 열공 모드에 들어갔다. 봉덕은 수학올림피아드 2차 대회 준비를 하고 있을 테고, 주민 역시 과학전람회 참가 준비를 위한 연구 중일 것이다.

"주미야, 오늘 끝나고 마라탕 먹을까?"

선화의 제안에 주미가 혀를 날름 내밀었다.

"미안, 오늘부터 학원 보강이야. 기말고사 끝날 때까진 죽었다 생각하려고."

"그래, 열심히 해."

선화는 오랜만에 혼자 집으로 향했다. 하지만 지금 이렇게 집에 들어가는 게 왠지 내키지 않았다.

'허무해. 진짜 이렇게 끝나는 건가······?'

선화가 몸을 돌려 다시 학교 안으로 들어갔다. 108계단 초입에는 노란색 폴리스 라인이 처진 상태로 경고 문구까지 붙어 있었다.

'학생 출입 금지. 이를 어길 시 징계함.'

선화는 할 수 없이 운동장을 가로질러 오솔길로 향했다. 하지만 거기도 마찬가지였다. 양쪽으로 말뚝이 박혀 있고, 폴리스 라인과 경고 문구가 있었다.

"도대체 이사장이 뭐라고, 자기 혼자 모든 걸 결정하는 거야?"

다시 108계단 앞으로 돌아온 선화가 첫 번째 계단에 걸터앉았다. 그때 본관에서 나오던 오언백 선생님과 눈이 마주쳤다.

"주꾸미는 어디 가고 혼자 이러고 있냐?"

"주꾸미는 학원 갔는데요."

"신선한은 공부 안 해?"

"제 성적 아시잖아요."

"큭큭큭, 너무 자책하지 말고, 너만의 재능을 믿고 계발해 봐."

선생님이 양팔을 휘휘 휘두르며 스트레칭을 했다. 재능이라고 해 봤자 냄새로 사람을 판단하는 것밖에 없는데 이걸 어떻게 계발하라는 말인지 선화는 도통 이해가 되지 않았다.

"쌤, 우리 학교에서 가장 높은 사람이 이사장님이에요?"

"사립학교니까 그렇지?"

"지금 이사장님은 어떤 분이세요?"

"글쎄, 초대 이사장님이 아직 계시다는 얘길 얼마 전에 듣긴 했어. 근데 나도 그분을 본 적은 한 번도 없어."

'헉, 아직 살아 있다고?'

선화는 뒤통수를 세게 맞은 기분이 들었다. 세월이 흐른 만큼 구용범 이사장은 당연히 자리에서 물러난 줄 알았다. 심지어 나이를 생각하면 이 세상 사람이 아니라 해도 이상하지 않았다.

그러고 보니 새 이사장이 취임했다는 기사나 공지를 본 적도 없었다. 아무도 이사장의 존재를 신경 쓰지 않고 있었다. 그렇다면 이 학교의 누군가에게 지시를 내리고 있을 확률이 높았다.

선화는 마스크를 살짝 내리고는 선생님에게 물었다.

"혹시 쌤이 이사장님의 그림자 아니에요?"

"그게 무슨 소리야? 그림자라니."

갑작스러운 선화의 질문에 선생님이 어리둥절해했다.

"구용범 이사장님한테 지시 받고 있는 거 아니에요? 이사장 동상에 피눈물도 채워 넣고."

"저기 선화야, 아무리 공부가 하기 싫어도 정신은 바로 잡고 있어야지."

냄새의 변화가 없었다. 선생님은 정말 아무것도 모르고 있는 것이다.

"아하하, 오백 원 쌤! 저도 쌤처럼 농담해 봤어요."

"농담? 근데 농담이 하나도 재미가 없구나. 큭큭."

"그럼 이건 어때요? 신선한 주꾸미는 오백 원."

선화의 말에 선생님의 볼이 씰룩거렸다. 웃음을 참고 있는 게 분명했다.

"조, 좋아. 그 정도면 인정해 주지."

선화는 뭔가 생각이 난 듯 벌떡 일어났다.

"쌤, 저 갈게요. 내일 봬요."

"어, 그래. 신선한! 주꾸미랑 완전체로 보자!"

인사를 하고 돌아선 선화의 등에 선생님이 외쳤다.

뭐라고 대꾸하고 싶었지만 선화는 그럴 시간이 없었다. 지난 주 봉덕과 갔던 동인천역으로 향했다.

아까 머릿속에 번개처럼 스친 게 있었다. 동상을 제작한 이원전 조각가의 말이었다. 그때 원전은 분명히 구용범 이사장이 자신의 고향 후배라고 말했다.

액자에서 본 그의 나이는 1940년생, 그러니까 지금 83세였다. 그렇다면 이사장은 1941년생이거나 1942년생일 테고, 올해 81세나 82세가 된다. 송암고는 1961년에 개교했다. 구용범 이사장이 21세, 혹은 22살에 집안의 전 재산을 털어 학교를 세웠다고 알려져 있다.

생각이 거기까지 닿자 선화는 동인천행 전철 안에서 혼자 박수를 쳤다.

"젊었을 때부터 학교를 세울 생각을 하셨다니 그건 인정!"

하지만 이사장의 생각은 흐른 세월만큼 변하지 않았다. 지금과 그 시절은 완전 다른 세상이고 학생을 가르치기 위한 방법과 기준도 많이 변했다.

이제 운동선수에게 무조건 헝그리 정신을 강요하는 구시대적인 가르침보다, 의학적으로 필요한 영양소를 제대로 섭취하도록 지도하고 과학적인 운동법을 권장하는 방식이 더욱 각광을 받는 것처럼 말이다.

별관 순간이동 현상과 동상 피눈물 사건의 의도는 모두 구용범 이사장의 교육철학을 학생들에게 주입하려는 것이었다. 아마 10년 전, 20년 전이었다면 이러한 방식이 통했을 것이다. 그러나 지금 아이들에게는 통할 리 만무하다. 생각지도 못한 아이들의 반응에 이사장은 별관 폐쇄라는 악수를 둔 것이다.

선화는 당장 구용범 이사장과 직접 만나야 한다고 생각했다.

동인천역 밖으로 나왔을 때 시간은 저녁 8시가 넘어가고 있었다. 다행히 6월 하순이라 해가 길어진 덕분에 어둡지는 않았다. 며칠 전에 와 봐서인지 익숙하게 배다리헌책방 골목으로 들어섰다. 그리고 금방 원전 조형을 찾을 수 있었다.

"다행이야. 불이 켜져 있어."

선화는 마스크를 벗고 문을 열면서 외쳤다.

"이원전 선생님! 조각가 선생님!"

잠시 후 삼베옷을 걸친 원전이 나타났다. 쇠 냄새가 강하게 나는 걸 보니 방금까지 작업을 하고 있었던 것 같았다. 원전이 선화를 보고 놀라 물었다.

"네, 네가 여긴 웬일이냐?"

"선생님, 급히 여쭤볼 게 있어서요. 지금도 구용범 이사장님이랑 연락하고 계시죠?"

"아, 아니다. 난 몰라."

원전의 눈빛이 세차게 흔들렸다.

"거짓말. 선생님, 저한테는 누가 거짓말을 하면 기가 막히게 알아채는 능력이 있어요."

선화의 경고에 원전이 난감한 듯 물었다.

"그 자를 왜 나한테서 찾는 게냐? 모른다, 난."

원전이 테이블 앞 의자를 빼고 앉자, 선화도 지지 않겠다는 듯 반대편 의자를 빼서 앉았다. 원전은 선화와 눈을 맞추지 않으려는 듯 고개를 살짝 돌렸다.

"선생님, 지난번 저희가 여기 다녀간 후로 이사장님과 만나셨죠? 저희가 찾아왔다는 사실도 알려 주셨을 거고요."

"어허, 이놈!"

원전의 눈이 순식간에 호랑이 눈처럼 매서워졌다. 긴 수염이 펄럭 나부낄 정도로 크게 호통을 쳤지만 선화는 거기에 지고 싶지 않았다. 이대로 물러설 순 없었다.

"분명히 만나셨을 거예요. 저희 얘긴 어떻게 전하셨죠? 혹시 저희가 어떻게 생겼는지도 말해 주셨나요? 다시 말씀드리지만 전 거짓말을 가려낼 수 있어요."

쉴 새 없이 따져 물은 선화가 원전의 대답을 기다리면서 코를 벌름거렸다.

"아이고, 그래. 네 말이 맞다. 그냥 학생들이 찾아와서 동상에 대해 말해 줬다. 그것뿐이야. 한데 너희 중 남자애가 어떻게 생겼는지 대충 말했더니 이사장이 버럭 화를 내더구나."

이사장은 송암고 학생이라면 공부만 열심히 해서 학교와 나라를 빛내길 바라는 사람이다. 전교 1등이 누구인지 모를 리 없었다. 봉덕이 공부할 시간에 원전을 찾아왔다는 사실을 알고 화가 났을 것이다.

"김봉덕 맞죠? 이사장님이 알아본 남자애."

"그래. 송암고 개교 이래 처음 본 천재라고 하더구나. 특목고 애들이 독식하는 한국수학올림피아드 결승에 올랐다며 칭찬을 했지."

한편으로는 봉덕이 자기 공부 시간을 마다하고 선화와 함께 이곳에 왔었다는 사실이 선화의 기분을 괜히 좋게 만들었다.

이제 남은 단 하나의 질문을 했다.

"자, 선생님! 그럼 이사장님은 지금 어디 있죠?"

"자기 집에 있겠지. 집까지 알려 달라고 하지는 마라."

원전이 가슴 앞에 팔짱을 끼고는 몸을 돌렸다. 선화는 예상했다는 듯 단도직입적으로 물었다.

"이사장님은 아직 송암고에 계신 게 맞죠?"

원전이 다시 몸을 돌려 앉아 말했다.

"네가 더 잘 알 거 아니냐? 학교에서 이사장을 본 적 있어? 늙어서 힘에 부친다고 집에만 있는 걸로 안다."

냄새가 변했다.

'흔들림. 거짓이다.'

원전이 거짓말을 하고 있다는 건 구용범 이사장이 학교에 있다는 뜻이었다.

머릿속에 한 사람의 얼굴이 떠올랐다. 선화가 주변을 둘러보았다. 몸통은 하나인데 머리가 둘인 호랑이 조각상이 보였다. 한 마리는 큰 송곳니를 드러내고 포효하고 있었고, 다른 한 마

296

리는 입을 다물고 있는 모습이 마치 웃고 있는 것처럼 보였다.

"선생님, 저 호랑이 조각상은 참 특이해 보이네요. 실제로 저런 샴 호랑이가 존재할까요?"

선화의 물음에 원전이 자리에서 일어나 호랑이 조각상 쪽으로 갔다. 왠지 자기 작품을 알아봐 줘서 기분이 좋은 듯 보였다.

"하하하, 올해가 호랑이 해 아니냐? 포효하는 호랑이처럼 대한민국이 기백 있는 나라가 되길 바라는 마음과, 자랑스러워할 일도 많이 생겨 웃는 일이 더 늘었으면 좋겠다는 바람을 담아 만든 거다."

"근데 왜 두 마리를 한 몸에 만드신 거예요?"

"두 마리가 되면 각각 다른 개체가 되지 않냐? 이 호랑이는 우리나라와 같단다. 더더욱 나뉘어선 안 되지."

"선생님처럼 상상력을 실제로 조각상으로 창조할 수 있는 능력은 조각을 오래 하기만 하면 되는 것인가요?"

선화의 질문에 원전의 얼굴이 굳어졌다.

"떽! 조각상이든 동상이든 자신의 혼을 넣는 것은 오래 한다고 될 일이 아니야. 특별한 발상뿐만 아니라, 작품을 통해 세상에 내보일 메시지를 예술적인 감각으로 창조하기 위한 도전 의식이 필요하단다."

원전이 진지하게 말하는 동안 선화의 코가 벌름거렸다.

"진실."

"무슨 소리냐?"

"지금 선생님의 말씀이 진실이라고요. 학교 공부만으로는 이런 멋진 조각상을 절대로 만들 수 없다고 생각해요."

선화의 말에 입을 다물었는지, 원전의 입술이 긴 수염에 가려 보이지 않았다.

"그렇다고 학교 교육이 필요 없다는 뜻은 아닙니다. 친구들과 무슨 일이든 협동하고 문제가 있을 때 토론할 수 있는 환경에서 비로소 방금 말씀하신 창조력이 나온다고 생각해요. 송암고의 동아리 활동이 마냥 학생들끼리의 친목 활동으로 보일 수도 있지만, 어떤 학생에게는 자기만의 재능을 키울 수 있는 기회가 되기도 합니다."

선화가 잠시 말을 멈추더니 자리에서 일어났다. 지금 원전에게 한 말은 사실 이사장에게 직접 해 주고 싶은 말이었다. 원전은 분명 선화의 말을 이사장에게 전할 것이다.

"그럼 저는 이만 돌아갈게요. 시간 내주셔서 고맙습니다."

선화는 원전에게 인사를 하고는 가게 문을 열었다. 그러고는 잠깐 멈춰 돌아서며 말했다.

"아, 저희 동아리 중에 미술부도 있는데요, 별관이 폐쇄된다면 그 애들은 절대로 저런 멋진 호랑이는 만들지 못할 거예요."

주사위는 던져졌다. 선화의 머릿속에 걱정과 기대가 뒤섞였다.

'제발 통해야 할 텐데…….'

제14장
별관을 지켜라

선화는 오늘 수업이 어서 끝나기만을 기다렸다. 어제 동인천에 다녀와서 잠을 제대로 못 잤지만 왠지 몸이 가벼웠다. 마침내 학교가 끝나자 선화는 바로 집에 갔다가 밤 9시에 학교로 다시 돌아왔다.

이번엔 폴리스 라인을 넘어 108계단을 올랐다. 근처를 둘러보았지만 아무도 없었다. 예순여섯 번째 계단에 올라 이사장 동상이 서 있는 대리석 앞으로 갔다. 오늘은 분명히 이사장이 이곳에 올 거라고 확신했다. 그러나 자정까지 기다렸지만 동상 앞엔 아무도 오지 않았다.

선화는 포기할 수 없었다. 다음 날도 같은 시각에 108계단을 올라 자정까지 기다렸다. 역시나 아무도 오지 않았다. 슬슬 자신이 없어졌다.

'내가 잘못 짚은 건가······.'

하루만 더 기다려 보기로 했다. 그리고 목요일 밤 드디어 그가 나타났다.

108계단 꼭대기에서 플래시를 비추며 내려오는 사람은 경비 할아버지, 아니 구용범 이사장이었다. 송암고 3대 미스터리 중 하나인 경비 할아버지의 진짜 얼굴은 바로 송암고의 설립자이자 초대 이사장이었다.

별관 과학실에 상자를 놔 둔 것도, 동상에 피눈물 장치를 해 둔 것도 모두 이사장이 직접 한 짓이었다.

"신선화 학생, 이곳은 학생 출입 금지 구역일 텐데."

"징계는 각오하고 있습니다. 전 구용범 이사장님을 만나러 왔어요."

이사장의 이마에 깊은 주름이 꿈틀댔다. 잠시 말이 잃은 이사장이 겨우 입을 열었다.

"원전 선생께서 말한 여학생이 너구나."

"그럼 인정하시는 건가요, 구용범 이사장님?"

선화가 코를 벌름거리며 집중했다.

"원전 선생께서, 감당할 수 없는 그릇을 가진 아이라더니 정말 눈빛이 살아 있구나."

"그럼 제가 이사장님께 드리고 싶었던 말도 전해 들으셨나
요?"

"들었다. 난 네가 생각한 것처럼 고지식한 사람이 아니야. 시
시각각 변하는 세상에 적응하기 위해 노력하고 있단다."

"그럼 송암고 학생 모두가 공부를 잘할 필요는 없는 거죠?"

"그, 그렇다."

이사장의 동공이 흔들렸다. 거짓의 냄새가 흐릿하게 풍겼다.

"이원전 선생님께 제 능력에 대해 들으셨나요?"

"원전 선생이 거기에 당했다고 하더군. 흠흠, 학교는 공부하
는 곳이다. 배울 의지가 없는 학생들까지 끌고 가는 건 쉬운 일
이 아니다."

선화는 이사장의 눈을 똑바로 바라보았다. 그리고 결심한 듯
말했다.

"별관 폐쇄 결정을 취소해 주세요."

"못 한다."

"지금 그게 변화하는 세상에 적응하는 모습인가요?"

"못 한다면 못 하는 거다."

'진실. 시대의 변화를 인정하면서 별관을 폐쇄하겠다고? 뭔
가 이상한데.'

"이사장님의 한마디면 별관 폐쇄 결정을 취소할 수 있잖아요."

"그건 맞다."

'진실. 도대체 진짜 마음이 뭐지?'

"별관은 지은 지 너무 오래되어서 교육청으로부터 안전진단 지시가 내려졌다. 안전진단 결과 사용 금지 명령을 받았지. 이젠 나도 어쩔 수 없단다."

'진실. 생각지도 못했다.'

지금껏 이사장은 어차피 별관이 폐쇄되는 김에 학생들의 행실을 핑계 삼아 공부에 매진하게끔 일을 벌인 것이다.

"나는 올 여름부터 학교 운영에서 완전히 손을 뗄 생각이란다. 말 그대로 은퇴지. 1차 정년퇴직을 하고도 내가 세운 학교에 미련을 버리지 못하고 이렇게 20년이나 붙잡고 있었구나. 이제는 젊은이들에게 학교를 맡기고 떠날 거다."

이사장은 처음 학교를 세울 때부터 지금까지 교육자 그 자체였다. 송암고 3대 미스터리를 만들어 소문을 퍼트린 이유도, 학교를 사랑하는 마음에서 비롯됐다.

무엇보다 학생들의 3년이 헛되지 않도록 나름대로 노력한 결과이기도 했다. 그러나 그 방식과 의도는 세월이 지날수록 낡아 갔으며 그만큼 이사장의 바람 역시 과거에 머물러 있게 만들었다.

'그럼 별관 폐쇄는 어쩔 수 없는 건가?'

"이사장님께서는 송암고를 만들어 훌륭한 학생들이 사회로 나올 수 있도록 노력하셨습니다. 사실 전 전학 오기 전까지 왕따였어요. 전학 와서도 반 아이들한테 큰 기대를 하지 않았죠. 그러던 어느 날 교지부 동아리에 가입하면서 친구들과 마음을 터놓고 얘기할 수 있게 되었어요. 김봉덕 선배 아시죠? 1등만 하는 봉덕 선배도 이젠 제 말에 귀를 기울여 줘요. 수학올림피아드를 앞두고도 함께 미스터리를 조사하기도 했어요. 한편으론 제가 공부 시간을 빼앗은 바람에 봉덕 선배가 입상하지 못하는 건 아닐까 싶어 미안하기도 해요."

선화의 얘기를 가만히 듣던 이사장이 고개를 끄덕이더니 말했다.

"김봉덕 학생은 오늘 금상을 받았다는구나."

"네? 정말요?"

"거짓말을 알아챌 수 있다고 하지 않았니? 내가 거짓말하는 것 같니?"

바로 그때 선화의 휴대폰에서 진동이 울렸다. 봉덕이었다. 이사장이 선화를 보며 고개를 끄덕였다. 전화를 받으라는 소리였다.

"선배."

"선화야, 금상이야. 최고상인 금상을 받았어."

"와, 정말요? 축하해요. 전 그럴 줄 알았어요."

"다 네 덕분이야. 지금 어디니? 너희 아파트 앞인데 잠깐 나올 수 있어?"

"아, 저 지금 108계단에 있어요."

"뭐? 거긴 폐쇄되었잖아. 거긴 왜……. 아니다. 전화 끊어. 내가 그리로 갈게."

봉덕이 당장이라도 달려올 기세로 전화를 먼저 끊었다. 이 광경을 지켜보던 이사장이 다시 입을 열었다.

"원전 선생께서 너를 두고 칭찬하더구나. 자기 작품을 알아본 엄청난 인재라고 말이야."

"그건……. 작전이었죠. 제가 칭찬해 드리면 분명 이사장님께 말을 전할 거라 생각했거든요. 근데 그러면 뭐 해요. 별관은 이제 되살릴 수 없는 걸요."

그러자 이사장이 의미를 알 수 없는 미소를 지어 보이며 선화에게 다가왔다.

"아니다. 네가 원전 선생의 마음을 움직인 것처럼 나도 네 말을 듣고 감동했다. 학교 교육은 공부에만 해당되는 것이 아니었어. 학생들의 능력을 최대한 발휘할 수 있는 환경이 갖춰져야 하는데……. 이런, 저 녀석 네가 그렇게 좋은지 벌써 도착했구나."

이사장이 말을 멈추자 선화가 돌아보았다. 저 멀리 운동장을 가로지르며 뛰어오는 봉덕이 보였다.

"학교에서 이사장님의 정체를 알고 있는 사람이 더 있나요?"

"교장 정도일까?"

선화는 교장실 앞에서 경비 할아버지와 마주친 장면이 떠올랐다. 그때 경비 할아버지를 대하는 교장선생님의 태도가 왜 그렇게 정중했는지 이제야 알 것 같았다.

"봉덕 선배한테는 이 사실을 비밀로 해야 할까요?"

"어차피 난 여름에 모든 걸 내려놓기로 했다."

"그럼 봉덕 선배한테 그 기회를 주시면 안 될까요? 교지부 부장으로서 송암고 3대 미스터리 중 하나인 경비 할아범의 비밀을 직접 발표할 기회를요."

"기사화 하겠다는 거냐? 후후후. 그것도 재미있겠군."

그때 헉헉 소리를 내면서 계단을 오르는 봉덕이 모습을 드러냈다. 봉덕은 잠시 숨을 고르더니 이사장을 발견하고는 재빨리 선화의 팔을 잡아 자기 몸 뒤로 숨겼다.

"헉헉, 경비 할아범. 아니 할아버지, 순찰 중이셨나 봐요? 선화야, 여긴 어떻게 들어왔어? 할아버지, 학교에는 알리지 말아

주세요. 얘가 워낙 덜렁대서요."

덜렁댄다는 말에 선화가 봉덕의 옆구리를 팔꿈치로 쿡 찔렀다.

"봉덕 선배, 할아버지께서 우리가 찾던 구용범 이사장님에 대해 얘기해 주셨어요."

"뭐? 진짜? 그래서 이사장님은 어디 계신데?"

선화의 말에 봉덕이 깜짝 놀라 경계 태세를 잠시 풀었다.

"이사장님의 바람은 하나뿐이었어요. 송암고 학생들이 열심히 공부하기만을 바라셨죠. 그것이 학교를 빛내고 나라를 빛내는 길이라고 굳게 믿으셨고요. 언제나 학생들 곁을 맴돌며 학생들이 공부에만 전념할 수 있도록 늦은 밤까지 순찰을 돌기도 하셨어요."

"순, 순찰⋯⋯?"

봉덕이 뭔가를 깨달았는지 떨리는 목소리를 냈다.

"김봉덕 학생, 금상 축하하네. 덕분에 우리 학교의 위상도 높아졌어. 고맙네."

그제야 봉덕은 경비 할아버지가 구용범 이사장이라는 사실을 알고 놀라 소리를 질렀다.

"앗! 너무 놀라서 말이 안 나오는데요⋯⋯. 아, 맞다. 저는 친구들이랑 함께하면서도 이렇게 금상을 받을 수 있어요. 국제

대회 나가서도 자신 있고요. 그러니까 별관 폐쇄 결정은 철회해 주세요, 이사장님."

선화는 봉덕이 이렇게 빨리 말하는 모습을 처음 보았다. 하지만 이사장은 그런 봉덕의 요청에도 불구하고 안타까운 표정을 지으며 고개만 좌우로 흔들 뿐이었다.

"봉덕 선배, 이사장님도 어쩔 수 없대요. 별관은 너무 오래돼서 안전진단 검사를 통과하지 못했대요."

"미안하다. 네가 얼마만큼 노력했는지 다 알겠구나."

이사장이 미안한 얼굴로 봉덕에게 사과했다. 바로 그때 운동장을 가로지르고 있는 이들이 보였다. 주민과 주미였다.

"내가 불렀어. 네가 또 이상한 생각을 하는 줄 알고 말이야."

봉덕이 머쓱해하며 말했다.

"제가 왜 그래요. 애초에 그럴 생각도 없었다니까요."

주민과 주미 역시 헉헉 소리를 내면서 겨우 계단을 올라왔다. 그러고는 이사장을 뒤늦게 발견했다.

"경비 할아버지, 아픔이 좀 있는 아이예요. 용서해 주세요."

"제발요."

주민과 주미가 이사장에게 매달려 차례로 호소했다. 선화는 웃음이 났지만 한편으론 자기 일을 내팽개치고 달려온 친구들이 고마웠다.

이사장이 선화를 보며 미소를 지었다. 직접 설명하라는 뜻이었다.

"주민 선배, 송암고 3대 미스터리 중 마지막이 뭐였죠?"

주민이 이사장의 눈치를 보고는 조용히 속삭였다.

"선화 양, 그건 경비 할아범, 아니 할아버지의 비밀이잖아."

"제가 그 비밀을 풀었어요."

"엇? 정말? 그래서 경비 할아범, 아니 이분이 누구신데?"

주민은 당황한 말투로 물었다.

"할아버지가 송암고 초대 이사장님이세요."

선화의 설명에 주민은 과장된 몸짓으로 가슴에 손을 얹고 뒷걸음질을 쳤다. 주미는 그런 주민의 팔을 붙잡아 진정시키면서 이사장의 눈치를 살폈다.

"우와, 그랬어. 그래서 별관 순간이동의 비밀을 밝혔을 때 우리 이름을 다 알고 있었던 거네요."

주민이 이제야 알겠다며 신이 나 말했다.

"그래. 내가 모든 것을 꾸몄지."

주민은 뭔가 떠올랐는지 차렷 자세로 고개를 숙여 인사했다.

"이사장님, 제가 말이죠. 과학전람회에서 1등은 아니지만, 장려상을 받았습니다. 이는 별관 동아리실에서 열심히 토론과 연구한 결과이니 부디 별관 폐쇄 결정을 재고해 주십시오."

"허허, 잘했구나. 잘했어. 하지만 별관 폐쇄를 철회할 생각은 없다."

이사장의 단호한 대답에 주미가 달려들었다.

"이사장님, 그러니까 1999년 교지부 출신 엄성길 기자 아시죠? 그 선배님이 지금은 ○○일보 사회부 기자인데요, 이번에 우리 학교를 소개하는 기사를 써 주기로 했어요. 별관에서 학생들의 꿈이 큰다는 내용으로요. 그만큼 동아리실은 저희에게 없어서는 안 되는 공간이라고요. 만약에 별관을 폐쇄하신다면 그 기사는 심각한 오보가 될 거예요."

이사장의 양쪽 팔에 매달려 호소하는 주민과 주미를 봉덕과 선화가 각각 떼어내야 했다.

"봉덕 군, 선화 양. 왜 말리는 거야? 너희도 같이 호소해야지."

"주민 선배, 이사장님은 최선을 다했어요. 별관은 안전진단 검사를 통과 못해서 이제 사용할 수 없대요."

이사장도 아쉬운지 우뚝 서 있는 별관을 조용히 바라보았다. 하지만 학생들의 꿈보다 학생들의 안전이 우선이었다.

"시간이 늦었다. 어서 집에 돌아가야지."

이사장의 말에 봉덕이 앞으로 나섰다.

"얘들아, 이사장님께 인사하고 내려가자."

"그동안 고생 많으셨어요. 안녕히 계세요."

선화가 대표로 인사말을 했다. '그동안'에 담긴 긴 세월이 이
사장의 마음을 울컥하게 만들었다.

넷은 이사장에게 꾸벅 인사를 하고는 계단을 내려와 운동장
을 가로질렀다. 주미가 뭔가 생각났는지 걸음을 멈추고는 선화
를 뒤에서 안았다.

"선화야, 너 괜찮아?"

"선화 혼자 이사장님을 만나러 갔던 거야. 만약에 이사장님
이 아니고 위험한 사람이었다면 정말 큰일날 뻔했어."

봉덕이 선화 대신 대답했다.

"그러게요. 우리가 알았으면 진즉에 출동했을 거예요."

"넌 공부해야지. 이번 기말고사 잘 봐야 하잖아. 그리고 주민
선배, 상 받은 거 축하해요!"

선화의 칭찬이 싫지 않은 듯 주민이 어깨를 펴고 가슴을 내
밀면서 크게 웃었다.

"하하하! 시간만 더 있었으면 특상을 받는 건데 참 아쉬워.
근데 선화 양, 혼자 경비 할아범의 비밀을 풀다니 대단한데?
이건 바로 송암고 페이지에 올려야겠어."

"그건 봉덕 선배가 올릴 거예요. 이원전 조각가를 만난 게 큰
도움이 되었어요. 그리고 이건 우리가 함께 찾아낸 거니까 봉

덕 선배가 교지부 부장 자격으로 올리는 게 맞을 것 같아요."

"내가? 그런 건 좀 부끄러운데."

봉덕이 머뭇거리자 주민이 달려들었다.

"그럼 내가 올린다."

"아니, 우리 봉우신주 이름으로 올려야지. 우주면 씨, 괜찮
지?"

"날 부끄럽게 만들지 말게나, 봉덕 군."

그때 선화가 봉덕의 어깨를 팔을 두르며 말했다.

"그리고 말이야. 봉덕 선배가 한국수학올림피아드 최고상인
금상을 받았다네요."

갑작스러운 선화의 행동에 봉덕은 그대로 얼음이 되었다. 그
마음을 아는지 모르는지 주미가 봉덕의 팔을 잡고 팔짝팔짝
뛰었다.

"진짜 대박! 해낼 줄 알았어요."

주미의 격렬한 반응에 봉덕은 울 것 같은 얼굴을 했다. 그러
자 주민이 주미의 어깨를 톡톡 치며 말했다.

"주미 양, 나도 과학전람회에서 장려상 탔다고."

그러자 이번엔 주미가 주민의 어깨에 팔을 두르며 말했다.

"주민 오빠도 대박 축하해요!"

"왠지 엎드려 절 받는 기분인데?"

선화와 주미가 남은 팔로 팔짱을 꼈다. 어느새 네 사람은 일렬로 딱 붙은 상태가 되었다.

어느새 선화는 마스크를 벗고 있었다. 마스크가 없어도 충분히 즐거웠다. 어쩌면 마스크가 친구들을 가로막는 방해물이었을지도 모른다. 냄새를 그대로 받아들이고 사람도 그대로 받아들이면 되는데 말이다.

선화의 코는 이 아이들 앞에서만큼은 보통의 코였다.

제15장
또 다른 시작

매미가 울고 더위가 절정인 7월 하순, 드디어 1학기가 끝났다. 오늘부터 시작되는 여름 방학을 앞두고 초대 구용범 이사장의 퇴임식이 방학식 중 진행될 예정이다.

너도 나도 '경비 할아범'이라 불렀던 할아버지가 사실은 이사장이었다는 기사가 송암고 페이지에 올라가자 학교는 발칵 뒤집어졌다. 사실 가장 놀란 건 학생들이 아니라 선생님들이었다.

평소 경비 할아버지를 낮춰 보고 은근히 막 대했던 선생님들은 없는 사람처럼 조용히 지내거나, 이사장의 눈치 보기에 바빴다. 그중 최전선에는 교감선생님이 있었다. 오늘 퇴임식에도 이사장 뒤만 졸래졸래 따라다녔다.

대회에 입상한 봉덕과 주민이 단상에 올라 상을 받았다.

"오오, 멋있다!"

선화 옆에서 주미가 손을 흔들며 소리치자 아이들이 주미를 쳐다봤다. 부끄러워서 고개를 푹 숙인 선화와 달리 주미는 아랑곳하지 않았다.

준비된 행사들이 하나둘 끝나고 마지막 순서가 찾아왔다. 이 사장이 마이크 앞에 섰다.

"학생 여러분, 하나만 말씀드리겠습니다. 다들 아시다시피 별관은 더 이상 사용할 수 없을 정도로 낡았습니다. 교육청의 지시에 따라 실시한 안전검사에서도 사용 불가 조치를 받았고요. 그런 이유로 부득이하게 폐쇄할 수밖에 없는 점 양해 바랍니다. 하지만 그사이 내게 찾아온 네 명의 학생이 있었습니다. 이들의 얘기에 귀를 기울이면서 학생들이 정말로 원하는 게 뭔지 알게 되었습니다. 별관 동아리실은 우리 어른들이 생각하는 것보다 훨씬 더 소중한 공간이었습니다. 학생들에게 공부가 줄 수 없는 꿈과 기회를 선사하는 곳이었죠. 그래서 난 중대한 결심을 했습니다. 내가 가진 전 재산을 내놓아 오래오래 학생들이 꿈을 꿀 수 있는 별관을 신축하기로 결심했습니다. 조금만 참아 주십시오. 여러분의 동아리실은 내년부터 다시 사용할 수 있게 됩니다."

이사장의 말이 끝나자마자 엄청난 함성이 강당 안을 울렸다. 선생님들도 모르고 있었는지 다들 놀란 얼굴이었다.

"아아, 다들 진정들 하시게. 그리고 올해 드디어 송암고 3대 미스터리가 모두 풀렸다는 얘길 들었습니다. 그럼 내가 가만히 있을 수야 없지. 새로운 미스터리는 새 별관이 다 지어지면 공개될 예정입니다. 과연 새 미스터리를 푸는 학생은 누가 될지 궁금하네요. 허허허."

"와!"

훨씬 큰 함성이 강당 안을 뒤흔들었다.

그렇게 역대급 방학식이 끝이 나고 봉우신주 네 명은 마라탕후로 향했다. 봉덕이 자리에 앉자마자 고개를 절레절레 흔들며 말했다.

"정말 존경할 만한 분인 건 맞는 것 같아. 자신의 신념을 지키기 위해 살짝 엇나간 방법을 사용했지만 처음부터 끝까지 송암고만을 위해 살고 계시잖아."

주미가 뺑홍차를 마시며 대꾸했다.

"얼마나 송암고를 사랑하면 호를 '송암'이라고 지었겠어요."

"아, 호가 송암이었구나. 나 왜 몰랐지?"

봉덕이 자기 이마를 탁 치며 말하자, 주민이 뭔가 생각났는지 끼어들었다.

"아, 이제 그 얘긴 됐어. 선화 양, 내가 과학전람회 출품할 내 연구 내용을 좀 봐 줘."

주민은 선화에게 A4 용지 뭉치를 꺼내 건넸다.

"인간의 후각 세포는 최대 1만 개의 냄새를 구별할 수 있대. 후각 세포는 390여 개지만 신경의 조합에 따라 훨씬 더 많은 냄새의 구별이 가능하다는 거야. 그리고 신경은 가소성으로 인해 신경 세포가 후천적으로 연결되거나 조합될 수 있다는 연구도 있어. 아마 네가 냄새에 민감한 건 화장실에 빠졌을 때, 엄청 강한 똥 냄새로 인해 후각 신경들이 자극을 받으면서 다양한 신경 조합이 발생한 게 아닐까 싶어."

"헐, 오빠는 과학보다 미신을 더 믿는 것 아니었어요? 선화의 코를 과학적으로 분석하다니 좀 이상한데요?"

"어허, 선화 양의 고민은 나의 고민이기도 하지. 그리고 말이야."

주민이 A4 용지를 뒤적이면서 말을 이었다.

"사람은 연인의 셔츠 냄새를 맡으면 안정감을 느낀다는 연구가 있어. 사람도 성품에 따라 몸속에서 만들어지는 미세한 화학 물질이 달라진다는 거야. 네가 사람 냄새를 맡을 수 있는 것도 어쩌면 신의 코가 아니라 과학적인 영향을 받은 코일 수 있다는 거지."

'가만있어 봐. 근데 주민 선배는 어떻게 내 코의 비밀을 알고
있지? 주미한테만 말했던 것 같은데…….'

선화가 고개를 돌려 주미를 쳐다보자 주미가 혀를 날름 내
밀고는 속삭이듯 대꾸했다.

"지난번 동상 피눈물 사건 때 말이야, 그때 네가 나쁜 마음을
먹은 줄 알고 얼마나 걱정했는데……. 그래서 그때 말했어."

선화는 차라리 잘됐다고 생각했다. 언젠가는 두 사람한테도
말해야 했다. 선화 역시 이들의 비밀을 알게 되더라도 이젠 다
이해할 수 있다. 이미 친구들은 선화를 이해하고 있었다.

"괜찮아. 덕분에 속이 다 후련하네. 히히."

웃음 짓는 선화를 보고 주민이 다시 끼어들었다.

"그래서 말인데……. 똥 냄새처럼 강한 냄새 자극이 신경을
변화시킨 게 맞는다면, 반대로 사람 냄새를 철저히 무시하는
연습을 꾸준히 한다면 원래대로 돌아가지 않을까?"

"오빠, 이런 엄청난 능력을 왜 없애요? 우리 신선한 주꾸미
콤비가 사건을 해결하기 위해서는 꼭 필요하다고요!"

주미가 선화 대신 나서서 반박했다.

"왜 신선한 주꾸미야? 앞에 몇 글자 빼먹었네. 봉덕 군 우주
면의 신선한 주꾸미가 정확한 이름이잖아. 그렇지, 봉덕아?"

주민의 일갈은 마침 서빙된 마라탕에 바로 묻혔다.

"쉿, 이제 그만해. 더러워 죽겠네."

봉덕이 입술에 검지를 대면서 주민을 말렸다.

"아니, 난 선화 양을 생각했던 거라고."

"저희 오늘은 그냥 마라탕이나 맛있게 먹어요."

선화가 주민을 달래듯 말하고는 숨을 크게 들이마셨다.

오늘 마라탕에서는 사랑, 우정, 배려, 정직의 냄새가 어우러져 풍겼다. 더할 나위 없이 좋은 사람들의 냄새가 선화의 얼굴에 웃음꽃을 만들어 냈다. 선화는 오래오래 이 사람들과 함께 미스터리를 해결하고 싶다고 생각했다.

마라탕 국물을 떠서 입 안에 넣었다. 지금껏 먹어 본 적 없던 알싸함과 매운맛이 선화의 혀를 쩌릿하게 만들었다. 기분이 좋아지는 맛이었다.

저는 2004년부터 선생님을 했어요. 그 세월만큼 학교도, 학생들도 많이 변했죠. 최근 전 세계에 한국 열풍이 불면서 아니나 다를까 아이들의 입에서도 'K-고딩'이라는 말이 나오더군요. 'K-컬처', 'K-푸드'와 달리 자신들의 처지를 한탄하기 위해 자조적으로 사용하는 걸 보면 씁쓸하기도 합니다.

그때마다 "너희만 공부하기 힘든 게 아니다. 옛날엔 공부하기 더 힘들었다."라고 말하는 어른도 많은 게 사실입니다. 물론 어느 정도는 이해가 갑니다. 그들은 지금의 학교생활을 경험하지 못했으니까요.

하지만 그들이 요즘 학생들이 메고 다니는 가방을 유심히 본 적 있을까요? 마치 군인의 군장처럼 크고 무거워서 어깨도 제대로 펴지 못하고 걸어야 합니다. 무거운 책은 사물함에 넣고 다니라고 말해도 당장 수행평가를 해야 한다거나, 학원 교재라서 안 된다고 말합니다.

그렇습니다. 우리 K-고딩은 수능을, 학교 시험을, 수행평가를, 학원 평가를 끊임없이 준비하고 있습니다. 그렇지 않으면 뒤처진다는 불안감 때문이기도 하지만, 사실 어른들의 요구가 여기에 한몫하기도 합니다. 어른들은 눈에 보이는 것만으로 판단하고 공부에만 매진하길 바라죠.

이런 아이들이 그래도 힘든 생활을 견디고 이겨낼 수 있는 건 역시 '친구들'이 있기 때문입니다. 학원 가기 전 돈을 모아 마라탕을 사 먹고, 동아리 활동을 통해 즐거움을 느낍니다. 그리고 왠지 부모님께 말할 수 없는 고민을 친구에게 털어놓기도 하죠.

우리의 신선한 주꾸미는 어땠나요? 선화는 신비한 능

력 때문에 전 학교에서 따돌림을 당했지만, 주미를 만나 단단했던 마음의 벽을 무너뜨렸어요. 온갖 소문에 휩싸인 우주민도 알고 보니 재밌는 선배였고, 공부밖에 모를 것 같았던 전교 1등 김봉덕도 참 멋진 선배였습니다.

지금을 살아가는 K-고딩들을 보며 이야기를 짓다 보니, 신선화는 유독 애착이 많이 가는 주인공이었습니다.

그러면서 이 책을 읽은 학생들에게 한 가지 말하고 싶었습니다. 한 번쯤 자신이 신선화라고 생각해 봤으면 좋겠어요. 그리고 자신의 재능이 무엇인지 곰곰이 생각해 보세요. 세상에 하찮은 재능이라는 건 없습니다. 아무리 사소한 재능이라도 살아가는 데 분명 도움이 되거든요.

콤플렉스를 자신만의 능력으로 삼은 선화, 수업시간에 엄청난 집중력을 발휘하는 주미, 낙천적이고 붙임성 좋은 주민, 어떠한 상황에서도 가장 올바른 판단을 하는 봉덕처럼 우리도 스스로의 장점을 찾아보자고요.

무엇보다 어른들은 우리 아이들에게 주미, 주민, 봉덕처럼 같은 편이 되어 주었으면 좋겠습니다. 그러면 선화와 같은 고민을 가진 아이들에게 힘든 학교생활을 이겨

내고 즐길 수 있는 시간을 선물할 수 있을 거예요..

　오늘도 교실을 지키는 학생들을 더욱 사랑하자 다짐하며, 긴 글을 마칩니다.

2022년 봄

윤자영

학교가 끝나면,
미스터리 사건부

초판 발행 2022년 04월 20일
초판 8쇄 2024년 09월 10일

저자 윤자영
발행인 이진곤
발행처 블랙홀
출판등록 제 25100-2015-000077호(2015년 10월 26일)
주소 경기도 파주시 문발로 405 제2출판단지 활자마을
전화 02-338-0092
팩스 02-338-0097
홈페이지 www.seentalk.co.kr
E-mail seentalk@naver.com

ISBN 979-11-88974-54-2 44810
       979-11-956569-0-5 (세트)

ⓒ윤자영, 2022
· 본 책은 저작권법에 의해 보호를 받는 저작물이므로 무단 전재와 복제를 금합니다.

블랙홀은 씨엔톡의 자매 회사입니다.